셰익스피어 역사극 다시 읽기

첫 역사극 사부작을 중심으로

셰익스피어 역사극 다시 읽기
첫 역사극 사부작을 중심으로

2018년 7월 31일 초판 1쇄 발행

글쓴이   이정영

펴낸이   권이지

편 집   황태령

제 작   동양인쇄주식회사
펴낸곳   홀리데이북스
등 록   2014년 11월 20일 제2014-000092호
주 소   서울시 금천구 가산디지털1로 168 우림라이온스밸리 B동 712호

전 화   02-2026-0545
팩 스   02-2026-0547
E-mail   editor@holidaybooks.co.kr

책값은 뒷표지에 있습니다.
잘못된 책은 바꾸어 드립니다.

ISBN 979-11-954120-3-7 93840

표지 이미지 사용: Designed by Starline / Freepik

이 도서의 국립중앙도서관 출판예정도서목록(CIP)은 서지정보유통지원시스템 홈페이지 (http://seoji.nl.go.kr)와 국가자료공동목록시스템(http://www.nl.go.kr/kolisnet)에서 이용하실 수 있습니다. (CIP제어번호 : CIP2018023017)

셰익스피어 역사극 다시 읽기

첫 역사극 사부작을 중심으로

이정영

HOLIDAYBOOKS

머리말

　역사는 무엇인가? 영국의 저명한 역사학자 에드워드 카Edward H. Carr (1892-1982)는 이러한 질문으로 『역사란 무엇인가?*What is History?*』(1961)를 시작한다. 그는 이 질문에 대해 역사는 그것을 해석하는 사람들이 살아가고 있는 시대를 반영하게 되어 있다고 답한다. 결국, 역사란 과거의 기록이지만 현재에도 역동적으로 작용하는 유기체가 되는 것이다.

　특히 현대를 살아가는 우리에게 역사는 다양한 대중매체를 통해 쉽게 접할 수 있는 대상이 되었다. 역사적 사건은 더이상 과거의 기록에 머무르지 않고 드라마나 영화, 뮤지컬, 소설, 웹툰 등을 통해 재현되고, 역사의 재생산은 현대의 새로운 문화적 현상이 되고 있다. 현대의 독자와 관객들은 선조들의 정치와 분쟁, 그 이면의 이야기를 상상하며 그들의 삶을 재해석한다. 때로는 지나친 역사 왜곡을 의식하며 불편해하지만 새로운 역사적 상상력에 열광하기도 한다. 이렇듯 역사는 과거의 사실과 연구자 사이에 머무르는 것이 아니라 다양한 매체를 통해 대중과 상호작용하고 있다.

　역사적 소재의 대중화와 관객과의 상호 작용은 셰익스피어가 첫 역사극 사부작을 선보였던 르네상스 영국에서도 예외는 아니었다. 당시의 영국은 30여 년간 이어졌던 장미전쟁의 결과물이자, 영국 역사에서 가장 강력한 군주 국가를 이루었던 튜더 왕조의 통치하에 있었다. 셰익스피어의 첫 역사극 사부작은 당대인들과 밀접했던 역사적 사건과 인물들을 생생하게 재현하면서 인기를 구가하게 된다. 엘리자베스 1세 시대의 영국민들에게 그의 역사극은 다양한 감흥과 감상을 주었을 것이라 추정할 수 있다.

　셰익스피어는 당대의 역사서들을 참고해서 민감한 역사적 사건들을 무대 위에 올렸고, 이는 셰익스피어의 정치적 입장에 대한 분분한 비평적 견해를 양산해 내는 원인이 되기도 했다. 그러나 중요한 사실은 셰익스피어의 역사극을 특정한 한 가지 틀에 맞추어서 해석할 필요는 없다는 것이다. 그의 역사극이 역사적 사건이나 정치적 견해만을 내세우고 있는 사료가 아니라 당대의 사회와 문화가 잘 어우러져 있는 예술적 산물이기 때문이다.

셰익스피어가 역사극에서 재현하고 있는 다양한 사건과 인물들은 전혀 다른 시간과 공간을 살아가는 우리에게도 시사하는 바가 크다. 오늘 우리가 겪고 있는 사건들이 시간이 흐르면 '역사'라는 관점에서 재정립되고, 우리는 모두 역사 속의 한 인물이 된다. 그런 의미에서 "예전의 나는 무엇이었고, 지금의 나는 무엇인지What I have been, and what I am"(King Richard Ⅲ 1.3.133), 그리고 미래의 우리는 무엇일지,『셰익스피어 역사극 다시 읽기』를 통해 고찰하는 기회를 가질 수 있었으면 한다.

차 례

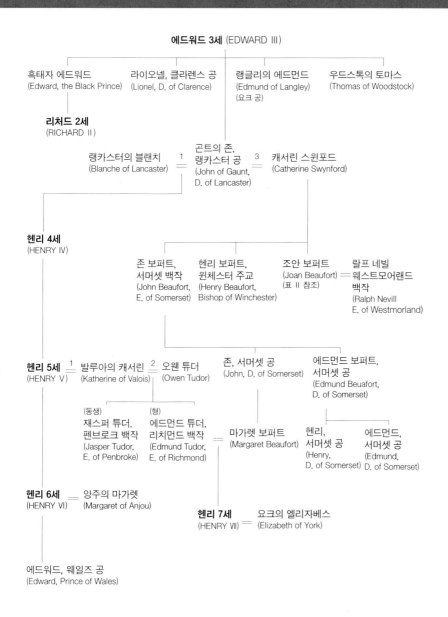

※ 숫자는 결혼한 순서를 나타냄.

모티머, 요크, 네빌 가문 가계도
(The Houses of Mortimer, York and Nevill)

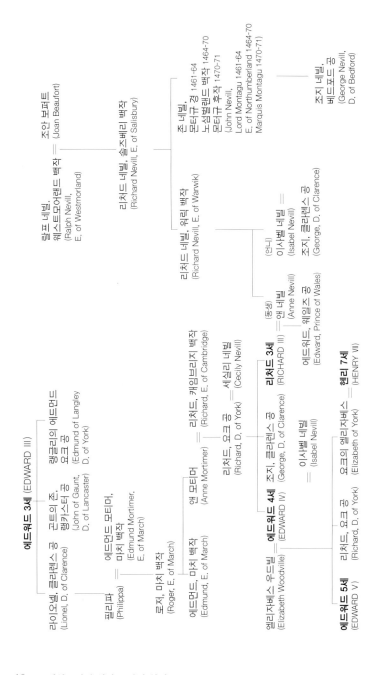

후기 플랜태저넷 왕가 (랭카스터와 보퍼트 가계도)
The Later Plantagenets (Lancaster and Beaufort Lines)

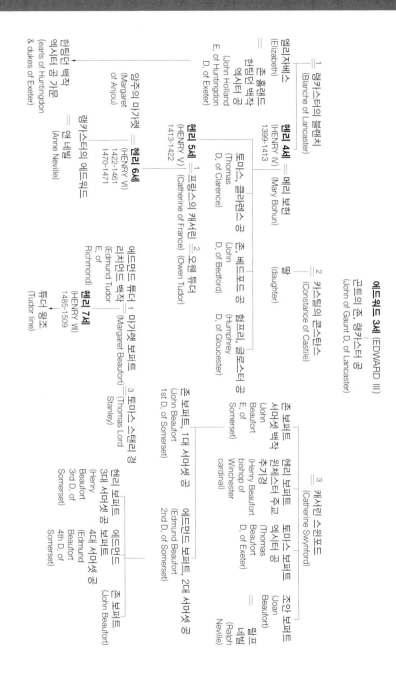

에드워드 3세 (EDWARD III)

곤트의 존, 랭카스터 공
(John of Gaunt D. of Lancaster)

1 랭카스터의 블랜치
(Blanche of Lancaster)

엘리자베스
(Elizabeth)
=
존 홀랜드
헌팅던 백작
엑서터 공
(John Holland
E. of Huntingdon
D. of Exeter)

한팅던 백작
엑서터 공 가문
(earls of Huntingdon
& dukes of Exeter)

헨리 4세
(HENRY IV)
1399-1413
=
메리 보현
(Mary Bohun)

토마스, 클라렌스 공
(Thomas
D. of Clarence)

헨리 5세
(HENRY V)
1413-1422
=
1 프랑스의 캐서린
(Catherine of France)
=
2 오웬 튜더
(Owen Tudor)

앙주의 마가렛
(Margaret
of Anjou)
=
헨리 6세
(HENRY VI)
1422-1461
1470-1471

랭카스터의 에드워드
(Edward)

존, 베드포드 공
(John
D. of Bedford)

딸
(daughter)

험프리, 글로스터 공
(Humphrey
D. of Gloucester)

에드먼드 튜더
리치먼드 백작
(Edmund Tudor
E. of
Richmond)
=
1 마가렛 보퍼트
(Margaret Beaufort)
=
3 토마스 스탠리 경
(Thomas Lord
Stanley)

헨리 7세
(HENRY VII)
1485-1509

튜더 왕조
(Tudor line)

2 카스틸의 콘스탄스
(Constance of Castile)

3 캐서린 스윈포드
(Catherine Swynford)

존 보퍼트, 1대 서머셋 공
(John Beaufort
1st D. of Somerset)

헨리 보퍼트
윈체스터 주교
엑서터 공
(Henry Beaufort
bishop of
Winchester
cardinal)

토마스 보퍼트
(Thomas
Beaufort
D. of Exeter)

조안 보퍼트
(Joan
Beaufort)
=
랄프 네빌
(Ralph
Neville)

존 보퍼트
서머셋 백작
리치먼드 공
(John
Beaufort
E. of
Somerset)

헨리 보퍼트
3대 서머셋 공
(Henry
Beaufort
3rd D. of
Somerset)

에드먼드 보퍼트, 2대 서머셋 공
(Edmund Beaufort
2nd D. of Somerset)

에드먼드
보퍼트
4대 서머셋 공
(Edmund
Beaufort
4th D. of
Somerset)

존 보퍼트
(John Beaufort)

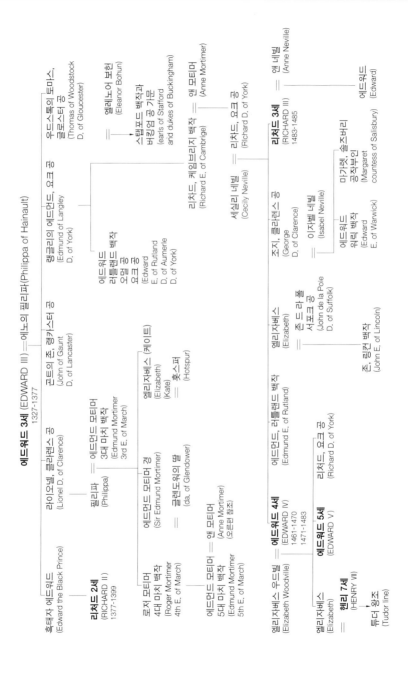

에드워드 3세 (EDWARD III) ══ 에노의 필리파(Philippa of Hainault)
1327-1377

흑태자 에드워드
(Edward the Black Prince)

리처드 2세
(RICHARD II)
1377-1399

라이어넬, 클라렌스 공
(Lionel D. of Clarence)

필리파
(Philippa) ══ 에드먼드 모티머
3대 마치 백작
(Edmund Mortimer
3rd E. of March)

로저 모티머
4대 마치 백작
(Roger Mortimer
4th E. of March)

에드먼드 모티머 경
(Sir Edmund Mortimer)
══ 글렌도워의 딸
(da. of Glendower)

엘리자베스 (케이트)
(Elizabeth
(Kate)) ══ 홋스퍼
(Hotspur)

에드먼드 모티머 ══ 앤 모티머
5대 마치 백작 (Anne Mortimer
(Edmund Mortimer (오른쪽 참조)
5th E. of March)

곤트의 존, 랭카스터 공
(John of Gaunt
D. of Lancaster)

에드먼드 모티머
래틀랜드 백작
(Edmund E. of Rutland)

리처드, 요크 공
(Richard D. of York)

엘리자베스 우드빌
(Elizabeth Woodville) ══ 에드워드 4세
(EDWARD IV)
1461-1470
1471-1483

엘리자베스
(Elizabeth)

에드워드 5세
(EDWARD V)

══ 헨리 7세
(HENRY VII)
튜더 왕조
(Tudor line)

랭글리의 에드먼드, 요크 공
(Edmund of Langley
D. of York)

우드스톡의 토머스,
글로스터 공
(Thomas of Woodstock
D. of Gloucester)

에드워드
래틀랜드 백작
요크 공
요크 공
(Edward
E. of Rutland
D. of Aumerle
D. of York)

엘리자베스
(Elizabeth) ══ 존 드 라 폴
서포크 공
(John de la Pole
D. of Suffolk)

존, 링컨 백작
(John E. of Lincoln)

리처드, 케임브리지 백작 ══ 앤 모티머
(Richard E. of Cambrige) (Anne Mortimer)

세실리 네빌
(Cecily Neville) ══ 리처드, 요크 공
(Richard D. of York)

조지, 클라렌스 공
(George
D. of Clarence) ══ 이자벨 네빌
(Isabel Neville)

에드워드
워릭 백작
(Edward
E. of Warwick)

마가렛, 솔즈베리
공작부인
(Margaret
countess of Salisbury)

헬레노어 보헌
(Eleanor Bohun)

스태포드 백작과
버킹엄 공 가문
(earls of Stafford
and dukes of Buckingham)

앤 네빌
(Anne Neville) ══ 리처드 3세
(RICHARD III)
1483-1485

에드워드
(Edward)

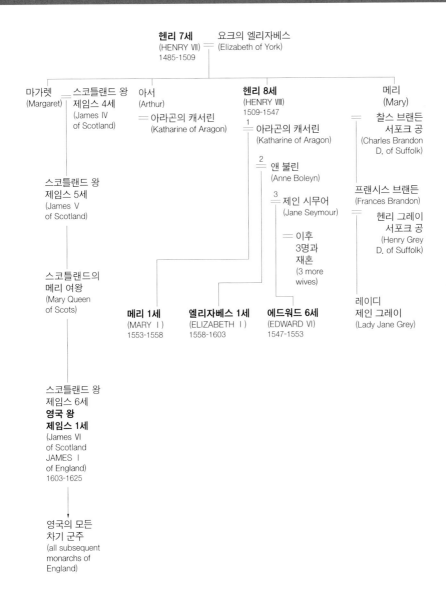

헨리 7세
(HENRY VII) = 요크의 엘리자베스
1485-1509 (Elizabeth of York)

마가렛
(Margaret)

스코틀랜드 왕
제임스 4세
(James IV
of Scotland)

아서
(Arthur)
= 아라곤의 캐서린
(Katharine of Aragon)

헨리 8세
(HENRY VIII)
1509-1547
1 = 아라곤의 캐서린
(Katharine of Aragon)

2 = 앤 불린
(Anne Boleyn)

3 = 제인 시무어
(Jane Seymour)

= 이후
3명과
재혼
(3 more
wives)

메리
(Mary)
= 찰스 브랜든
서포크 공
(Charles Brandon
D. of Suffolk)

프랜시스 브랜든
(Frances Brandon)
= 헨리 그레이
서포크 공
(Henry Grey
D. of Suffolk)

스코틀랜드 왕
제임스 5세
(James V
of Scotland)

스코틀랜드의
메리 여왕
(Mary Queen
of Scots)

메리 1세
(MARY I)
1553-1558

엘리자베스 1세
(ELIZABETH I)
1558-1603

에드워드 6세
(EDWARD VI)
1547-1553

레이디
제인 그레이
(Lady Jane Grey)

스코틀랜드 왕
제임스 6세
**영국 왕
제임스 1세**
(James VI
of Scotland
JAMES I
of England)
1603-1625

영국의 모든
차기 군주
(all subsequent
monarchs of
England)

프롤로그

셰익스피어는 홀의
『랭카스터와 요크 두 명문가의 통합』(1548)과
홀린셰드의
『잉글랜드, 스코틀랜드, 아일랜드 연대기』(1577)
등을 참고로 역사극을 제작한다.

그는 첫 역사극 작품으로
요크가와 랭카스터가 사이의
장미전쟁(1455-1485)을 그리는
『헨리 6세 제2부』(1591)를 상연한다.
이 작품의 흥행으로
셰익스피어는 극작가로서
입지를 굳히게 된다.

프롤로그

셰익스피어는 홀Edward Hall(c. 1498-c. 1547)의『랭카스터와 요크 두 명문가의 통합The Union of the Two Noble and Illustre Famelies of Lancaster and York』(1548)과 홀린셰드Raphael Holinshed(c. 1529-c. 1580)의『잉글랜드, 스코틀랜드, 아일랜드 연대기The Chronicles of England, Scotland, Ireland』(1577) 등을 참고로 역사극을 제작한다. 그는 첫 역사극 작품으로 요크가Yorkist와 랭카스터가Lancastrian 사이의 장미전쟁Wars of the Roses(1455-1485)을 그리는『헨리 6세 제2부King Henry VI, Part 2』(1591)를 상연한다. 이 작품의 흥행으로 셰익스피어는 극작가로서 입지를 굳히게 된다.

『헨리 6세 제2부』가 발표된 후 같은 해에『헨리 6세 제3부King Henry VI, Part 3』가 나오게 되고 연대기 순으로 가장 앞부분에 위치해야 할『헨리 6세 제1부King Henry VI, Part 1』가 1592년에 제작되었다는 것이 정설이다. 『헨리 6세』삼부작의 뒷이야기를 담고 있는『리처드 3세』가 1592년경 발표되면서, 셰익스피어의 첫 역사극 사부작이 완성된다. 두 번째 역사극 사부작인『리처드 2세』,『헨리 4세』2부작과『헨리 5세』는 1595년과 1599년 사이에 상연된다. 리처드 2세Richard II(1367-1400)에서 리처드 3세

엘리자베스 1세
1575년 경, 작가 미상

Richard III (1452-1485)에 이르는 1398년에서 1485년 사이의 사건을 담고 있는 각 사부작은 역사적 사건으로 긴밀하게 연결되어 있다.

역사극 공연이 집중되었던 시기가 엘리자베스 1세의 통치 말기라는 점은 역사극의 유행이 시대 상황과 밀접하게 관련되어 있음을 시사한다. 엘리자베스 1세는 위태로운 정치 상황에서 여왕으로 즉위하게 되고, 왕권이 확고해 지기까지는 상당한 시간이 소요된다. 맥카프리W. T. MacCaffrey는 이 시기를 "생과 사를 결정짓게 될 정권의 시험기*the testing time of the regime, whether it was to live or die*"(4)로 규정하며 엘리자베스 여왕 즉위 직후의 험난한 정치판을 묘사한다. 헨리 8세 이후의 불안한 후계 구도와 가톨릭 국가들의 위협, 에드워드 6세Edward VI(1537-1553)의 짧은 치세는 왕권에 대한 불안감을 가중시켰다. 따라서 40년이 넘는 엘리자베스 1세의 재위 기간은 왕권의 이상화에 적절한 시기였다.

엘리자베스 여왕은 글로리아나Gloriana, 요정 여왕Fairy Queen, 성스럽고 순결한 처녀 여왕이라는 불멸의 이미지로 이상화된다. 엘리자베스 1세의 통치기는 평화로웠지만 최고 권력자가 여성이라는 사실이 국민들에게 끊임없이 남성 왕을 기대하게 만든 불안한 시기이기도 했다. 또한 연로한 여왕이 더 이상 남성 후계자를 생산할 수 없을 것이라는 예측은 정치적 혼란을 가중시켰다. 1588년 스페인의 무적함대Invincible Armada를 대패시킨 사건 이후 사회적 갈등은 심화된다. 스페인은 1596년과 1597년에도 1588년에 버금가는 규모의 함대를 영국으로 진수시킨다. 영국 군대는 북해 연안과 아일랜드 등지에서 스페인의 군대에 대항하고, 거듭된 전쟁으로 인해 영국인들의 위기감은 더욱 고조된다. 당시의 연극계는 스페인과의 전쟁이 야기한 불안감을 신속히 연극에 반영한다. 역사극의 유행은 바로 이러한 세태에 대한 반향이다. 셰익스피어가 첫 역사극 사부작을 발표했던 시기는 스페인의 무적함대를 격퇴했던 1588년에서 불과 몇 년 지나지 않은 시기였고 영국은 표면적으로는 최고의 시기를 맞이하고 있었다. 하지만 이면에 국가적 안정에 대한 불안감이 내재해 있었던 모순적인 시대였다. 1588년 이전에도 역사극이 존재했지만 인기 있는 장르로 발전된 것은 말로우Christopher Marlowe의 『탬벌레인 대왕Tamburlaine the Great』(1587-1588)의 성공 이후라고 할 수 있다. 그리고 역사극은 1603년 엘리자베스 1세의 사망을 기점으로 급격히 쇠락한다. 역사극이 엘리자베스 1세 통치기 후반의 사회적 현안이 투영된 장르였다는 것에서 쇠퇴의 원인을 찾아볼 수 있다.

1590년대 초반 셰익스피어는 『헨리 6세』 삼부작의 성공을 통해 대중 극작가로 자리매김한다. 첫 역사극 사부작의 성공적인 공연은 역사에 대한 당대인들의 관심과 접목되어 있다. 『헨리 6세』 삼부작의 주요 사건은 튜더 왕조 설립 이전의 정치적 혼돈을 야기했던 장미전쟁이다. 장미전쟁은 플랜태저넷Plantagenet 왕가(1154-1485)에서 튜더 왕가로 넘어가는 결정적인 원인을 제공한 사건으로 튜더 왕

랭카스터 가의 문장인 붉은 장미

요크 가의 문장인 하얀 장미

조 시대에 자주 다루어지던 소재였다. 튜더 왕조가 건립되기 이전 30년 동안 이어진 장미전쟁은 영국을 일대 혼란기로 내몰며 많은 희생자를 냈고, 국내 정치에 불안감을 가중시켰다. 장미전쟁은 세력을 떨쳤던 귀족 가문과 국왕 사이의 전쟁이었다. 귀족 가문들은 젠트리 계급과 토지 임차인들, 가신들과 연합해 세력을 형성하게 되는데, 이른바 의사 봉건주의bastard feudalism[1]를 기반으로 전쟁을 일으킨다. 의사 봉건주의는 인적 자원을 제공했던 사회의 하층계급과 귀족들과의 관계로 정의된다(Hicks 389). 영주와 밀접한 관계를 지니고 있던 가신들은 돈이나 직위에 대한 답례로 노동과 군사력을 제공한다. 혈족 중심의 사회가 새로운 정치 형태의 국가로 나아가는 과도기에 의사 봉건주의가 존재한다.

귀족 가문의 남성들은 영주들과 긴밀한 유대감으로 결속되어 있었으며 예비군을 모집하기도 했다(Hicks 389). 당시에는 귀족이나 젠트리 계급 심지어 왕도 의사 봉건주의에 연관되어 있었고, 영국은 왕과 귀족 간에 권력이 공유되는 혼합 군주제 국가였다. 이 시기에 발발한 장미전쟁은 왕위를 둘러싼 귀족 가문들의 투쟁이 극에 달한 사건이다. 장미전쟁의 결과로 요크 가문이 왕좌를 차지하고, 보스워스 전투The battle of Bosworth(1485)에서 리처드 3세의 패배로 왕위는 튜더 왕조의 창시자 헨리 7세Henry VII(1457-1509)에게 이양된다.

1_ 의사 봉건주의는 14세기에서 16세기에 이르는 중세 후기 영국의 봉건주의를 일컫는다.

헨리 7세는 여러 영주들의 세력을 기반으로 보위에 올랐기에, 이후에도 그의 왕권은 취약할 수밖에 없었다. 따라서 왕권 강화를 위해 헨리 7세는 의도적으로 신화적 인물로 창조될 필요가 있었다. 이와는 상반되게 플랜태저넷 가문의 마지막 왕 리처드 3세는 악인의 이미지로 각인되어야 했다. 당대의 많은 지식인들이 왕조에 부합하는 이미지를 부각시키며 튜더 왕조의 정당성을 지지하는 튜더 신화Tudor Myth를 구현한다. 헨리 7세 시대의 역사가 버질Polydore Vergil이 저작한 『영국 역사Historia Angliae』(1534)에서도 이에 대한 단서를 찾아 볼 수 있다. 버질은 튜더 신화에 완벽히 부합되는 "의심할 바 없는 악한undoubted villain"(Candido 141)인 리처드 3세의 모습을 제시한다. 이 책에서 리처드 3세는 보스워스 전투에서 후에 헨리 7세가 되는 리치먼드Richmond 백작 헨리 튜더Henry Tudor에게 대패하는 모습으로 그려진다. 튜더 왕조의 정당성을 내세우고 있는 다른 작품으로 버질의 친구이기도 했던 모어Thomas More(1478-1535)가 쓴 『리처드 3세의 전기The History of King Richard III』(1513)가 있다. 버질과 유사한 정치적 입장에서 서술된 이 작품은 리처드 사후 30년 정도가 경과된 시점에 저작된다. 셰익스피어는 버질과 모어가 극악무도한 폭군으로 묘사한 리처드 3세에 착안해 『리처드 3세』를 제작한다.

첫 역사극 사부작에서 셰익스피어는 튜더 왕가의 승리를 부각시켜 보여 준다. 특히 『리처드 3세』의 5막에서 튜더 왕조가 옹립되는 결정적 사건인 보스워스 전투를 재현한다. 이 전투는 에드워드 3세Edward III(1312-1377) 이후 혼란스러웠던 영국 왕실의 후계자 구도를 정리하고 튜더 왕조를 설립하는 계기가 되었다는 측면에서 중요한 의미를 지닌다. 셰익스피어는 보스워스의 전장에 리처드 3세에게 죽임을 당한 유령들을 등장시킨다. 헨리 6세의 유령은 리처드 3세에게 "절망과 죽음을 명한

보스워스 전투
1804년 필립 제임스 드 루더버그(Philip James de Loutherbourg, 1740-1812) 작

다!*bids thee despair and die!*"(King Richard Ⅲ 5.3.128)라는 저주를, 헨리 튜더에게는 "살아서 영광을 누려라!*Live and flourish!*"(5.3.131)라는 은총의 말을 전한다. 이 장면은 셰익스피어가 튜더 왕조의 정당성을 입증하는 튜더 신화를 구현하고 있다는 비평가들의 주장에 힘을 실어 준다.

틸야드E. M. Tillyard는 헨리 7세 즉위 이후 영국의 역사 저술 작업이 튜더 왕조의 정당성을 입증하는 방편으로 활용되었다고 언급하며(*History* 40), 셰익스피어가 튜더 시대 역사서들에 담긴 튜더 신화를 역사극에 수용하고 있다고 역설한다(75). 이러한 주장은 당대 주요 극작가였던 셰익스피어가 어느 정도는 시대의 조류를 따랐을 것이라는 비평가들의 추측을 뒷받침해 준다. 하지만 셰익스피어가 1422년에서 1485년 사이의 역사적 사건을 다루는 방식은 상당히 복잡하며 많은 부분이 음지에 가려져 있다(Ton Hoenselaars 143). 따라서 첫 역사극 사부작을 단순히 튜더 왕조의 정당성을 지지하는 극으로 보기에는 무리가 있다.

틸야드의 비평은 셰익스피어의 작품에 대한 다양한 정치적 접근을 야기한다. 캠벨Lily B. Campbell은 셰익스피어의 역사극이 엘리자베스 1세 시대의 정치적 사안과 밀접하게 연관되어 있다고 주장하며(Histories 125) 역사극의 정치적 해석을 시도한다. 테넌하우스Leonard Tennenhouse도 셰익스피어가 엘리자베스 1세 시대를 다룬 역사극을 무대에 올리지 않았던 이유를 르네상스 영국의 드라마 제작이 정치적 행위로 간주되었던 것에서 찾는다(125). 돌리모어Jonathan Dollimore와 신필드Alan Sinfield는 셰익스피어의 역사극을 엘리자베스 1세 시대의 이데올로기와 시대적 불안감을 동시에 내포한 극으로 해석한다(231). 특히 르네상스 영국의 극장을 일종의 제도적 기관으로 간주하는 돌리모어의 주장은("Introduction" 7) 셰익스피어 역사극의 전복성이 은폐되어 있음을 암시한다.

셰익스피어의 역사극을 권력과 주체에 관련된 극으로 보는 그린블랫 Stephen J. Greenblatt은 텍스트의 전복적 성향이 기존 권력에 음영을 드리우지만 역설적이게도 왕의 권력을 더욱 강화시키고 있다고 지적하며 ("Invisible" 43) 셰익스피어 역사극의 전복성이 실패했다는 것에 초점을 맞춘다. 이처럼 셰익스피어 역사극의 해석에는 당대의 정치가 많은 면을 차지한다. 그러나 연극과 텍스트를 정치와 권력 등의 문제에만 국한시켜 접근하는 것은 문학을 하나의 사상으로 대하는 오류를 범할 수 있다. 정치적이고 전복적인 문제에만 집착하는 것은 문학을 이데올로기나 사회 체제의 하부에 두는 결과를 가져올 수도 있기 때문이다.

이는 여러 가지 이론으로 셰익스피어의 역사극을 비평해 왔던 관행을 반추하게 한다. 20세기 이후에 등장한 수많은 이론들을 기반으로 해서 많은 비평가들이 셰익스피어를 왕권지지자, 봉건주의 옹호자, 민주주의자, 가톨릭 신자, 청교도, 진보주의자, 휴머니스트, 급진주의자, 동성애자 등으로 분석해 왔다. 다양한 포스트모더니즘 이론들은 각자의 방식으로 셰익스피어의 작품에 접근했다. 하지만 이론의 틀 속에서 다양한 현상들을 몇 가지 원리로 해석한다는 것은 문학이 지닌 가치를 지나치게 획일화할 수 있다. 비평 이론은 문학 텍스트의 정체성을 이론적 틀 속에서 미리 확정지어 버릴 수도 있기 때문에 많은 이들이 비평 이론의 종말을 선고하고 있는 것이 현실이다. 비평을 위한 비평 속에서 문학 작품의 해석은 설득력을 상실하고 문학 비평은 무용지물이 되어 버리고 만다(Carey 280). 현재는 이론 이후의 세상에서 다시 문학 작품을 마주하고 있다. 그 과정에서 잊지 말아야 할 점은 문학 작품의 탄생 배경과 작품이 당시의 독자나 관객과 나누었던 교감이다. 따라서 문학 작품의 해석에는 문화와 역사적 상황에 대한 이해가 선행되어야 한다(Fortier 149). 그린블랏은 문학 연구를 "역사를 담고 있는 작품들*historically embedded works*" ("Exorcists" 429)에 대한 연구로 본다. 이러한 주장은 셰익스피어 역사극의 분석에 있어 역동적인 역사 해석의 문제를 부각시키며 작품과 역사성 사이의 조화를 추구해야 한다는 것을 시사한다.

르네상스 영국의 역사관은 중세의 섭리적 역사관과 이탈리아 출신 휴머니스트들의 유입으로 인한 인간 중심 사상이 혼합되어 복합적인 역사관을 형성했다. 또한 르네상스 영국의 문학관은 『위정자의 거울*The[A] Mirror for Magistrates*』(1559-1596)과 같은 작품에서 드러나듯 교훈적인 것이었다. 『위정자의 거울』은 유명한 역사와 역사극의 한 부분과 연대기에서 발췌한 내용을 다룬 교훈적인 시로 구성되어 있다. "역사는 단지 도덕 철학History is nothing but Moral Philosophy"(Budra, "Politics" 2)이라는 경구를 실현하고 있는 이 책은 당대의 지식인들에 의해 높이 평가받았다. 1559년 처음 발간된 이 책은 영국 역사 속 여러 인물들과 왕들의 비극을 담고 있다. 『위정자의 거울』은 후세의 왕들과 위정자들에게 올바른 정치를 권고하는 동시에 경고의 의미를 지니고 있었다.

영국 역사를 통틀어 왕권의 불안과 혼란, 왕좌를 차지하기 위한 권력 다툼은 튜더 왕조 직전의 플랜태저넷 왕가에서도 쉽게 찾아볼 수 있다. 존 왕King John(1167-1216)은 조카의 왕권을 찬탈해 왕좌에 오른 뒤 조카를 죽음으로 내몰았고, 헨리 4세Henry Ⅳ(1366-1413)는 리처드 2세의 왕권을 강제적으로 양도받았다. 이후에 일어난 장미전쟁으로 인해 헨리 6세 Henry Ⅵ(1421-1471) 또한 에드워드 4세Edward Ⅳ(1442-1483)에게 왕권을 찬탈당한다. 에드워드 4세의 아들은 삼촌 리처드에게 죽임을 당하면서 왕권은 리처드에게 이양되고, 그는 리처드 3세로 즉위한다.

위정자들의 비극적 파국은 엘리자베스 여왕 사후의 왕위 계승 문제와 맞물려 르네상스 영국인들의 주요 관심사였다. 역사의 비극적 장면이 부여하는 교훈적 요소는 여러 역사가들에 의해 역사서로 출간되고 이를 원전으로 한 셰익스피어의 역사극에 자연스럽게 반영된다. 당시의 복합적 역사관과 교훈적 문학관의 영향으로 셰익스피어의 역사극은 역사 속의 비극을 현재를 반추하는 거울로 제시한다. 여기에는 역사의 수많은 사건들이 유사성을 지니고 있으며 인간의 보편적 삶이 부단히 반복된다는 당대의 관념이 투영되어 있다. 역사가 완전히 동일하게 반복되지는 않지만 유사성 속에서 어느 정도의 미래 예측이나 반성이 가능하다는 점에서 대중적 성격을 띤 역사극은 역사의 패턴과 교훈을 관객들에게 제시해 줄 수 있었다.

전통적으로 셰익스피어의 역사극은 정치적인 작품으로 분석되거나, 희극이나 비극, 로맨스 장르와 유사한 극적 여흥을 제공하는 극으로, 혹은 셰익스피어 극작 초기의 희극에서 후기의 원대한 비극 작품들로 넘어가는 발전 과정의 한 부분으로 인식되어 왔다(Tennenhouse 109). 따라서 셰익스피어의 역사극들은 연작들의 유기적인 연관성에서 연구되기보다는 개별 작품의 측면에서 연구되어 온 것이 사실이다. 초기와 후기 역사극 8편 중 역사적 순서로는 가장 앞에 위치하는『리처드 2세』는 엘리자베스 1세와 시대상과의 연관성에 중점을 두고 연구된다.『리처드 2세』 이후의 역사를 그리는『헨리 4세』연작은 복합적인 플롯과 독창적인 스타일을 지닌 독립된 극으로 인식되며,『헨리 5세』의 경우 강력한 군주상에 초점이 맞추어져 정치적 측면에서 분석된다.

첫 역사극 사부작 중『리처드 3세』를 제외한『헨리 6세』삼부작은 비평가들의 관심에서 제외되어 왔다.『헨리 6세』삼부작은 엘리자베스 1세 시대 관객들의 조야한 취향을 반증하는 극으로 간주되기도 한다(Chernaik 23). 셰익스피어의 작품이라고 하기에는 구성과 완성도가 떨어진다고 평가되어 단일 작가의 작품이 아닐지도 모른다는 의혹이 있어왔다. 특히『헨리 6세 제1부』의 저자와 집필 시기는 오랫동안 논란의 대상이 되었다. 이 극의 주제나 극적 통일성을 긍정적으로 평가하는 비평가들은『헨리 6세 제1부』를 2부와 3부 이전에 제작된 셰익스피어의 단독 작품으로 본다. 한편 이 작품이 지니고 있는 결점을 들어 그 저자를 셰익스피어와 동시대의 극작가였던 내쉬Thomas Nashe와 그린Robert Greene, 필George Peele 등으로 보는 비평가들도 있다.『헨리 6세 제1부』를 셰익스피어의 작품이 아닐 것이라 추정하는 비평가들은 이 작품의 무대 지시문이 셰익스피어의 다른 작품의 무대 지시문과 상이하다는 점을 증거로

든다. 또한 그린이『헨리 6세 제1부』를 집필한 후 셰익스피어가 이 작품을 개작했다는 주장도 제기된다(Bevington 309).

셰익스피어의 초상화
1610년, 존 테일러John Taylor의 작품

하지만 대부분의 비평가들이 이 작품을 2부와 3부 이후에 제작된 셰익스피어의 단독 작품으로 인정한다. 틸야드는『헨리 6세』삼부작을 상당히 통일성 있게 구성된 극으로 본다. 그는 셰익스피어가 도덕적인 주제에 입각해 삼부작의 구조적 통일성을 구축하고 있다고 평가한다(History 185). 일부 비평가들은『헨리 6세』삼부작의 극적 구조나 등장인물들의 동기에 주목한다. 브록뱅크Philip Brockbank와 존스Emrys Jones는 삼부작의 비극적 성향을 지적한다. 특히 존스는 극의 몇 가지 에피소드를 예로 들어『헨리 6세 제2부』와『헨리 6세 제3부』를 "간결한 비극brief tragedy"(182)으로 정의한다.

첫 역사극 사부작의 결말 격인『리처드 3세』는 비극적 측면에 초점이 맞추어져 독립적인 극으로 간주되기도 한다. 앤더슨Maxine K. Anderson은『리처드 3세』를 리처드의 불만과 복수심에 찬 내면의 작용을 보여주는 극으로 규정하며, 리처드의 정신 상태가 자아의 자각을 방해하고 증오를 발생시킨다고 본다(701). 그는 리처드의 시기심과 일종의 나르시시즘narcissism이 인격을 파괴한다고 역설하며(703) 이 극의 복수비극적 측면을 조명한다. 맥켈런Ian McKellen 또한 리처드의 권력욕을 리처드의 "몰락과 실패의 씨앗*the seeds for the fall and the collapse*"(Chernaik 61 재인용)으로 간주하며 비극적 관점으로『리처드 3세』를 분석한다.

튜더 왕조를 직접적으로 전면에 내세우고 있지는 않지만 15세기의 국가적 사건을 다루며 튜더 왕조가 성립되는 과정을 묘사하고 있다는 점에서 첫 역사극 사부작은 공연 당시의 시대와 밀접한 관련이 있다. 일반적으로 첫 역사극 사부작은 엘리자베스 1세 통치 말기의 대외적인 전쟁이나 여성 통치자에 대한 불안을 담고 있는 작품으로 인식된다(Moulton 254).

사부작 중『헨리 6세』시리즈는 무정부적 상태와 여성화된 위정자의 통치 실패, 여성에 의한 정치를 반영한다. 여성화된 통치자와 권력을 장악한 남성적인 여성들은 전통 가부장제 권력 구조를 불안하게 만들며 국가를 혼돈 상태로 몰아간다. 셰익스피어의 역사극이 공연된 시기의 영국은 엘리자베스 여왕의 통치기였기에 상당히 여성화된 시대였다. 현실과 적절하게 반응하며 무대에 상연된 셰익스피어의 역사극에는 당대의 여성화된 현실상이 담겨있다. 두 번째 역사극 사부작 중『리처드 2세』와『헨리 4세』연작에 등장하는 여성들이 남성들의 그늘에 가려 극의 부수적인 존재로 전락하는 반면, 첫 역사극 사부작의 역동적인 여성들은 남성들의 세계를 여성화하며 왕권을 위협한다.

셰익스피어는 첫 역사극 사부작에서 여성들이 지배하는 극세계를 제시하며 엘리자베스 1세 시대의 여성화된 세계를 시사한다. 첫 역사극 사부작은 역사의 도덕적 교훈을 추구했던 르네상스 영국의 문화와 역사적 배경 속에서 튜더 왕조와 직결되는 사건을 묘사하며 엘리자베스 1세 치하의 시대상을 반영하고 있는 작품이다. 이런 의미에서 첫 역사극 사부작은 셰익스피어의 역사극에서 중요하게 자리매김된다. 하지만『헨리 6

세』시리즈에 대한 연구는 구조 문제나 저자 문제에 국한되어 왔고 『리처드 3세』의 경우 단독 비극으로 취급받으며 유기적 연결성을 지닌 사부작 작품으로는 평가 절하되어 온 것이 사실이다.

따라서 이 글은 셰익스피어의 첫 역사극 사부작에 초점을 맞추어 셰익스피어가 창조한 역사를 조명하며, 셰익스피어가 어떤 방식으로 당대의 문화, 사회, 역사, 그리고 국가와 개인의 문제를 역사극 속에 재현하고 있는지를 규명한다. 근대 국가로 나아가는 과정에서 셰익스피어가 재현한 영국은 역사와 문학이 불가분의 관계에 있던 르네상스 문학을 연구하는 데 중요한 의의를 지닐 것이다.

—

1막
셰익스피어의
역사
만들기

—

르네상스 시대의 영국은
국가의 정체성 탐구와 함께
자국과 타국의 차이점을 부각시키고자 했다.

민족과 고대 역사에 대한 관심의 결과로
르네상스 시대에 성행하다 사라진
고대 연구자 중 한 명인 캠든은

영국의 고대 역사를
로마와 연관 짓는 역사서인
『브리타니아』(1586)를 저술한다.

1막
셰익스피어의 역사 만들기

1장 르네상스 영국의 역사관

15세기 후반 인쇄술의 발달로 캑스턴William Caxton이 중세의 연대기들을 영역판으로 출간한 이후 본격적으로 역사서 출판의 계기가 마련된다. 르네상스 시대에는 도덕적 삶의 교육에 있어 역사를 통한 방법이 가장 적합하다고 여겨지며 역사서가 대중적으로 보급된다. 남녀노소나 교육유무에 관계없이 당대인들은 역사서의 독자였다. 르네상스 영국의 역사 서술은 모순적이게도 신의 섭리 중심인 중세적 역사 관념과 관행에 근거한다. 새로운 시대와 신념의 도래에도 불구하고 르네상스 시대는 기본적으로 중세의 연장선에 있었기에 중세적 세계관이 잔재해 있었다. 따라서 역사 서술도 상당 부분 신의 섭리에 바탕을 둔 중세적 역사관이 지배적이었다.

중세의 역사가들은 종교적 텍스트를 비롯한 창조의 순간과 우주의 역사, 수도원, 지형의 연구를 다루는 책과 독자들의 도덕 교육을 위한 왕들의 몰락을 묘사하는 책 등을 저작한다. 역사 관련 출판물의 목적과 방법은 상이하지만 공통적으로 우주가 신의 섭리에 의해 구성된다는 믿음이 내재해 있다. 역사는 "지상에서 신의 섭리의 작용*the workings of God's will on earth*"(Gransden 454)으로 간주된다. 셰익스피어 또한 『헨리 6세』 삼부작이나 『리처드 3세』에서 역사의 "섭리적 의도*providential design*"(Helgerson 31)를 묘사하며 중세의 섭리적 역사관을 반영한다.

　『헨리 6세 제3부』에서 헨리 6세는 중세적 종교 역사관인 섭리적 역사관을 암시하는 언급을 한다.

> 보아라, 내가 이 새털을 내 얼굴에서 불어 날리면,
> 바람이 다시 내게로 돌려보낸다,
> 내가 불면 내 바람에 따르고,
> 바람이 불면 또 다른 바람에 따르니,
> 언제나 더 큰 돌풍에 지배되기 마련이지.
>
> Look, as I blow this feather from my face,
> And as the air blows it to me again,
> Obeying with my wind when I do blow,
> And yielding to another when it blows,
> Commanded always by the greater gust.
> (*King Henry VI, Part 3* 3.1.83-87)

　바람에 새털이 날리는 것이 "더 큰 돌풍"에 지배된다는 헨리 6세의 대사는 인간의 의지 이면에 신의 보이지 않는 힘이 작용하고 있다는 것을

암시한다. 또한 "허영과 치세, 지배는 무언가, 단지 흙과 먼지인가? 우리가 어떻게 살아왔든지, 죽어야만 하니*what is pomp, rule, reign, but earth and dust? / And live we how we can, yet die we must*"(*King Henry VI, Part 3* 5. 2. 27-28)라는 워릭Warwick의 한탄은 인간사의 허망함과 신의 섭리를 간접적으로 시사한다. 헨리 6세와 워릭의 대사는 중세를 지나 르네상스 시대에도 성행하던 섭리적 역사관을 보여 준다. 당대인들은 역사를 신의 섭리의 패턴으로 보았고, 역사 속에서 신의 섭리가 반복된다는 관념을 지니고 있었다. 이러한 생각은 중세에서 르네상스 시대에 이르기까지 다양한 작가들의 작품에 반영된다. 15세기의 도덕극 『에브리맨*Everyman*』이나 리드게이트John Lydgate의 문학적 역사 텍스트 『군주의 몰락*Fall of Princes*』, 그리고 이 작품을 16세기에 계승한 『위정자의 거울』류 작품에서 인간 역사의 부흥과 몰락, 죄와 회개, 자비와 징벌 등의 반복되는 패턴이 제시된다.

르네상스 영국의 역사가들은 역사의 반복성을 인식하고 역사를 기록하는 역사서 편찬에 열중한다. 역사를 신의 섭리로 해석하며 기술하고자 했던 역사관은 중세 역사가들의 작품과 16세기의 역사가 그래프턴Richard Grafton과 홀, 버질 등의 책에 담겨있다. 섭리적 역사관은 당시의 왕조가 신의 섭리에 의한 것이라는 주장을 뒷받침하며 사회, 정치적으로 보수 성향을 촉진한다. 튜더 왕조 이전 왕들의 비극적 운명을 서술하고 있는 버질은 플랜태저넷 왕가 최후의 국왕 리처드 3세를 사악한 인물로 재현하며 그의 몰락을 신의 징벌로 규정한다(Gransden 470). 당대 역사서에 드러나는 튜더 왕조의 정당성 규명은 르네상스 영국의 역사 서술에 국가의 정치적 사안이 개입되어 있었다는 사실을 반증한다.

경제와 국제 정치의 변화, 인쇄술의 발달, 지리적 발견, 종교 개혁과 고대에 대한 재발견 등 변화를 거듭하던 르네상스 시대의 영국은 국가의 정체성 탐구와 함께 자국과 타국의 차이점을 부각시키고자 했다. 민족과 고대 역사에 대한 관심의 결과로 르네상스 시대에 성행하다 사라진 고대 연구자antiquarian 중 한 명인 캠든William Camden은 영국의 고대 역사를 로마와 연관 짓는 역사서인『브리타니아Britannia』(1586)를 저술한다. 영국 중심의 고전 연구는 영국의 아서왕King Arthur 전설의 근원을 그리스와 로마까지 거슬러 올라간다. 영국의 역사 기술 성향은 캠든의 죽음과 국외 출신 휴머니스트들의 유입으로 변화를 겪게 된다. 퍼스너F. Smith Fussner는 1580년에서 1640년 사이의 역사 서술의 목적과 내용, 방법적 측면의 변화를 지적한다(300). 울프D. R. Woolf도 1590년에서 1620년에 이르는 기간이 대중의 역사 인식과 역사 재현 방식의 중요한 분기점이었다고 언급한다(Walsh 121 재인용). 신학적 견해와 더불어 인간의 자유 의지에 대한 고려가 꾸준히 증가했던 이 시기에는 사기에서 시 장르에 걸쳐 다양한 역사 관련 저작물이 출판된다.

더불어 존스Edwin Jones는 종교 개혁을 역사 서술 양식의 전향이 일어난 결정적 계기로 본다(19). 종교 개혁은 로마 교회에 종속되었던 중세를 벗어나 새로운 역사를 열어주는 분수령이 된다. 이외에도 영국의 역사 서술에는 입헌군주제, 내란 등의 정치적 문제와 정신적 변화, 과학의 발전이 복합적으로 영향을 미친다. 르네상스 영국의 역사 서술에 가장 큰 영향을 준 사건은 휴머니스트 역사가들의 등장이다. 르네상스 휴머니즘의 중심부는 이탈리아였고 영국은 변방 정도였다.

영국의 휴머니즘은 에라스무스Desiderius Erasmus(1466-1536)와 같은 외국인 휴머니스트들의 영향이 상당 부분 작용한다. 헨리 7세가 왕위에 오른 1485년 이후 외국 출신의 휴머니스트들은 국왕의 후원을 받게 되고 이런 과정에서 휴머니즘이 자연스럽게 유입된다. 르네상스 영국의 휴머니스트들은 국왕과 귀족들의 후원을 받기 위해 활발한 저술 활동을 한다. 따라서 이들의 작품은 기존 권력을 옹호하는 성향을 지니게 된다. 휴머니스트들은 영국의 역사적 사건을 세밀하게 분석하며 역사를 서술한다. 당대 유행하던 영국 중심의 편협하고 주관적인 역사 서술은 헨리 7세의 요청으로 이탈리아 출신 버질이 집필한『영국 역사』에서 객관적 관점에 입각한 역사 서술로 나아간다. 이는 튜더 왕조의 등장을 설득력 있게 만들기 위해 주관적이고 영국 중심이었던 역사 서술에서 좀 더 객관적인 역사 서술로의 전환이 필요했기 때문이었다. 또한 당시의 국제어였던 라틴어로 역사서를 저술함으로써 국제적 인정을 받을 목적도 있었다.

휴머니스트들은 역사의 반복성을 인식하고 있었고, 순환되는 역사 속에서 현재나 미래에 대한 교훈을 얻을 수 있다는 신념을 지니고 있었다. 역사가 반복된다는 생각은 시간이 순환된다는 중세적 관념과 유사하다. 중세의 순환 개념이 신중심이었다면 르네상스 시대의 순환적 역사관은 인간을 주요 요인으로 간주한다. 휴머니스트들의 순환적 역사관은 영국의 르네상스 사상에 영향을 미쳤던 마키아벨리Niccolo Machiavelli(1469-1527)의 저술에서 찾아볼 수 있다.

마키아벨리는 영국의 정치와 문화에 중요한 영향을 미친 사상가 중 한 명이다. 르네상스 운동이 활발해지면서 영국인들은 르네상스의 근원지인 이탈리아의 문화와 정치, 역사적 관점에 관심을 가지게 된다. 이탈리아 피렌체Florence 출신의 마키아벨리는 피렌체 공화국의 서기관이었으며 피렌체의 휴머니스트 귀족들과 친분을 지니고 있었다. 그는 체사레 보르자Cesare Borgia와 교황 율리우스 2세Julius II와 같은 정치가와 지도자들을 만나 개인적인 견해를 기록한다. 마키아벨리의 개인적 기록들은 『군주론Il Principe』, 『로마사 논고Dicorsi sopra la prima deca di Tito Livio』, 『피렌체사*Istorie Florentine*』등의 저서에서 빛을 발한다. 마키아벨리의 저서는 당대의 위정자들에게 현실적 정치 감각을 일깨워 주는 역할을 한다. 신학과 이상주의를 거부하고 정치적 사실주의를 주창하는 마키아벨리의 저서는 비윤리적 성향으로 인해 부정적 측면이 부각된다.

하지만 당시의 이탈리아처럼 내분과 대외적 위기를 경험하고 있던 영국의 휴머니스트들 사이에 마키아벨리의 현실적 정치 이론이 인기를 누린 것은 당연한 결과이다. 마키아벨리의 저서 중 특히『군주론』은 위정자들에게 정치 전략, 통치술 등을 익히게 할 목적의 책이었다(Raab 4). 지나치게 현실적이며 신학과는 거리가 먼 마키아벨리의 정치서는 급진적이며 반종교적인 성향으로 치부되어 1559년 영국에서 금서가 된다. 하지만 마키아벨리의 저서는 문인들 사이에 필사본으로 은밀하게 유통되며 1584년 울프John Wolfe에 의해 이탈리아어로『군주론』과『논고』가 출판되기에 이른다. 1580년대 후반에는『피렌체사』와 같은 마키아벨리의 저서들이 이탈리아어와 영어로 출판된다. 영문으로 번역된 책 중『전쟁의 기술*The Art of War*』은 엘리자베스 1세에게 헌정되기도 한다. 마키아벨리의 정치, 역사적 관점은 마키아벨리즘Machiavellism이라는 형태로 영국에 보급되어 많은 극작품에 영향을 미친다. 셰익스피어는 물론 존슨Ben Jonson과 말로우 등의 작가들은 이득을 위해서는 무자비한 행동도 주저하지 않는 마키아벨리언Machiavellian들을 묘사하며 마키아벨리즘을 작품에 담아냈다. 부정적 인식에도 불구하고 인간적 특성과 욕망에서 나오는 동기가 사회에 미치는 영향과 복합적인 사회상을 조명했던 마키아벨리즘은 영국인들에게 강한 인상을 심어 준다. 영국의 역사 관념 속에는 마키아벨리가 강조한 정치와 역사에 대한 사상이 자리를 잡아간다.

마키아벨리는『군주론』과『피렌체사』에서 미래에 일어날 일을 예견하기 위해서는 반드시 과거에 발생한 일을 반추해야 한다고 주장하며 역사의 반복성과 정치성에 주목한다. 역사 연구의 선구자라고 할 수 있는 마키아벨리는 역사의 세세한 예들보다는 넓은 범위의 예를 들며 역사의 순환을 주장한다. 그는 도시국가가 "질서에서 무질서로 그리고 다시 무질서에서 질서로 변화*from order to disorder and then pass again from disorder to order*"한다고 피력하며, 이는 "자연의 섭리가 세속적인 것들을 정지해 있도록 두지 않기 때문*for worldly things are not allowed by nature to stand still*" (*Florentine Histories* 185)이라고 설명한다. 국가의 운명이 더 이상 상승할 곳이 없게 되면 자연스럽게 하강할 수밖에 없고 일단 하강하고 나면 더 이상 하강할 곳이 없기에 필연적으로 상승한다는 것이다. 마키아벨리는 한 나라가 일정 궤도에 이르게 되면 평화로운 상태가 계속되고, 이 상태가 지속되면 나태가 생겨나 무질서와 파괴를 야기한다고 역설하며 넓은 범위에서 역사의 순환성을 주장한다. 마키아벨리의 순환적 역사관은 『헨리 6세 제1부』에서 조운Joan La Pucelle[2]에 의해 반향된다.

> 영광은 수면에 동심원을 그리듯,
> 멈추지 않고 점점 더 크게 퍼져나가
> 완전히 퍼졌다가 무가 되어 사라져 버리지.
> 헨리의 서거로 영국의 순환은 끝났으니.
> 그것이 지녔던 영광은 흩어져버리네.

2_ 역사 속에서 조운은 조운 오브 아크(Joan of Arc, 불어 표기 Jeanne d'Arc), 오를레앙의 처녀(The Maid of Orléans, 불어 표기 La Pucelle d'Orléans) 등으로도 불린다.

Glory is like a circle in the water,

Which never ceaseth to enlarge itself

Till by broad spreading it disperse to nought.

With Henry's death the English circle ends;

Dispersed are the glories it included.

(*King Henry VI, Part 1* 1. 2. 133-137)

　조운은 영광이 마치 수면에 퍼지는 파문 같아서 점점 커지면서 서서히 사라지고, 또 한 번의 파문이 일면 그 파문이 사라질 때까지 계속해서 물 위에 퍼져나간다는 사실을 이야기하며 역사의 순환성을 암시한다.

　16세기의 역사 서술은 신중심의 중세적 역사 서술에서 벗어나 신을 역사의 주요 발기인mover으로 보고, 인간을 부차적 요인secondary causes

마키아벨리의 초상화
16세기 중반 경.
산티 디 티토(Santi di Tito)의 작품

으로 간주한다(L. F. Dean 3-4). 당시에는 개인의 선택 문제가 부각되면서 인간의 동기가 신의 섭리 이외에 중요한 요인으로 역사에 작용한다는 관념이 정착되고 있었다. 마키아벨리 또한 인간을 역사의 주요 요소로 인식한다. 마키아벨리는 역사를 신학에서 분리하며 자신의 역사관을 중세의 역사관과 구분한다. 『군주론』에서 궁극적인 목표는 천국이 아니라 권력이며 마키아벨리의 우주는 그에 따라 움직인다. 그는 인간의 자유 의지를 신의 섭리와 동등한 위치에 둔다.

세상이 운과 신에 의해 지배되고 인간의 능력으로 그것들을 통제하지 못한다고 많은 이들이 생각해 왔고, 여전히 그렇게 생각한다는 것을 알고 있다. . . . 그럼에도 자유 의지가 있다는 점을 무시하지 않기 위해, 운이 우리 행동의 절반의 조정자이지만, 그러나 그 나머지 절반 정도를 우리가 지배하도록 남겨둔다고 생각하고 싶다.

I am not unaware that many have thought, and many still think, that the affairs of the world are so ruled by fortune and by God that the ability of men cannot control them. . . . Nevertheless, so as not to eliminate human freedom, I am disposed to hold that fortune is the arbiter of half our actions, but that it lets us control roughly the other half. (*The Prince* 84-85)

마키아벨리는 종교적 개념인 운명에 인간의 자유 의지라는 다른 원동력을 개입시킨다. 그는 개인의 선택 문제를 중요시하며 역사에서 인간을 주요 요인으로 자리매김한다. 따라서 마키아벨리에게 있어 역사나 역사 속 인물들의 행동에서 얻을 수 있는 교훈은 현실 정치에서 중요한 사안이 된다. 마키아벨리는 『군주론』과 『로마사 논고』에서 군주정을 옹호하는 듯하면서도 일순간 공화정을 적극 옹호하기도 한다. 한 가지 노선을 택하지 않는 모순된 정치인처럼 보이지만 결국 마키아벨리가 가장 중시했던 것은 현실 정치에서 실패를 방지하는 것이었다.

당대에 마키아벨리와 같은 이탈리아인이었던 귀차르디니Francesco Guicciardini는 역사의 매 순간들이 개별적으로 독특한 것이라는 생각하에 마키아벨리의 순환론에 이의를 제기한다. 귀차르디니는 역사적 예의 유사성에 의문을 던지며 예로만 판단하는 것은 잘못된 것이라 주장한다. 그는 역사의 예들에서 미미한 차이를 인식하기 위해 "공정하고도 정확한 눈*just and clear eye*"(211)을 필요로 한다고 역설한다. 귀차르디니는 역사에는 유사성뿐만 아니라 차이점 또한 분명 존재하고 있기에 이것을 파악하는 것이 중요하며 공정하고 정확한 눈을 통해 역사를 정밀하게 관찰해야 한다고 촉구한다[3].

이로 인해 영국에서는 중세적 가치관을 바탕으로 한 섭리적 역사관과 함께 휴머니스트들의 영향을 받은 실증적 역사 관념이 자리잡는다. 정치적 격변기에 왕권 확립과 더불어 출현한 국가주의도 영국의 역사 서술에 영향을 미친다(Trimble 40). 새로운 왕조가 자리 잡기 위해서는 왕권을 강화하고 국가에 대한 애국심을 고양시킬 필요가 있었기에 역사서 편찬이 중요한 방편이 된다. 복합적인 역사관 속에서 정치적 야심을 지닌 르네상스 영국의 문인들은 역사 저술 활동에 집중한다. 베이컨 Francis Bacon은 『헨리 7세 치세의 역사*The History of the Reign of King Henry the Seventh*』를 저작하고, 홀은 당대의 정치사상에 입각해 헨리 4세에서 8세까지의 역사를 기술한 역사서를 출간한다. 이 같은 역사서는 중세 암흑기에서 장미전쟁에 이르는 영국의 역경이 튜더 왕조로 인해 극복되었다는 점을 강조하며 국가 이미지를 이상화하는 역할을 한다.

역사에 국가 이미지를 형성하는 역할을 부여하며 정치와 결부시키던 관행은 르네상스 시대에는 일반적인 것이었다. 역사를 정치적 유용성의

3_ 마키아벨리는 역사의 유사성에 착안하여 순환성에 중점을 두었고, 귀차르디니는 역사의 유사성과 차이를 잘 구별해야 한다고 생각했다. 이 둘의 역사적 관점은 다른 듯 보이지만, 결국 역사에 대한 관찰이나 그로 인해 얻게 된 경험과 교훈을 중시한다는 측면에서 실증주의적 역사관이라고 할 수 있다.

측면에서 연구한 보댕Jean Bodin은 1566년에 발행된『역사를 쉽게 이해하기 위한 방법Method for the Easy Comprehension of History』에서 역사와 정치의 관련성을 역설한다. 그는 역사의 본성과 종류, 역사 해석의 체계, 역사가의 자질, 지리학적 관련, 국가의 부흥과 몰락을 보여주기 위한 역사의 구조적 문제를 논의한다. 보댕의 저서는 영역판으로 출간되어 영국의 역사 연구에 상당한 영향력을 미친다. 역사의 정치적 유용성에 대해 보댕은 다음과 같이 설명한다.

> 역사는 정치를 촉진하는데 중요하게 사용되고, 국가의 기능과 의미를 이해하도록 한다. . . . 역사가의 일은 . . . 혁명과 심오하고 급진적인 변화를 설명하는 것이다. . . . 충분히 넓은 범위의 역사 연구로부터 인간 사회를 통치하는 법에 대한 정확한 결론을 이끌어내고 주어진 상황하에서 정부의 가장 적합한 형태와 법의 가장 적절한 형태를 결정할 수 있을 것이다.

> The chief use of history is to subserve politics; to help us to understand the meaning and the function of the state. . . . The business of the historian is . . . to explain the revolutions, the profound and radical changes. . . . From a sufficiently wide study of history it should be possible to draw accurate conclusions as to the laws governing human society and to determine the best form of government and the best form of law under given conditions. (Allen 405-406 재인용)

역사와 정치의 관련성에 대한 보댕의 연구는 16세기 영국에서 마키아벨리에 버금가는 영향력을 행사하며 설득력을 얻는다. 또한 법과 역사의 상호 의존적 측면에서 보댕의 이론을 발전시킨 보두앵François Baudouin은 역사 연구를 현재의 이익을 위해 과거를 해석하고 미래를 예지하는 작업으로 보며 자국의 역사 연구를 강조한다(Campbell, *Histories* 31). 역사 연구에서 정치의 적합한 형태와 적절한 법적 기능을 추구했던 보댕과 보두앵의 이론은 근대 국가 형성에 기여한다. 이러한 이론들은 역사의 교훈성을 중시하던 르네상스 영국인들에게 적합했다. 하지만 영국의 역사 서술은 정치권력의 유지라는 다소 보수적인 측면에서 진행된다.

르네상스 영국의 역사 서술에서 정치적 특성은 상당히 중요한 위치를 차지한다. 따라서 당대에 정치politics나 정치적political이라는 말의 의미를 생각해 볼 필요가 있다. 르네상스 시대 영국에서 정치는 자율적 활동으로 인식되지 않았고 정치는 종교와 일맥상통하는 개념이었다. 자율적 정치 개념은 훨씬 이후에 생긴 근대적 개념이다. 튜더 영국인들은 신의 섭리의 발현으로 사회가 구성된다고 보았다. 국가의 질서는 바로 대우주macrocosm의 질서를 따르는 것이라는 관념이 주를 이루었고, 신이 진정으로 원하는 바가 무엇인지에 대한 논쟁이 일기도 했다. 시대적 분위기로 인해 정치는 신학과 결부되었고 당대 지식인들은 신학적인 방식으로 작품을 저작하며 신의 의지 문제를 대중들에게 설파하기도 한다. 신의 의지와 섭리는 도덕적 사안과 결합되어 왕의 교육에도 반영된다. 에라스무스는 『기독교 군주의 교육*The Education of a Christian Prince*』(1516)에서 종교적 사상을 지닌 국가에서 국왕이 지녀야 할 도덕성을 설명한다.

신은 어떤 감정에도 휘둘리지 않고, 최고의 분별력으로 우주를 통치한다. 군주는 그의 예를 따르고 모든 행동에 있어 개인적인 동기를 모두 물리쳐야 하며, 오로지 이성과 분별만을 사용해야 한다. . . . 군주는 일반인들의 비천한 일과 천박한 욕망들로부터 가급적 떨어져 있어야만 한다.

God is swayed by no emotions, yet he rules the universe with supreme judgment. The prince should follow His example and in all his actions, cast aside all personal motives, and use only reason and judgment. . . . The prince should be removed as far as possible from the low concerns of the common people and their sordid desires. (159)

에라스무스는 부패나 이익의 갈등이 없는 전적으로 도덕적인 세계를 제시한다. 그가 묘사하는 정치 세계는 복잡한 정치적 실재가 존재하지 않는다. 신의 섭리로 구성된 국가의 위정자는 당연히 도덕적이어야 한다는 것이 당시의 일반적인 견해였다. 이는 정치가 종교와 불가분의 관계에 있었다는 사실을 시사한다. 르네상스 영국의 정치는 종교와 절묘하게 결합되어 그 경계를 명확하게 구분할 수 없었으며, 올바른 정치의 개념에는 종교적 도덕성이 내포되어 있었다. 당대인들은 신과 종교에 의해 부과된 도덕이 올바른 정치와 사회를 구성한다는 믿음을 지니고 있었다. 따라서 국가의 역사와 왕들의 이야기를 다룬 작품에서 종교적 도덕성과 정치적 성향의 피력은 당연한 일이었다. 르네상스 영국의 역사 서술은 고전 역사가들과 웅변가들의 연구를 뛰어 넘으며 다양한 방면에서 역사에 접근한

한스 홀바인(Hans Holbein)이 그린 에라스무스
1523년 작품

다. 그 중에서도 역사의 정치적인 효용성은 중요한 문제였다(Campbell, *Histories* 320). 과거를 반추하며 현재의 삶을 꾸려 나가려던 지식인들의 역사의식은 역사 저술에 영향을 미치게 된다.

르네상스 영국의 휴머니스트 역사가들은 종교적 도덕성과 정치성이라는 두 가지 문제를 다루며 활발한 저술 활동을 한다. 버질이나 모어, 롤리Walter Raleigh, 캠든과 베이컨이 바로 역사 서술에 영향을 미쳤던 지식인들이었다. 이들의 역사서는 튜더 왕조에 많은 영향을 받게 된다. 헨리 7세는 자신의 왕위 계승을 합법화하기 위해 역사를 국가적 범주에서 사용한 최초의 군주였다. 그는 이탈리아 출신의 휴머니스트 버질에게 영국의 역사를 총체적으로 저술하도록 했고, 버질은 1513년 첫 번째 판본을 완성한다. 버질의 역사서는 영국 역사 서술에 중요한 위치를 점한다. 1651년까지 유럽에서 9쇄가 발행된 이 책은 당시의 공용어였던 라틴어로 출판되어 영국 밖의 독자에게도 영국 역사에 접근 할 수 있는 기회를 부여했다. 버질은 역사적 사건의 인과 관계를 명시하며 역사를 일관성을 지닌 통합된 서사로 구축했다. 그는 역사적 사건들의 중요성을 부각시키는 한편 유용한 교훈을 일반화한다. 버질의 역사서는 홀을 포함한 여러 역사서 저자들에게 영향을 주며 인기 있는 역사서들의 일반적인 패턴이 된다. 특히 도덕적 관점에 입각한 버질의 역사 서술은 르네상스 영국의 다른 역사서에도 공통적으로 발견된다. 버질은 리처드 3세가 조카이자 왕자였던 에드워드Edward를 시해했던 사건에 대해 다음과 같이 묘사한다.

> 이 세상에 고귀한 어린아이를 불명예스럽게 살해하고도 겁내거나 흔들리지도 않을 사람이 그 어디에 있을 것인가, 우리 선조들의 범죄에서 종종 일어나는 그러한 문제들을 보면. . . . 형제 클래런스 공의 죽음으로 그는 신 앞에서 스스로와 후세에게 적절하고 비통한 응분의 징벌을 지웠다.

> What man ys ther in this world, who, yf he have regard unto suche novel children thus shamefully murderid, wyll not tremble and quake, seing that suche matters often happen for thoffences of our ancestors. . . . by reason of his brother the duke of Clarence death, he had chargyd himself and his posterytie before God with dew desert of grevous punysshement. (189-190)

역사적 사실을 기록하는 역사서에서 주관적 감정과 도덕적 문제를 언급하는 것은 이후의 역사서들에도 공통적으로 나타나는 부분이다. 셰익스피어 또한 『리처드 3세』에서 리처드의 왕자 시해 사건을 재현하며 리처드를 악인으로 그린다. 버질은 이 역사서에서 반역, 전쟁, 선정과 폭정 등의 문제가 왕국을 구성하며 해체하기도 한다고 밝히고 있다. 그는 역사의 선례에서 정치적 교훈의 중요성을 강조한다.

버질의 친구이며 휴머니스트였던 모어도 비슷한 시기에 리처드 3세의 전기격인 『리처드 3세의 역사』를 저작한다. 모어는 상당히 반어적인 태도로 리처드 3세의 전기를 저술한다. 이러한 태도 이면에는 모어가 지녔던 독재자에 대한 우려가 내재해 있었다. 모어는 조카를 살해하고 왕위에 오른 폭군의 말로를 연극적인 관점으로 그려낸다. 그는 리처드가 왕위를 차지하는 과정에서 자행했던 잔인한 행위들과 그에 따른 파국을 명시하며 교훈적 면모를 강하게 부각시킨다. 모어는 『리처드 3세의 역사』에서 리처드가 조카를 살해하고 난 이후의 심리적 상태를 버질과 유사하게 도덕적 관점에 입각해 기록하고 있다.

  . . . 이러한 극악무도한 행위 후에 그는 결코 마음이 편안해지지 않았고 확신을 가질 수 없었다. 그가 해외로 가도 그의 눈은 여기저기로 움직이며 그의 몸은 비밀스럽게 방어했고, 그의 손은 검에 놓여져 있었다, 그의 안색과 거동은 곧바로 치려는 준비가 항상 되어 있는 사람과 같았다. 그는 밤에도 푹 쉴 수 없었고, 밤늦도록 깨어 생각에 잠겼고, 근심과 경계로 완전히 지쳐, 숙면을 취하지도 못하고 선잠을 자며 무시무시한 꿈에 시달렸다. 때로는 갑작스럽게 벌떡 일어나 침대에서 뛰쳐나가 방을 돌아다녔다. 그의 불안한 마음은 계속해서 자신의 극악무도한 행위에 대해 끔찍한 기분과 무서운 기억에 동요되며 시달렸다.

  . . . after this abhominable deede done, he neuer hadde quiet in his minde, hee neuer thought himself sure. Where he went abrode, his eyen whirled about, his body priuily fence, his hand euer on his dager, his countenance and maner like one always ready to strike

againe, he toke ill rest a nightes, lay long wakyng and musing, sore
weried with care & watch, rather slumbred then slept, troubled
wyth feareful dreames, sodainly sommetyme sterte vp, leape out
of his bed & runne about the chamber, so was his restles herte
continually tossed & tumbled wt the tedious impression & stormy
remembrance of his abominable dede. (87)

버질에 비해 모어는 상당히 연극적인 어조로 리처드 3세의 일화를 묘
사한다. 모어는 자료 수집에는 많은 노력을 기울였지만 리처드 3세에 대
한 선입관을 면밀히 조사하지는 않았다. 따라서 모어의 작품은 구전되는
풍문처럼 사실적 근거가 부족했다. 역사적 근거가 여전히 부족했지만 이
작품은 모어가 사망한 후 1548년 그래
프턴에 의해 제2판이 발행된다. 모어가
창조해 낸 리처드 3세 캐릭터는 과학적
으로 리처드 3세의 진실을 규명하려 했
던 노력들을 무산시킨다. 리처드의 악
함을 상징적으로 표현하기 위해 모어가
구사했던 흉측한 외모에 대한 생동감 넘
치는 묘사는 이후 연극으로 극화되기에
충분한 재료가 된다. 모어가 구축한 리
처드 3세 캐릭터는 셰익스피어의 첫 역
사극 사부작에 그대로 재현된다.

위트가 넘치지만 진실성에 있어 의문
의 여지가 많은 모어와는 달리 버질은

리처드 3세의 초상화
16세기 말경(작가 미상)

철저하게 사실을 규명하며 여러 가지 원전들을 검토하는 등 최초로 비평적 판단을 내렸던 역사가였다. 하지만 버질은 영국의 역사가와는 달리 귀족들의 당파와 장미전쟁에 대한 관심이 적었기에 총 28권으로 구성 된 그의 역사서에서 이에 대한 언급은 미미할 수밖에 없었다. 버질의『영국 역사』는 수년간의 연구를 거듭한 후 1534년이 되어서야 세상에 나온다.『영국 역사』는 영국인들이 트로이의 후손이라는 가정에 반박하며 영국민의 뿌리를 아서왕에 두었기 때문에 영국인들에게 환영받는다(Goy-Blanquet 62). 버질의 책은 튜더 시대 역사서들의 일반적인 모델이 된다. 셰익스피어 역사극의 주요 원전이 되었던 홀의『랭카스터와 요크 두 명문가의 통합』은 버질의 라틴어 역사서를 상세하게 설명한 번역판이라고 할 수 있다. 홀은 여기에 다른 역사서들에서 취한 인용과 자신의 도덕적 해설을 덧붙여 역사서를 완성한다. 그는 도덕적 관점을 피력하며 리처드 3세를 묘사하는 버질과 모어의 견해를 그대로 자신의 역사서에 사용한다.

홀은 랭카스터 가문과 요크 가문의 왕을 각각의 주제하에 다음과 같이 분류한다.

> i. 헨리 4세의 불안한 시기
>
> (The unquiet tyme of kyng Henry the fowerth)
>
> ii. 헨리 5세의 승전
>
> (The victorious actes of kyng Henry the v.)
>
> iii. 헨리 6세의 수난기
>
> (The troubleous season of kyng Henry the vi.)
>
> iv. 에드워드 4세의 번영기
>
> (The prosperous reigne of kyng Edward the iiii.)

v. 에드워드 5세의 가엾은 생애

(The pitifull life of kyng Edward the v.)

vi. 리처드 3세의 비극적 행위

(The tragicall doynges of kyng Richard the iii.)

vii. 헨리 7세의 정치적 통치

(The politike goveraunce of kyng Henry the vii.)

viii. 헨리 8세의 성공적 치세

(The triumphant reigne of kyng Henry the viii.)

(Tillyard, *History* 54-55 재인용)

리처드 2세의 이야기가 헨리 4세 파트에 등장하면서 홀의 역사서는 셰익스피어의 첫 번째 역사극과 두 번째 역사극 5명의 왕을 모두 포함한다. 홀의 역사서가 셰익스피어의 역사극에 많은 영향을 미쳤음을 알 수 있는 대목이다. 엘리자베스 1세 이전 왕들의 생애를 기록하고 있는 홀의 역사서는 튜더 왕조의 정치적 목적에 입각한 역사서라는 의견이 일반적이다. 캠벨은 홀을 확고한 프로테스탄트이며 헨리 8세의 열렬한 추종자로 간주하며 홀의 역사서를 당대의 정치적 목적에 부합된 작품으로 규정한다(*Histories* 68). 홀은 요크가와 랭카스터가의 분열이 야기한 전쟁의 참혹함을 언급하며 내란이 튜더 왕조의 출현으로 종결되었다는 사실에 중점을 둔다. 홀의 정치적 입장은 이 책을 참고로 한 셰익스피어의 역사극에 자연스럽게 반영된다. 따라서 셰익스피어의 역사극에 드러나는 보수적 정치 성향은 셰익스피어의 독창적인 의견이라기보다 튜더 시대 역사서들을 참고한 결과로 볼 수 있다.

홀은 인간에게 예정된 신의 신비로운 계획보다 더욱 정교한 설명 체계가 필요하다는 것을 인지하고 있었다. 하지만 기독교 신학의 교리와 단순한 고대 연구의 유행은 과학적 연구 방식의 발전을 제지했다. 사건의 인과 관계 규명이나 종교를 벗어나 세속적 접근이 허용되었지만 역사 서술은 여전히 기독교 사상 속에 국한된다. 홀은 과거를 객관적으로 연구함으로써 불변의 진리를 찾아내고자 한다. 연대기의 형태는 사건의 인과 관계를 다루기에는 한계가 있었기에 홀은 헨리 6세의 결혼과 험프리 공Duke Humphrey 글로스터Gloucester의 살해와 같은 역사적 사건을 서술할 때 사건의 장기적 영향을 예기하며 연대기 형식의 한계를 극복하고자 한다. 그는 역사의 인과 관계와 신의 섭리적인 측면을 조정하고자 했고 때로는 신의 섭리의 개입 없이도 원인으로 인해 결과가 수반된다고 역설한다. 이를 통해 홀은 단순한 도덕적 교훈을 이끌어낸다. 이는 내분이 발생하지 않는 한 영국이 열등한 외세에 패배할 수 없다는 신념이다. 셰익스피어도 홀의 믿음을 그대로 작품에 담는다. 『헨리 6세 제1부』에서 헨리 6세는 숙부인 글로스터 공과 종조부인 윈체스터Winchester가 정치적으로 대립하자 화해를 종용한다.

우리 영국의 행복에 중요한 파수꾼들,
가능하다면, 내 기도가 효과가 있다면,
당신들의 마음을 사랑과 우호로 통합하길.
오, 내 왕관에 무슨 불명예인지
훌륭한 동료 두 분들이 싸우다니!
보세요, 경들, 미숙한 나이지만 말할 수 있어요
내분은 살무사와도 같이
국가의 내부를 갉아먹는다는 걸.

The special watchmen of our English weal,

I would prevail, if prayers might prevail,

To join your hearts in love and amity.

O, what a scandal is it to our crown

That two such noble peers as ye should jar!

Believe me, lords, my tender years can tell

Civil dissension is a viperous worm

That gnaws the bowels of the commonwealth.

(*King Henry VI, Part 1* 3.1.66-73)

분열에 대한 헨리 6세의 염려는 홀이 지녔던 국가의 안녕과 관련된 의견과 일맥상통한다. 셰익스피어는 글로스터와 윈체스터의 내분을 통해 장미전쟁을 예고한다. 이 장면이 요크가와 랭카스터가의 대립을 보여주고 있는 2막 4장의 템플Temple 법학원 정원 장면 이후에 등장한다는 것은 국가의 내분이 실질적으로 진전되고 있음을 암시한다. 템플 법학원에서 벌어지는 두 가문의 대립은 실제 역사에는 존재하지 않는 셰익스피어의 순수 창작이다. 이 장면은 예술성이 떨어지는 튜더 시대 역사 서술에서 셰익스피어가 이루어낸 드라마틱한 상상력의 위업이다(Bevington 319).

서머셋Somerset, 서포크Suffolk, 워릭, 리처드 플랜태저넷Richard Plantagenet 등이 모인 자리에서 귀족들은 빨간 장미를 상징하는 랭카스터가와 백장미를 상징하는 요크가로 나뉜다. 이 대립은 이후의 피비린내 나는 장미전쟁의 발단이 된다. 템플 법학원의 정원 장면은 극의 사건을 프랑스와의 전쟁터에서 좀 더 지엽적인 영역으로 옮겨가며(Walsh 136) 혼란으로 치닫는 영국의 미래 상황을 제시한다. 셰익스피어는 두 가문의 정통성 논란과 영국의 정통성 복구 문제를 제기하며 증오심과 시기심으로 인한 대립이 국가적 파멸과 혼돈을 불러일으킬 것이라고 예고한다. 첫 역사극 사부작에 드러나는 셰익스피어의 국가적 안녕에 대한 염려는 홀의 사기의 기본 관념을 승계하고 있다.

당대의 휴머니스트적 역사 기술의 흐름에 따라 저술된 홀의 역사서는 16세기 영국의 역사서 기술에서 중요성을 지닌다. 비록 홀이 번역가처럼 버질의 역사서에서 여러 사건과 견해를 도용했지만 최초의 영어 역사서를 저작했다는 점에서 중요한 위치를 점한다. 홀은 모어의『리처드 3세』에서도 많은 부분을 참고로 한다. 하지만 단순히 역사서를 참고하는 것에 그치지 않고 리처드 3세의 정신적 갈등 문제와 사건의 원인을 규명하려 노력한다. 버질이나 모어처럼 홀도 행위의 결과와 죽음의 방식을 조명하며 역사의 도덕적 교훈을 통해 교육적인 효과를 추구한다. 요크가와 랭카스터가의 분열과 파국에서 내분과 반란의 위험성을 부각시킨 홀의 역사서는 르네상스 영국의 문학가들에게 매력적인 문학 원전으로 자리한다.『위정자의 거울』은 홀의 역사서에 많은 부분을 의존한다. 셰익스피어의 두 번째 역사극 사부작 중 하나인『리처드 2세』도 홀의『랭카스터와 요크 두 명문가의 통합』과 동일한 시점에서 시작된다. 따라서 정확성이나 독창성과는 별개로 셰익스피어에게 있어 홀의 역사서는 역사극의 제작을 가능하게 해 준 중요한 원전으로 자리매김된다.

르네상스 영국의 역사 기술은 정확한 역사를 담고 있기 보다는 저자의 주관이 강하게 부각되는 일종의 문학적 기억이었다. 역사서를 원전으로 한『위정자의 거울』, 다니엘Samuel Daniel의『내전Civil Wars』등은 모두 역사와 시의 이상적 결합을 목표로 했다. 특히 보카치오Boccacio의『명사의 몰락The Fall of Great Man[De Casibus]』류 작품을 계승한『위정자의 거울』은 역사적 소재에서 드라마로의 변형에 중요한 단계를 제공한다. 영국의 젊은 법학도들이 저작한 이 작품은 근접한 과거의 사건에 대해 극단적일 정도로 단순한 교훈들을 제시한다. 따라서 홀의 작품이 셰익스피어에게 부여해 주었던 정치적 통찰을 이 작품이 제공하지 못했다고 할 수 있다. 하지만 『위정자의 거울』은 역사의 비극을 통해 불행을 초래할 수 있는 다양한 과오들을 독자들에게 경고해 주었다. 이 작품이 당대인들에게 주었던 유용하고 교육적인 측면으로 인해 『위정자의 거울』류의 작품은 계속해서 유행하게 된

『위정자의 거울』의 표지
1563년

다. 이러한 작품이 홀의 근시안적인 역사의 패턴을 차용했다면 셰익스피어는 자신의 원전으로부터 비평적 거리를 충분히 두며 작품을 완성한다(Goy-Blanquet 66).

홀의 사후 그래프턴이 홀의 역사서를 편찬하며 여러 작가들의 작품을 편집한 역사서를 출판한다. 그는 역사를 연구하며 정부의 요직을 맡기를 희망하던 지식인 중 한명이었다. 그래프턴은 1562년 예비 단계라고 할 수 있는 역사서인『잉글랜드 연대기 요약An Abridgement of the Chronicles of England』을 출간한다. 이 책은 후에 레스터 백작Earl of Leicester이 되는 더들리Robert Dudley에게 헌정된다. 『잉글랜드 연대기 요약』은 1568년과 1569년에『잉글랜드 연대기 편람A Manuell of the Chronicles of England』이라는 완전한 작품으로 출간된다. 그래프턴은 역사적 사건의 중요성을 기

준으로 원인과 결과를 관련지으며 역사를 신의 판결이나 징벌로 간주한다. 그는 역사서의 연극적 각색을 시도하기도 한다. 셰익스피어가 홀의 사기를 참고했던 것처럼 그래프턴의 역사서를 직접적으로 참고했는지는 확실치 않지만, 기본적으로 이 책이 당대의 여러 역사서들을 편집한 작품이라는 점을 감안한다면 셰익스피어가 그래프턴의 책을 참고했을 가능성을 배제할 수는 없다.

그리고 홀의 입장과 유사한 역사가인 홀린셰드의 연대기가 1587년에 재판된다. 홀린셰드의 역사서는 역사극의 유행을 불러일으켰다고 여겨지는 작품이다. 홀린셰드는 캠브리지Cambridge에서 수학한 이후 런던의 출판업자이자 통합 역사서 저자였던 울프Reginald Wolfe의 번역가로 일하게 된다. 1570년대 초반 울프의 사망 후 여러 작가들로 이루어진 팀이 홀린셰드의 지시하에 계속해서 역사서 편찬 작업을 진행한다. 하지만 역사서의 내용을 영국제도British Isles에 국한하기로 결정하고 1577년『잉글랜드, 스코틀랜드, 아일랜드 연대기』를 편찬한다. 홀린셰드는 이 중에서 잉글랜드의 역사를 담당하게 된다. 그는 풍문이나 설화를 차용하고, 버질의 책과 유사한 홀의 역사서를 그대로 모방하거나 말을 대체하는 식으로 역사서를 저작한다. 홀린셰드는 책이 출판되고 얼마 되지 않아 사망하고, 그를 이어 후커John Hooker가 팀을 이끌어 1587년 두 번째 판을 출판한다. 일반적으로 이 두 판본은 모두 홀린셰드의 작품으로 간주된다. 그러나 두 번째 판에서 홀린셰드의 역할은 미미했다(Goy-Blanquet 63). 셰익스피어는 홀린셰드 역사서 편찬 팀의 두 번째 판을 참고했던 것으로 추측된다(Campbell, *Histories* 72). 홀린셰드는 역사적 사건의 원인과 결과를 명확하게 규명하며 인간의 죄에는 신의 응당한 처벌이 따른다는 교훈적 면모를 부각시킨다. 왕의 성향과 업적을 요약해서 기록하고 있는 홀린셰드의 역사서는 튜더 왕조의 정치적 사상에 상당히 부합하는 작품으로 평가된다(Campbell, *Histories* 74). 셰익스피어는 홀린셰드의 역사서를 참고해서 역사극을 저술하고, 텍스트뿐만 아니라 홀린셰드가 부여해 놓은 도덕적 관념을 극에 반영한다.

이외에 역사 연감을 저술한 스토우John Stow도 16세기 역사 서술에서 중요한 위치를 차지한다. 그는 1565년『잉글랜드 연대기 개요*Summarie of English Chronicles*』를 발행하며 역사서 편집자 그래프턴과 라이벌이 된다. 영국 역사의 개요라 할 수 있는 이 작품은 1580년『잉글랜드 연대기 *The Chronicles of England*』로 확장되어 출판되고 1592년에 다시『잉글랜드 연감*The Annales of England*』으로 나온다. 셰익스피어가 참고했을 것으로 추정되는 작품이 바로『잉글랜드 연감』이다. 연속적인 서사로 역사서를 구성했던 스토우는 역사가 기억할 가치가 있는 사건들과 현명한 행동의 예, 악한 행위에 대한 경고를 담고 있다고 보았다. 스토우의 친구 중 한 명은『브리타니아』의 저자인 16세기의 역사가 캠든이다.

현대의 역사가들은 캠든이 역사적 사실을 연구한 방식과 역사적 사건을 기록할 때 그가 지녔던 편파성 등을 문제 삼기도 한다. 추밀원Privy Council이나 당시의 여러 정치적 인물들의 개인 자료에 기반한 그의 연구 방식은 역사를 정치와 군사 문제는 물론 필연적으로 종교와 결부시킨다. 그는 중요한 사건들과 함께 부수적인 사건들도 역사서에 포함시켰고 당시의 다른 역사가들처럼 사건의 인과관계도 규명했다.

이렇듯 르네상스 영국에는 정치적이고 종교적 측면과 더불어 경험적이며 실증적 역사 연구가 혼합되어 역사 서술에 상당한 영향을 미치고 있었다. 대부분의 작가들은 여러 가지 원전들을 참고로 역사서의 세부사항을 수집했고, 비평적 비교보다는 서사에 활기를 불어 넣을 수 있는 이야기를 사용했다. 당시로서는 신학을 벗어나 고증적 연구를 바탕으로 하는 근대적 역사 서술이 일반적인 관행으로 자리잡지 못했다. 홀과 그의 계승자들은 전통적인 저작 방식이 제한적이라는 사실을 인지하고 있었다(Goy-Blanquet 66). 역사가들은 이제 당대의 통치를 합법화하려는 목적을 넘어 역사의 더 큰 구조를 이해하고자 하는 목적으로 나아간다.

르네상스 시대에 유행하던 역사관과 역사가들의 이론에 차이는 있지만 르네상스 영국인들이 역사 속에서 교훈을 발견하며 미래를 예견하려 했다는 공통점이 있다. 셰익스피어 로마 역사극의 원전이기도 한『플루타르크 영웅전Plutarch's Lives』(1579)의 번역본에서 노스Thomas North는 역사를 읽는 것이 죽음의 망각으로부터 기억할 만한 가치가 있는 사건들을 상기시키며 과거를 현재화한다고 언급한다.

> 과거의 예들로 우리들에게 현재의 사건들을 판단하도록 가르치고, 앞으로 올 것들을 예견하게 하는 것은 확실한 관례와 교훈이다. 따라서 우리들은 무엇을 좋아하고, 무엇을 따라야 하며, 무엇을 싫어해야 하고, 무엇을 삼가야 하는지를 알게 될지도 모른다.

> For it is a certaine rule and instruction, which by examples past, teacheth us to judge of things present, and to foresee things to come: so as we may know what to like of, and what to follow, what to mislike, and what to eschue. (Chernaik 1 재인용)

과거의 예들로 현재를 판단한다는 언급은 역사가 지니고 있는 교훈적이고 교육적인 측면을 부각시킨다. 역사의 교훈적 의도가 반영된 역사극을 통해 관객들은 과거를 반성하며 현재를 이해할 수 있게 된다.

역사의 교훈성과 함께 역사의 정치적 유용성은 당대인들에게 일반적이었다. 딘L. F. Dean은 16세기와 17세기 초반의 역사 서술의 유행을 설명하면서 역사가들이 자신들의 작품을 도덕과 종교 그리고 정치적 교육을 위한 것이라 믿기 시작했다고 언급한다(3). 역사를 정치적으로 이용할 수 있다는 생각 속에서 엘리자베스 1세 시절 코튼Robert Cotton은 여왕에게 정계 진출에 대비한 역사 교육 기관 건설을 건의한다(Kenyon 2). 국가적 차원에서 중요한 화두로 등장하게 된 역사는 휴머니스트들에게 정계 진출이라는 현실적인 사안과 결부된다. 따라서 당시의 역사 관련 작품들이 어떤 목적을 지니는 것은 당연한 것이었다. 특히, 민감한 대외 문제들과 국내의 정치적 상황이 복합적으로 작용해 역사 서술에 있어 정치적 영향을 전적으로 배제할 수 없었다. 셰익스피어는 물론 역사극 저자들도 이런 부분을 간과할 수 없었을 것이다. 튜더 왕조 하에서 번역되거나 저술된 영국과 국외의 역사에 대한 저서는 상당히 많았다. 역사 관련 작품은 통합된 역사의식을 고취시키면서 르네상스의 시대적 기운과 결합해 근대 역사와 국가 개념을 형성하는데 큰 기여를 한다. 이러한 분위기들이 합쳐져 마침내 역사는 무대 위에서 역사극이라는 장르로 새롭게 탄생된다. 역사극은 역사를 위한 문학적 매개체가 될 여지가 충분했다(Campbell, *Histories* 16).

2장 르네상스 영국의 역사극

　앞에서 살펴보았던 르네상스 영국의 역사 서술을 바탕으로 다양한 역사극들이 탄생한다. 그러나 역사극이 독립된 장르로 인식된 것은 아니었다. 역사극의 내용 중 상당 부분은 희극이나 비극이 복합적으로 섞여 인간사의 다양한 면을 그려낸다. 이런 의미에서 역사극은 역사적 사건을 차용한 희극이나 비극으로 정의되면서 장르의 독특성을 상실하는 듯 보인다. 아리스토텔레스Aristotle는 『시학Poetics』에서 드라마 장르로 비극과 희극은 언급하고 있지만, 역사극에 대해서는 어떠한 언급도 없다. 역사극은 전적으로 16세기에 발달한 장르이기 때문이다(Ton Hoenselaars 138). 한편 셰익스피어 당대의 극작가였던 헤이우드Thomas Heywood는 역사극이 드라마 중에서도 가장 오래된 형태라고 주장하며 역사극의 기원을 고대까지 거슬러 올라간다. 그는 무대에서 과거를 드라마틱하게 재현하며 작가의 역사적 견해를 극에 부여하는 장르를 역사극으로 정의한다(Kewes 171). 그렇지만 역사극에 대한 명확한 분류 기준이 없었기에 르네상스 영국의 역사극은 장르 구분에 혼란을 야기하게 된다.

　셰익스피어 사후 7년째가 되는 1623년 출판된 셰익스피어의 『첫 이절판First Folio』⁴의 편집자였던 헤밍즈John Heminges와 컨델Henry Condell

---

4_　셰익스피어의 희곡은 이절판(Folio, 30.5 × 48cm)과 사절판(Quarto, 24 × 30.5cm)으로 출간되었다. 셰익스피어가 사망하기 전 사절판으로 출간된 작품은 총 19편이며, 사후인 1623년 『셰익스피어의 희곡, 사극, 비극』(Mr. William Shakespeare's Comedies, Histories, & Tragedies)이라는 제목의 『첫 이절판』이 발행되었고, 총 36편의 작품이 수록되었다.

은 셰익스피어의 희곡 중 10개의 작품을 역사극histories으로 분류한다. 이 판본에는 14편의 희극과 7편의 비극, 10편의 역사극이 실려 있다. 역사극은 『존 왕』에서부터 『헨리 8세』까지 발표순이 아닌 연대순으로 나열되어 있다. 역사극이 독창성을 지니지 못했던 배경에서 역사극 장르를 별도로 구분했다는 것은 점차적으로 역사극을 독립적인 장르로 간주하고 있었다는 반증이다. 하지만 이 판본에는 『트로일러스와 크레시다Troilus and Cressida』(1602)가 『트로일러스와 크레시다의 비극The Tragedy of Troilus and Cressida』이라는 제목으로 『헨리 8세』

『첫 이절판』의 표지
1623년

뒤에 배치되어 있다. 현재는 일반적으로 문제극problem play으로 분류되는 이 작품을 역사극의 범주에 넣었다는 사실은 당시에도 여전히 역사극에 대한 정의가 모호했음을 시사한다.

존슨Samuel Johnson도 『윌리엄 셰익스피어의 연극The Plays of William Shakespeare』(1765)의 서문에서 셰익스피어 극작품의 분류 문제를 제기한다.

> 자기 나름대로 우리 작가의 작품을 희극, 역사극 그리고 비극으로 분류했던 배우들은 아주 정확하고 명확한 견지에서 세 장르를 구분했던 것 같지는 않다. . . . 그러나 역사극은 어떤 의도나 한계 없이 많은 극들을 통해 지속되고 있는지도 모른다.

The players, who in their edition divided our authour's
works into comedies, histories, and tragedies, seem not to have
distinguished the three kinds, by any very exact or definitive ideas.
. . . But a history might be continued through many plays; as it had
no plan, it had no limits. (16)

존슨의 언급에서 당대 역사극의 모호한 특성을 짐작할 수 있다. 더불어 존슨은 역사극의 요소가 다른 연극 장르에도 사용될 수 있다는 것을 암시한다. 엘리자베스 1세 시대에 영국 역사는 극작가들이 선호하던 주제였으며, 역사극 장르 이외에도 역사적 사실이 연극의 원전으로 사용되는 것이 일반적이었다(Kewes 176). 따라서 다양한 극에 등장하는 역사적 사실들로 인해 역사극의 장르 구분은 상당히 모호했다. 이는 역사극을 독립된 장르로 간주해야 할 것인지 단순히 연극의 소재로 정의 내려야 하는지의 문제를 야기한다. 왕의 통치와 왕의 죽음으로 귀결되는 결말은 역사극과 비극의 경계에 있다. 하지만 두 장르는 발생과 퇴화에서 어느 정도 구분이 가능하다. 비극 장르가 르네상스 시대에 지속적으로 유행했던 것과는 달리 역사극은 1580년대에 유행하기 시작해서 엘리자베스 1세 사망 이후 퇴보한다.

『리처드 3세』는 역사극 장르의 모호함과 복합성을 가중시키는 작품이다. 이 극은 플랜태저넷 왕가 최후의 국왕 리처드가 왕좌에 오르기까지의 과정과 그의 파국을 그린다. 『리처드 3세』는 클라이막스까지 상승했다 추락하는 고전적인 피라미드 형식의 구조로 되어 있다(Lull 96). 『헨리 6세』 삼부작 중 2부에 처음으로 등장하는 리처드는 형 에드워드 4세를 옹립하는데 혁혁한 공로를 세우지만 갖은 책략으로 형제와 조카들을 죽음으로 몰아넣는다. 결국 그는『리처드 3세』에서 주인공 자리와 함께 왕좌도 차지하게 된다. 왕이 되는 과정의 술수와 폭력성으로 인해 리처드는 흔히 마키아벨리적 악인으로 평가되며, 왕위에 오른 후 몰락하는 과정은 르네상스 시대에 유행하던 복수비극의 패턴과 유사하다. 엘리자베스 1세 시대 초기부터 대학 출신의 재사들University Wits과 법학원Inns of Court 소속의 문인들은 로마의 비극, 특히 세네카Lucius Annaeus Seneca의 복수비극을 번역해서 무대에 올렸다. 복수와 5막 구조, 유령과 극중극, 위장 등을 특징으로 하는 복수비극은 유혈비극Tragedy of Blood이라는 장르로 유행한다.

복수비극의 특징을 완전히 재현하는 것은 아니지만, 왕위에 오를 때까지 모든 이를 적대시 하는 리처드와 그에 의해 죽임을 당한 유령의 등장, 형제간의 살육 등『리처드 3세』는 다분히 유혈비극의 요소를 갖추고 있다. 복수비극에서 복수 대상이 한두 명에 국한되어 있는 반면 리처드는 세상과 권력 전체를 복수 대상으로 삼고 있다는 점이 다르다. 자신의 흉한 몰골을 한탄하며 세상 모든 것을 저주하는 복수자 리처드는 극의 후반부에 자신이 살해한 이들로부터 복수를 당하는 인물로 그려진다.『리처드 3세』는『첫 이절판』에는 역사극으로 분류되지만, 사절판Quarto의 표지에서 차이점이 발견된다. 사절판 표지에 제목과 함께 명시된 부제는『리처드 3세』의 비극적 색조를 암시한다.

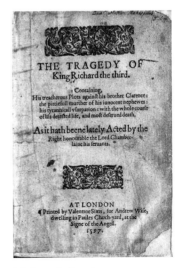

『리처드 3세』의 표지

리처드 3세의 비극, 형 클라렌스를 향한 배신적인 계략, 무고한 조카들의 잔인한 살해. 폭력적인 왕위 찬탈. 혐오스러운 일생의 여정과 그에 응당한 죽음을 포함함.

The Tragedy of Richard the third. Containing, His treacherous Plots against his brother Clarence: the pittiefull murther of his iunocent nephewes: his tyrannicall usurpation: with the whole course of his detested life, and most deserved death.

사절판 표지의 부제는 주인공 리처드의 비극에 초점을 맞춘다. 당대에 리처드 3세의 이야기는 비극으로 간주되었고(Rackin, "Engendering" 47), 『위정자의 거울』에도 리처드 3세의 이야기는 비극으로 규정된다. 르네상스 영국의 비극들은 역사에서 소재를 취하는 경우가 많았고, 마찬가지로 역사극은 역사의 비극적 사건에서 소재를 취해 무대에 올렸기에 비극적 요소가 가미되어 있었다. 이절판의 편집자 헤밍스와 컨델이 『헨리 6세 제2부』라고 명명했던 극은 『명망 높은 요크와 랭카스터 두 가문 간 투쟁의 첫 번째 파트The First Part of the Contention betwixt the Two Famous Houses of York and Lancaster』라는 제목으로 사절판에 실려 있다. 또한 『헨리 6세 제3부』는 『요크 공작 리처드 비극의 진실과 선한 왕 헨리 6세의 죽음The True Tragedy of Richard Duke of York and the Death of Good King Henry Sixth』이라는 제목으로 팔절판Octavo(1595)에 등장한다. 이러한 작품들은 역사극과 비극이 결합된 장르로 인식되는 것이 일반적이었다. 이는 당대의 역사극이 복합적인 장르로 간주되었다는 사실을 시사한다.

브래이들리A. C. Bradley는 『셰익스피어 비극론Shakespearean Tragedy』 (1904)에서 역사 비극과 순수 비극 작품을 구분한다(62). 그리고 해터웨이Michael Hattaway는 대부분의 비평가들이 역사극에서 역사는 뒤로하고 도덕적 교훈과 주인공들의 인격에 집중해온 경향이 있다고 지적한다(4). 하지만 최근에는 셰익스피어의 텍스트에서 역사와 비극을 수렴하려는 시도가 중요한 비평적 관점이 되고 있다. 이러한 비평은 비극의 원인을 주인공과 운명 사이의 갈등에서 찾지 않고 극의 정치적 상황에서 찾는다.

역사 서술이 작품을 서술하는 작가의 정치적 태도에 의해 구성된다고 보는 해터웨이의 주장에서(4) 역사극 장르에 포함된 정치적 요소를 감지할 수 있다. 역사극의 정치성은 역사극 장르가 처음에는 모든 역사극을 다 포괄하는 의미였지만 점차적으로 영국 역사를 다루는 작품으로 한정되어가는 것에서 짐작할 수 있다. 셰익스피어의 역사극 작품도 영국의 역사를 묘사하는 작품들을 지칭하는 것이다. 르네상스 영국의 역사극은 영국의 역사를 다룬 작품으로 한정되어 영국성과 열린 결말, 교훈적인 성향을 특징으로 하여 주제와 형태, 이데올로기가 강조된다(Kewes 171).

1580년대에 큰 성공을 거두었던 여왕 극단Queen's Men은 시기적으로 근접한 영국의 역사를 중점적으로 무대에 올린다. 여왕 극단이 공연한 『헨리 5세의 유명한 승리The Famous Victories of Henry the Fifth』(1586)와 『존 왕 수난의 치세The Troublesome Reign of King John』(1588)는 부분적으로 셰익스피어 역사극의 원전이 된다(McMillin 33, 89-90). 르네상스 영국에는 셰익스피어의 역사극 이외에도 말로우의 『에드워드 2세Edward II』(1592)나 익명의 저자가 쓴 『우드스톡Woodstock』(1592) 등 유명한 역사극이 상연되기도 했다. 역사극은 작가의 단독 작업이나 작가들 간의 공동 작업을 통해 극장에서 공연되었으며, 관객들에게 익숙한 역사적 사실을 소재로 삼았기에 유사한 역사를 다루는 경우가 많았다.

특히 튜더 시대를 대표했던 정치적 희생양 리처드 3세의 이야기는 당대에 인기를 끌었던 문학 소재였다. 모어의『리처드 3세의 역사』에 등장하는 리처드 3세의 폭군 이미지는 당시의 일반적인 견해였고, 셰익스피어는 모어의 작품에 착안해 리처드 3세를 재현한다. 익명의 작가가 쓴 『리처드 3세 비극의 진실The True Tragedy of Richard III』(1594)은 셰익스피어의『리처드 3세』와 상당히 유사하다. 이는 유사한 원전을 사용해 제작된 역사극들에 교훈적인 의도로 역사를 해석했던 성향이 반영된 것이다. 하지만 대부분의 평자들은 셰익스피어의『리처드 3세』와 이 작품 간에 어떠한 상관관계도 없다고 본다. 윌슨J. D. Wilson은 두 연극을 동일한 주제의 다른 극으로 간주한다(300). 리처드 3세의 역사를 다루는 또 다른 극으로 레그Thomas Legge의 라틴어 연극『리처드 3세Richardus Tertius』가 있다. 이 작품은 1579에서 1580년에 캠브리지의 성 존스 칼리지St. John's College에 의해 공연된다. 이 연극은 당시의 대학 재사들University Wits 중 말로우와 그린이 상연했다는 추측도 있다. 셰익스피어의『리처드 3세』에서 리처드가 조카 엘리자베스Elizabeth에게 청혼을 하는 장면은 레그의 극에도 등장한다. 셰익스피어의『리처드 3세』와 레그의『리처드 3세』의 유사성에서 셰익스피어가 레그의 작품을 알고 있었을 것이라는 추측도 가능하다(Oestreich-Hart 244).

셰익스피어는『헨리 6세 제2부』에서 케이드Jack Cade의 봉기를 등장시킨다. 당대에는 이와 유사한 소작농의 반란을 극화한『잭 스트로의 삶과 죽음The Life and Death of Jack Straw』(1590)과 같은 극이 존재했다. 하지만 이 극과 셰익스피어 역사극의 정확한 상관관계를 규명하기는 어렵다. 아첨꾼들에 둘러싸인 무기력한 왕을 그리고 있는『리처드 2세』는 말로우의『에드워드 2세』에 기반한다(A. J. Hoenselaars 26). 그러나 새롭게 등장하던 역사극 장르에서 말로우와 셰익스피어 작품의 상호 관계를 단순하게 비교할 수는 없다. 오히려 셰익스피어의『헨리 4세』와『진실 되고 명예로운 역사, 선한 콥햄 경 존 올드-캐슬의 생애에 대해The True and Honourable History, of the Life of Sir John Old-castle, the Good Lord Cobham』(1600)에서 셰익스피어의 역사극과 르네상스 시대 역사극의 연관성을 찾아볼 수 있다. 이 두 극은 모두 실존했던 올드캐슬John Oldcastle을 극화하고 있으며, 셰익스피어는 헨리 4세의 친구였던 올드캐슬을 폴스타프Falstaff로 등장시킨다. 당대의 역사극 작품들과 셰익스피어 작품 간의 유사성은 도덕적 전통, 국가와 종교적 목적을 위해 등장했던 역사극이 새롭고 매력적인 장르였다는 사실을 암시한다.

르네상스 영국에는 다양한 종류의 역사극이 존재했다. 딘Paul Dean은 단순히 역사를 소재로 한 로맨스 역사극과 본격 역사물을 분리한다. 그는 역사의 문제를 중점적으로 다루는 역사극과 실제 역사와는 동떨어진 로맨스 역사극을 혼동해서는 안된다고 주장한다(35). 딘은 역사극에 등장하는 인물들과 역사적 사실들의 근거를 들어 이 두 가지가 명백히 구분되어야 한다고 보고 있다.

그렇지만 역사를 단순한 소재로만 삼은 로맨스 역사극 또한 역사의 생생한 뒷이야기를 전달해 주었기에 관객들로 하여금 역사에 관심을 돌리게 만드는 역할을 할 수 있었을 것이다. 로맨스 역사극인 데커Thomas Dekker의『제화공의 휴일The Shoemaker's Holiday』(1599)은 복합적인 장르의 작품이다. 이 극의 마지막 장면에 등장하는 국왕은 헨리 6세라는 추측이 가능하지만 극에서 연회와 테니스를 즐기는 왕의 특징은 당시에 유명했던 왕 헨리 5세의 성향과 유사하다. 데커의 극은 역사적 소재에 로맨스적 요소를 부가한 희극으로 볼 수 있다. 당시에는 그린의 『제임스 4세의 스코틀랜드 역사*Scottish History of James the Fourth*』(1598)와 먼데이Anthony Munday가 쓴 『헌팅던 백작 로버트의 몰락과 죽음*The Downfall and Death of Robert Earl of Huntingdon*』(1598) 2부작과 같은 복합적인 역사극이 존재했다. 먼데이의 『헌팅던 백작 로버트의 몰락과 죽음』 2부작은 존 왕의 통치기를 배경으로 한다. 영웅적 인물의 삶과 죽음을 중심 소재로 하고 있는 이 극은 일반적인 역사극 작품과는 거리가 있다. 르네상스 영국에는 이처럼 역사에서 소재를 취해 다른 장르와 결합을 시도한 극들이 유행했다.

르네상스 시대의 역사극 작가들은 장미전쟁과 튜더 왕조 이전의 역사적 사건을 자주 다루었다. 이는 엘리자베스 1세의 통치 말기에 활발하게 공연되었던 역사극이 당시의 튜더 왕조에 대해 직접적인 언급을 피하려는 의도였던 것으로 볼 수 있다. 이러한 추세는 1603년 엘리자베스 1세가 사망한 후 여왕의 묘사를 금지하던 관행이 서서히 완화되며 변화를 맞이한다. 스튜어트 시대의 극작가들은 튜더 왕조 시대를 묘사하는 역사극을 발전시켜 나갔다.

헤이우드는 처녀 여왕 엘리자베스의 삶을 담고 있는 두 파트로 된 연극 『나를 모른다면, 아무도 모르는 것이죠*If You Know Not me, You Know Nobody*』(1605)를 발표한다. 전기 형식으로 서술되는 이 작품은 로맨스적 요소를 부가해 엘리자베스 여왕을 묘사하고 있는 가장 초창기의 연극이라 할 수 있다. 헤이우드의 연극은 메리Mary Tudor[5] 여왕 시대부터 엘리자

5_ 엘리자베스 1세의 이복 자매였던 잉글랜드 및 아일랜드의 여왕 메리 1세(1516 - 1558, 재위 1553 - 1558)는 헨리 8세와 아라곤의 캐서린 사이에서 태어났다. 독실한

베스 1세 시대의 런던 왕립 거래소royal exchange에서 행해지던 무역과 스페인의 무적함대에 대한 승리를 재현한다. 이 연극에서 펠리페 2세Philip II[6]는 엘리자베스와 메리를 친구로 만들어 주고 엘리자베스의 처형을 막으려 했던 매력적인 인물로 그려진다. 극에서 엘리자베스를 보호하려는 펠리페 2세의 행동은 엘리자베스에 대한 신의 가호를 극화하면서 여왕이 옹호했던 국가 종교를 정당화하려는 목적도 있었다(A. J. Hoenselaars 29). 헤이우드의 연극은 1642년 런던 극장이 폐쇄되기 이전까지 많은 인기를 누린다.

셰익스피어의 경우 튜더 왕조를 배경으로 한 작품으로 『헨리 8세』가 있다. 헨리 8세도 당대 극작가들에게는 인기 있는 소재였다. 로울리 Samuel Rowley는 『나를 보면, 나를 알게 되죠When You See Me, You Know Me』(1604)에서 헨리 8세를 등장시킨다. 이 극에서 헨리 8세는 두 명의 상인을 살해한 용의자 블랙 윌Black Will과 접전을 벌이기 위해 위장을 한 채 런던으로 간다. 이 극보다 좀 더 심각한 어조로 튜더 왕조의 역사를

가톨릭 신자였던 메리 1세는 통치기 동안 개신교와 성공회를 탄압했고, 이로 인해 블러디 메리(Bloody Mary)라는 별칭을 얻게 된다. 메리와 엘리자베스는 이복 남동생 에드워드 6세(1537-1553, 재위 1547-1553)의 재위 기간에는 어느 정도 좋은 사이를 유지했지만, 메리 1세의 재위 기간 동안 엘리자베스는 갖은 박해와 죽음의 위협에 시달렸다. 하지만, 헤이우드의 연극에서 메리와 엘리자베스는 좋은 관계로 묘사되고, 펠리페 2세 또한 엘리자베스를 돕는 인물로 그려진다. 가톨릭의 맹주이자 적국이라 할 수 있는 스페인의 국왕 펠리페 2세가 엘리자베스 1세를 돕는다는 연극의 내용은 신이 여왕을 보호하고 있다는 것을 보여 주는 동시에 영국 국교회에 대한 정당성을 반증하는 것이라고 할 수 있다.

6_ 펠리페는 1554년 11살 연상의 메리 1세와 결혼했으며, 2년 뒤 스페인으로 되돌아가 펠리페 2세로 왕위에 올랐다. 메리 1세의 사후, 그는 1588년 무적함대를 잉글랜드로 파병하지만 칼레 해전에서 영국 해군에 대패하게 되고(1558년), 그가 1598년 병으로 사망할 때까지 스페인은 서서히 하락세를 걷게 된다.

담고 있는 작품은 데커와 웹스터John Webster의 『토마스 와이어트 경Sir Thomas Wyatt』(1602)이다. 이 극은 에드워드 6세의 죽음 이후 혼란스러웠던 후계자 구도를 극화한다. 이 극에는 에드워드 6세 이후 단 9일 동안 왕위에 올랐던 레이디 제인 그레이Lady Jane Grey와 가톨릭 신자였던 메리 여왕의 불안했던 왕위 계승에 대한 내용이 무거운 톤으로 묘사되고 있다.

튜더 왕조의 역사를 극화하는 작업의 부수적인 결과로 전기 역사극이 발달하게 된다. 전기 역사극 장르는 16세기 영국의 역사 속에서 왕가 이외 인물들의 정치적 삶과 행보에 집중하는 경향이 있었다. 전기 역사극으로는 순교를 했던 이들의 삶들을 집대성한 작품인 폭스John Foxe의 『행동과 기념비Acts and Monuments』(1563)와 같은 작품이 있다. 이와 유사한 전기 역사극 장르에는 『토마스 와이어트 경』, 『토마스 모어 경Sir Thomas More』 (1593), 『토마스 크롬웰 경Thomas Lord Cromwell』(1600) 등이 포함된다. 셰익스피어도 『헨리 4세』 연작에서 전기 역사극의 영향을 받은 것으로 보인다. 전기 역사극의 성행은 역사를 단순히 국가의 성공과 실패의 문제로 보았던 개념으로부터의 후퇴를 의미한다(A. J. Hoenselaars 30). 이는 역사를 단순히 국가의 과거에 대한 기록이 아니라 국가를 구성하는 개인과 연관된다고 보는 개념이다. 이러한 개념은 셰익스피어의 주요 관심사 중 하나였던 국가와 개인 문제의 관련성을 함축적으로 제시해 준다.

셰익스피어의 역사극과 동시대 다른 작가들의 역사극 사이에는 분명한 차이점이 존재한다. 헬거슨Richard Helgerson은 셰익스피어가 권력의 획득과 유지에 관심을 보였으며, 정치적 사안에 대해 신랄함을 지니고 있었다고 주장한다. 그는 다른 작가들이 신민성subjecthood에 관심을 기울였던 한편 셰익스피어는 권력과 왕국에 집중하며 근대 초기의 왕권 문제에 관심을 두었다고 지적한다(43). 정치적인 문제에 좀 더 초점을 맞추었다는 사실이 셰익스피어가 정치 세력에 부합했다는 의미는 아니다. 영국인으로서 셰익스피어는 애국심은 물론 자국의 역사에 대한 자부심이 있었을 것이다. 국가의 역사를 그리고 있는 역사극이라는 새로운 장르를 통해 셰익스피어가 근대 초기 영국의 국가와 사회상을 보여주고 있는 것은 틀림없다.

　그렇다고 해서 셰익스피어나 당대 극작가들의 관심이 영국의 역사에만 국한되었던 것은 아니다. 르네상스 영국의 역사극은 당시로서는 조명받지 못한 유럽 대륙의 역사를 부각시키는 역할을 했다. 셰익스피어의 역사극에는 프랑스와의 관련성이 반복적으로 재현된다. 『헨리 5세』, 『헨리 6세 제1부』 등에 등장하는 장소는 영국에 국한되지 않고 해협을 건너 프랑스까지 뻗어있다. 이러한 역사극들은 영국사와 함께 유럽의 역사를 담고 있기에 유럽 역사극이라는 관점에서도 바라볼 수 있다.

　영국에서 유럽 역사극 장르를 가장 먼저 개척한 이는 말로우였다. 1592년 발표된 말로우의 『파리의 대학살The Massacre at Paris』은 교황과 스페인이라는 가톨릭 세력을 제시하며, 프랑스의 왕 앙리 4세Henry IV를 신교도의 영웅으로 묘사한다. 이를 통해 말로우는 외국의 역사와 영국 내 문제들의 관련성을 암시한다(A. J. Hoenselaars 31). 말로우는 대사는 거의 없지만 중요한 인물인 영국의 사자agent를 등장시킨다. 이 등장인물은 앙리 3세Henry III가 임종 시에 보여주었던 엘리자베스 여왕에 대한 사랑을 전달하는 임무를 지니고 있다. 이 같은 설정은 엘리자베스 1세를 이상화하던 관행을 보여 준다. 말로우의 『파리의 대학살』은 영국과 프랑스 두 나라에서 극의 사건을 진행시키며 영국은 물론 유럽의 역사까지 망라한다.

　영국의 역사와 함께 유럽의 역사를 다루었던 작가들 중에서 말로우의 뒤를 잇는 작가는『뷔시 당부아*Bussy D'Ambois*』(1604)와『뷔시 당부아의 복수*The Revenge of Bussy D'Ambois*』(1610)를 쓴 챔프먼George Champman이 있다. 이 시기에는 유럽에서도 다양한 형태의 역사극이 등장하는 현상을 보였다. 세속화된 도덕극이나 고전적 비극의 근대적 변형으로도 볼 수 있는 역사극이 유럽의 여러 나라에서 발전했다. 복합적인 역사극들은 국가적인 사안들을 묘사하면서 외국의 역사 소재도 비중 있게 다루었다.

헤이우드는 1612년『배우들에 대한 옹호*Apology for Actors*』에서 드라마를 통해서 모든 이들이 영국의 역사를 잘 알게 된다고 이야기한 바 있다 (F3). 당대에는 정복자 윌리엄William the Conqueror에서 엘리자베스 1세까지 24명의 왕에 대한 이야기가 역사극으로 저작된다. 역사극은 관객들과 독자들에게 영국 역사의 중요한 부분들을 배울 수 있는 기회를 제공했다. 르네상스 영국의 관객들은 연극의 또 다른 주요 장르라 할 수 있는 야외극pageant과 가면극masque을 통해서도 역사와 종교적으로 중요한 사건들에 대한 지식을 확장할 수 있었다. 셰익스피어 시대에 행렬이나 시합, 시내 연회 등의 공적인 구경거리들은 모두 야외극의 범주에 들어갔으며, 셰익스피어의 역사극에도 야외극적 요소가 가미되어 있다. 특히『헨리 6세 제1부』는 헨리 5세의 장례식 행렬로 시작되고 있고,『헨리 8세』의 4막에는 앤 불린Anne Boleyn의 대관식 행렬이 묘사된다. 대관식과는 정반대의 상황이지만『리처드 2세』의 4막에는 왕의 폐위 장면이 그려진다. 역사극이 어떤 행위에 대한 영광을 기리고 있다는 점에서 당대의 가면극이나 야외극과 유사하다고 할 수 있다(Bergeron 49).

가면극과 야외극에는 필수적으로 정원 장면이 등장한다. 정원은 극에서 상징적인 장치로 작용한다. 여러 종류의 꽃과 나무가 어우러져 있는 장소인 정원이 지니는 상징성은 다양한 각도에서 조명될 수 있다. 정원은 왕을 둘러싼 정치가들의 권력 투쟁의 장소일 수도 혹은 누군가를 지지하고 화합하기 위한 장소이며 자유로운 목소리를 낼 수 있는 장소도 될 수 있다. 르네상스 영국의 야외극에서 런던은 잘 꾸며진 정원이며 기독교적 세계에서도 가장 영광스런 도시로 제시된다(Bergeron 50). 이는 근대 초기의 문학에서 궁정court과 전원country을 이중적인 가치로 구분했던 것과 관련이 있다. 궁정은 부패와 중상모략, 경쟁의 장소이며 전원은 휴식이나 순수함을 상징하는 정원과 같은 장소로 규정된다(Estok 632). 하지만 셰익스피어의『헨리 6세』시리즈에서는 정원의 개념이 다르게 등장한다. 케이드의 봉기는 이든Iden 정원에서 시작되고, 장미전쟁의 불씨 또한 템플 법학원의 정원에서 지펴진다. 셰익스피어의 역사극에서 정원은 당대의 연극에서 볼 수 있는 평온한 이미지와는 달리 혼란과 문제의 시작이 되는 공간이다.

『헨리 6세 제1부』2막 4장의 템플 법학원의 정원 장면에서 셰익스피어는 이후의 장미전쟁의 불씨가 되는 랭카스터와 요크가의 대립을 극화한다. 서포크는 "법학원 회당 안에서는 우리가 너무 시끄러웠지만, 여기 정원은 편리할 것Within the Temple Hall we were too loud; / The garden here is more convenient"(2.4.3-4)이라며 정원에서의 자유로운 토론을 부추긴다. 셰익스피어는 정원이라는 장소를 긴 전쟁의 발단이 되는 공간으로 부각시키며 두 분파로 갈라진 영국을 암시한다. 이 때 두 분파, 즉 요크가를 상징하는 것은 백장미로, 랭카스터가를 상징하는 것은 홍장미로 묘사된다. 귀족들은 각자 자신들이 지지하는 집안을 상징하는 장미를 선택한다. 템플 법학원의 정원에서 워릭은 예언과도 같은 말을 던진다.

그리고 여기서 나는 예언하니. 오늘의 이 다툼은,
템플 법학원 경내의 내분이 되어,
이후 홍장미와 백장미 사이에
수천의 영혼을 죽음과 암흑의 밤으로 보낼지니.

And here I prophesy: this brawl to-day,
Grown to this faction in the Temple Garden,
Shall send between the Red Rose and the White
A thousand souls to death and deadly night.
(*King Henry VI, Part 1* 4.2.123-126)

셰익스피어는 당대인들에게는 너무도 익숙했던 장미전쟁을 정원이라는 장소에서 출발시킨다. 이 같은 장치는 당시에 유행했던 가면극이나 야외극의 영향으로 볼 수 있다.

르네상스 시대에는 역사를 이용한 다양한 장르의 연극들이 성행하고 있었다. 르네상스 영국의 역사극은 동시대 연극들과 시대적 상황이 복합적으로 작용해서 만들어진 장르라고 할 수 있다. 당시의 여러 연극 관행들과 관객들에게 익숙했던 역사적 사건이 적절히 배합된 역사극이 대중 친화적 장르였음은 분명하다. 근대 초기 영국의 관객들은 역사극에 많은 관심을 보였지만, 현재는 셰익스피어의 역사극만이 거의 유일하게 읽히고 무대에서 상연된다. 셰익스피어의 작품을 제외한 르네상스 시대의 역사극들이 문학의 역사 속에서 거의 사라진 데에는 중요한 이유가 있다. 셰익스피어의 작품이 정치적이며 정신적인 측면의 복잡성이 교차하고 있는 것과는 달리 다른 역사극들은 당시의 시국적인 사안에만 집중하는 경향이 있었다. 역사극에서 다양한 인간의 모습과 정신을 구현하고 있는 점이 셰익스피어의 작품이 시대를 넘어 호소력을 지닐 수 있는 이유일 것이다. 그렇다고 해서 역사극 장르의 기반을 조성하고 발전에 도움을 주었던 당대 역사극의 중요성을 폄하할 필요는 없다.

장미의 선택
『헨리 6세 제1부』에 등장하는 템플 법학원의 정원에서 귀족들이 자신들이 지지하는 가문을 상징하는 하얀 장미와 붉은 장미 중 하나를 선택하고 있는 그림. 역사에 실존하는 장면은 아니다.
헨리 페인(Henry Payne)의 1908년 작품

3장　셰익스피어의 역사 서술

　르네상스 영국의 극작가들은 짧은 시간 안에 연극을 무대에 올려야했기 때문에 독창적인 이야기를 저작하는 경우는 드물었다. 극장 간의 치열한 경쟁으로 인해 다른 극장의 유명작을 그대로 모방하거나 몇 명의 작가가 함께 작업을 하는 경우도 있었다. 대부분의 작가들은 고전의 전통을 따르거나 역사서를 참고해 극작품을 완성하는 것이 일반적이었다. 역사극의 제작 환경으로 인해 역사극의 저자 문제가 대두된다. 이 같은 저자 문제는 당대의 연극 제작 관행은 물론 유사한 역사적 사건과 인물을 담고 있는 『위정자의 거울』이나 홀과 홀린셰드의 역사서가 역사극의 원전으로 사용된 것에서 기인한다.

　셰익스피어는 산문으로 된 16세기의 연대기에서 역사적 사건들을 차용했다. 실제로 그의 역사극의 많은 구절들이 역사서의 인용을 개작한 것이며 역사극과 그 원전 사이의 유사성은 로마극에서 두드러진다. 로마극의 상당 부분들이 노스 경이 번역한 『플루타르크 영웅전』에서 인용한 구절들이다. 당대 역사서들 중 홀과 홀린셰드의 역사서는 셰익스피어에게 역사적 사건의 상세 사항들과 역사극 플롯의 개요, 등장인물의 특징을 제공해 주었다. 첫 역사극 사부작의 원전이 되는 책은 홀의 『랭카스터와 요크 두 명문가의 통합』이다. 홀린셰드의 『잉글랜드, 스코틀랜드, 아일랜드 연대기』는 『리처드 3세』를 제외한 『헨리 6세』 삼부작의 원전이 된다. 『헨리 6세 제1부』의 원전은 아서왕 전설의 주요 자료가 되는 몬모스의 제프리Geoffrey of Monmouth(1100-1154)가 쓴 의사 역사서 『영국 국왕사Historia Regum Britanniae』(c. 1136)이다. 이외에 셰익스피어가 참조했을 것으로 보이는 작품으로『루앙 포위기』*Journal of the Siege of Rouen*』(1591)가 있다. 폭스John Foxe의『순교자의 행동과 기념비*Actes and Monuments of Martyrs*』(1583)와 그래프턴의『연대기 개론*Chronicle at Large*』(1569)은『헨리 6세 제2부』의 참고본으로 추정된다.『위정자의 거울』에서 요크 공작 리처드와 헨리 6세 부분, 작자 미상의『리처드 3세 비극의 진실』은『헨리 6세 제3부』와『리처드 3세』가 참조했을 가능성이 있는 작품이다. 모어의『리처드 3세의 전기』도 셰익스피어의『리처드 3세』에 영향을 준 것으로 보인다. 노르만 정복Norman Conquest에서 헨리 7세까지의 역사를 요약하고 있는 페이비안Robert Fabian(?-1513)의『잉글랜드와 프랑스의 신 연대기 *New Chronicles of England and France*』(1516)도 참고 가능했던 역사서였다.

셰익스피어의 역사극은 당대의 역사서와 역사극들을 참고로 했기 때문에 다른 극들과 유사성이 발견된다.『헨리 6세 제2부』는 1381년 발발한 소작농의 반란 주모자로 추정되는 잭 스트로Jack Straw의 이야기를 담고 있는 작자 미상의『잭 스트로의 삶과 죽음』과 연관성을 찾아 볼 수 있다. 이 농민 봉기에 대한 이야기는 셰익스피어의『헨리 6세 제2부』의 민중 반란에서 반향된다. 직접적인 연관성을 규명하기는 힘들지만, 당대의 작품들이 서로 상호 작용하면서 발전되었음을 짐작할 수 있다.『리처드 3세』의 경우에는 작자 미상의 작품인『잉글랜드의 장미*The Rose of Englande*』와 유사하다. 이 작품은 민간에 전승되어온 발라드ballad로 헨리 7세가 리처드 3세에게 왕좌를 요구하는 이야기를 담고 있다. 이렇듯 셰익스피어는 현존하던 여러 역사서들과 민간에서 전승된 이야기를 인용해 역사극을 제작한다. 셰익스피어가 당대의 역사서들을 활용했음을 보여주는 예는 홀린셰드의 사기를 인용한 부분이다. 셰익스피어는 홀린셰드의 역사서에서 역사극의 플롯과 등장인물에 적합한 내용을 선별했다

(Attwater 229). 예를 들면 헨리 6세의 비인 마가렛Margaret에 대해 홀린셰드는 다음과 같이 묘사한다.

> 이 여인은 위트나 정책뿐 아니라 아름다움에서나 용모에 있어서 다른 모든 이들을 앞섰다. 그리고 이 여인에게는 여성보다는 남성에 견줄 수 있는 용기와 대담함이 있었다.

> This ladie excelled all other, as well in beautie and favour, as in wit and policie; and was of stomach and courage more like to a man than a woman. (Attwater 229 재인용).

홀린셰드가 기술하는 마가렛의 아름다움과 남성적인 면모는 셰익스피어가 첫 역사극 사부작에서 재현하고 있는 마가렛의 모습과 일치한다. 셰익스피어는 『헨리 6세 제2부』에서 마가렛과 헨리 6세의 첫 대면 장면에서 마가렛을 다음과 같이 묘사한다.

> 우아한 말투,
> 그녀의 지혜로운 위엄을 갖춘 말이,
> 나를 경탄하게 하여 눈물겹도록 기쁘게 만드니.

> but her grace in speech,
> Her words y-clad with wisdom's majesty,
> Makes me from wond'ring fall to weeping joys.
> (*King Henry VI, Part 2* 1.1.32-34)

아름다움과 기품, 그리고 위엄을 갖춘 마가렛은 헨리 6세의 왕권이 위험에 처하면서 점점 남성적인 모습으로 변모한다. 첫 사부작의 마가렛의 성향은 홀린셰드가 그리는 마가렛의 모습과 상당 부분 일치한다. 이러한 사실로 인해 셰익스피어의 역사극은 자칫 당시의 여러 작품들을 패러디하고 표절한 작품으로 치부될 수 있다. 하지만 셰익스피어가 산문 형식의 역사서를 단순히 극의 형태로 개작한

앙주의 마가렛

것은 아니다. 셰익스피어는 등장인물의 관계나 사건의 정황들을 순수 창작에 의존해 자신만의 역사극을 만들어낸다. 셰익스피어의 예술적 창의성은 당대의 사기에서 인용한 역사적 사건들을 극화하는 방식에서 부각된다. 셰익스피어는 마가렛을 묘사할 때 원전의 언급에서 더 나아가 서포크와의 내연 관계를 삽입하는 등 마가렛을 더욱 극적이고 역동적인 인물로 그린다. 이외에도 『리처드 2세』에서 리처드 2세가 폐위되는 장면은 역사의 현장에 생명력을 불어넣는 창의성이 엿보이는 대목이다.

따라서 셰익스피어의 역사극은 당시의 여러 자료들을 수집해 단순히 편집한 결과가 아닌 독창적인 작품이다. 때로 셰익스피어는 역사적 진실과는 거리가 멀어 보이는 사건들을 극화한다. 『헨리 8세』의 또 다른 제목은 『모든 것이 진실All Is True』이다. 이는 『당신 좋으실대로As You like It』, 『끝이 좋으면 다 좋아All's Well that Ends Well』 등의 작품과 유사한 제목을 취한다. "모든 것이 진실"이라는 말은 중의적으로 해석될 여지가 있다.

이 제목은 셰익스피어가 만들어낸 헨리 8세의 이야기가 진실인지, 상상과 진실 사이의 교묘한 경계에 서 있는지에 대해 관객들에게 던지는 질문과도 같다.

역사의 진실성 여부를 떠나 셰익스피어의 첫 역사극 사부작이 시대상을 반영하고 있는 것은 분명하다. 당대에는 정치적인 입장에서 역사서를 저작하는 경우가 많았고, 이를 참고로 한 역사극은 자연스럽게 원전의 정치적인 입장을 포용하게 된다. 따라서 역사극의 정치적인 초점은 중요하게 여겨졌고, 이러한 개념은 1590년대에 이르러 확고하게 자리잡힌다(Helgerson 27). 과거의 역사적 사건 속에서 현실을 반영하는 셰익스피어의 역사극도 중대한 사회, 정치적 문제와 관련된다. 셔넥Warren Chernaik은 셰익스피어의 역사극이 당대의 왕정에 복종하고자 하는 의도를 담고 있다고 설명한다.

> . . . 연극은 과거를 생생하게 할 뿐 아니라 . . . 질서와 계급의 미덕을 관객에게 깨닫게 하며, 무질서와 저항의 해악을 깨닫게 한다.

> . . . plays not only keep the past alive . . . they teach the audience the virtues of order and degree, the evils of disorder and disobedience. (6)

셔넥은 역사극이 대중들에게 역사적 지식을 교육하는 동시에 왕에 대한 복종을 유도했다고 간주한다. 셰익스피어의 역사극이 군주제에 대한 복종을 호소하고 있다고 보는 보수적인 견해는 20세기의 셰익스피어 비평에서 많은 부분을 차지한다. 이러한 견해는 셰익스피어의 역사극이 시류에 따라 제작된 것인지 혹은 이면에 전복적 성향이 도사리고 있는지 의문을 야기한다. 하지만 셰익스피어는 역사극에 다의적인 목소리를 부여하고 있기 때문에 해석의 여지를 남기는 것이 사실이다. "한 가지 말에 두 가지 의미를 설교한다I moralize two meanings in one word"(King Richard III 3.1.83)는 리처드 3세의 방백은 셰익스피어의 입장에 대한 모호성을 가중시킨다.

캠벨은 셰익스피어의 역사극이 엘리자베스 1세 치하의 정치적 사안을 밝히려는 목적을 지니고 있었다고 주장한다. 특히 『존 왕』은 엘리자베스 1세와 가톨릭교회 사이의 오랜 대립구도를 반영하며(Campbell, Histories 125, 136), 『리처드 2세』의 국왕 폐위 사건은 엘리자베스 1세 치하의 정치적 상황의 반향이라 역설한다(211). 셰익스피어는 직접적으로 튜더 왕조를 그리지는 않지만 교묘하게 당대의 군주였던 엘리자베스 1세를 언급한다. 이를 통해 엘리자베스 여왕에 대해 국민들이 지녔던 불안감 등 시대의 문제점을 충실하게 담아낸다. 엘리자베스 1세의 "내가 리처드 2세다I am Richard II"(Chernaik 13 재인용)라는 말은 여왕도 역사극의 시대 반영을 인식하고 있었다는 것을 시사한다. 에섹스Essex 백작의 지지자들 또한 리처드 2세의 폐위를 그리고 있는 『리처드 2세』가 에섹스 백작의 반란을 극화하고 있다는 사실을 인식하고 있었을 것이다. 돌리모어와 신필드는 『헨리 5세』를 엘리자베스 1세 치하의 국가 통합의 문제를 암시하는 극으로 해석하며(221), 마커스Leah S. Marcus도 『헨리 6세 제1부』를 1590년대 영국의 상황을 담고 있는 극으로 해석한다(168). 이는 셰익스피어의 역사극이 당대의 정치상과 시사적인 문제를 포함하는 작품으로 간주될 수 있는 근거를 제시해 준다.

따라서 역사극에 등장하는 왕의 폐위나 죽음은 왕권을 심각하게 손상

리처드 2세의 초상화
1390년대 중반의 작품

시키는 결과를 가져왔을 것이며 이는 국가 차원에서는 민감한 문제였을 것이다. 1597년과 1598년에 출판된 사절판의 『리처드 2세』에는 왕의 폐위 장면이 등장하지 않는다. 볼링브룩Bolingbroke과 리처드 2세에 대해 셰익스피어가 명확한 입장을 드러내고 있지는 않지만(Keetton 252) 국가는 극에 등장하는 반란이나 폐위에 대한 묘사를 용납할 수 없었을 것이다. 엘리자베스 정부는 극 속의 리처드 2세와 여왕을 동일시하며 왕의 폐위나 죽음에 대해 민감하게 반응했다(Carroll 138-139). 따라서 이 시기에 나온 사절판에서 리처드 2세의 폐위 장면은 검열로 인해 삭제되어야만 했다. 이외에도 『리처드 2세』는 에섹스 반란과 연관성이 제기되며 검열을 겪게 된다. 이 같은 사실에서 엘리자베스조의 권력이 셰익스피어의 역사극에 내재한 잠재적인 전복성을 인식했다고 보아도 무방하다. 혼란스런 국내외적 상황에서 폭동이나 폐위 장면을 그리는 것은 국가에 반하는 행위였기에 용납될 수 없었을 것이다. 리처드 2세가 의회 앞에서 왕권을 포기하는 장면은 검열에 의해 삭제되었다가 1608년 재출판 시 163개의 행이 첨가되면서 다시 등장한다.

르네상스 영국에서는 역사 관련 작업은 정부의 통제하에 있었기에(Patterson, *Censorship* 129), 1590년대 영국의 역사 저작 활동은 상당히 위험이 수반되는 활동이었다. 역사를 다룬 작품들 중에서 특히 역사극은 다른 장르에 비해 검열이 심했다(Clare 42). 시국적 문제를 다루는『토마스 모어 경*Sir Thomas More*』,『우드스톡』,『닥터 포스터스*Dr. Faustus*』,『리처드 2세』,『헨리 6세』2, 3부는 대중의 동요를 불러일으킬 수 있다는 이유로 검열을 받게 된다. 1599년 주교 금지령bishops's ban에 의해 영국 역사 관련 작품들은 출판 전 추밀원의 승인을 받아야 했다. 엘리자베스 1세와 제임스 1세James Ⅰ 시대의 검열에 대해 클렉Cyndia S. Clegg은 "역사는 물론 영국 역사에 대한 검열은 "일반적인" 관행에서 벗어나 있었다*the censorship of history, even English history, was far from an "ordinary" practice*"(51)고 지적한다. 정부가 역사와 관련된 출판물을 검열하고 통제하려고 했던 사실은 서적상 조합Stationer's Company의 관행에서도 찾아볼 수 있다. 당시의 출판물은 서적상 조합의 허가를 받아 조합 명부에 기록되었으며, 16세기 말에는 검열이 더욱 엄격해졌다. 이 같은 행위에는 역사 관련 저술을 국가의 기준에 부합되게 만들려는 의도가 있었음을 짐작할 수 있다. 셰익스피어가 영국의 역사보다는 그리스나 로마의 고전에서 소재를 찾은 것에는 영국의 검열 관행이 어느 정도 영향을 준 것으로 보인다.

돌리모어와 신필드는 엘리자베스 시대의 극장은 국가의 감시를 받던 기관이었다고 밝힌다(215). 특히 왕조와 국가의 역사를 무대에 재현해 대중들이 쉽게 접할 수 있도록 만든 역사극 장르는 지속적인 관심의 대상일 수밖에 없었을 것이다. 대중들이 역사에 지대한 관심을 지니고 있던 시대였기에 16세기 후반에 이르러 역사 관련 저작물에 대한 정부의 통제는 더욱 엄격해졌다(Clegg 52). 이는 당대의 극장이 단순히 연극을 상영하는 여흥의 장소일 뿐 아니라 여론을 형성시킬 수 있는 중요한 수단이며 기관으로 작용하고 있었다는 사실을 시사한다. 정부는 극에 등장하는 왕의 이미지나 왕의 죽음, 폐위 등의 내용에 민감하게 반응했을 것이다. 영국의 역사가 아닌 다른 나라의 역사를 다루는 극에 대해서도 영국 국내의 사정이나 정치적 상황에 대입해서 해석하던 것이 이 시기의 저술이나 독서의 일반적인 경향이었다(Dutton xi).

르네상스 영국의 역사극 작가들은 사극에 도덕적이고 정치적인 함축을 포함하는 서사를 부여했다. 해터웨이는 르네상스 시대의 극작가들에게 계몽성은 상당히 중요한 요소였다고 언급한다(21). 이는 신과 종교가 부과한 도덕이 올바른 정치를 이끌고 그로 인해 사회가 올바르게 구성된다는 아리스토텔레스의 생각과도 일맥상통한다. 로스David Ross는 아리스토텔레스가 정치를 "우리가 무엇을 해야만 하고 무엇을 하지 말아야 할 것 what we must do and what we must not do"(196)인지 알려주는 것으로 간주했다고 해석한다. 또한 그는 아리스토텔레스가 국가의 도덕이 오로지 사회의 구성원인 국민들의 도덕적 삶에 근간한다고 보았다고 역설한다(195). 개인이 구성하는 사회에서 그 구성원들의 도덕적인 삶이 결국 국가의 도덕성으로 연결된다는 관념은 셰익스피어도 지니고 있었던 생각이었다.

셰익스피어는 국가의 역사에서 개인의 역할을 중시하며, 섭리적 인간관이 팽배하던 시대에 인간의 자유 의지를 부각시킨다. 개인의 욕망이 국가를 혼란으로 몰아가는 역사적 사실을 극화하며 셰익스피어는 개인의 선택에 대한 화두를 던진다. 이러한 관념을 통해서 셰익스피어가 궁극적으로 부각시키고자 했던 요소들 중에는 애국심이 자리한다(Chernaik 11). 셰익스피어를 비롯한 헤이우드와 내쉬 등의 극작가들은 자국의 역사를 다루는 역사극을 통해 애국적인 면을 강조한다. 『헨리 5세』에는 애국심과 국가의 통합 문제가 중요한 요소로 등장한다. 이는 튜더 왕조가 건립된 후 끊임없이 논란이 되어 왔던 왕위 계승 문제와 영국의 대외적 문제가 국가 차원의 통합을 요하던 시기적 요구와 맞물린 결과라고 할 수 있다.

셰익스피어의 역사극이 당대인들에게 오락과 문화생활을 영위하게 해주는 것뿐 아니라 시사적이고도 정치적 견해를 형성하는데 일조했다는 사실은 부인할 수 없다. 역사극 장르의 특성상 왕과 권력, 정치는 불가분의 관계에 놓여 있으며 원전인 역사서의 정치적 성향과도 분리될 수 없기 때문이다. 하지만 셰익스피어의 역사극이 단순히 정치적이고 논쟁적인 의견을 피력하는 팸플릿으로 활용된 것은 아닐 수도 있다(Campbell, Histories 15). 셰익스피어 역사극의 튜더 왕권에 대한 부합 여부도 단순히 판단 내릴 수 없다. 예능인이라는 대중적인 직업을 가졌던 셰익스피어가 삶의 생계 수단이 되는 연극을 정권에 반발하는 도구로 사용하려고 하지는 않았을 것이다. 역사물이 군주에게 속하는 것으로 인식되고 있었고 궁정의 주시를 받고 있던 장르라는 점을 감안한다면, 그러한 면을 무시하면서까지 셰익스피어가 작품 활동을 하지는 않았을 것이라 추정할 수 있다. 셰익스피어는 역사극 작가로서의 고충을『헨리 5세』의 코러스를 통해 토로한다.

여기까지, 거칠고 무능한 펜으로,
노력하는 우리의 작가는 이야기를 끌고 왔습니다,
좁은 공간 안에 위대한 인물을 집어넣어,
영광스러운 삶의 여정을 시작부터 뒤죽박죽 섞어.
짧은 시간, 그러나 아주 짧게 가장 위대하게 살았던
이 영국의 별들을

· ·
우리의 무대에서 보여드렸으니, 부디
애호하시는 마음으로 이 극을 너그러이 보시기를 바랍니다.

Thus far, with rough and all-unable pen,

Our bending author hath pursued the story,

In little room confining mighty men,

Mangling by starts the full course of their glory.

Small time, but in that small most greatly lived

This star of England

. . . .

Which oft our stage hath shown; and for their sake

In your fair minds let this acceptance take.

(*Epilogue* 1-14)

역사가 정치성을 지니던 시대에 대중 예술가였던 셰익스피어는 역사극을 무대라는 공간에 올린다. 따라서 단순히 그의 정치적 입장을 극단적으로 규정할 수는 없다. 정치적 성향을 떠나 셰익스피어의 역사극이 현실 정치의 실패를 막고자 하는 의도를 지니고 있었다는 사실은 분명하다.

무대 위에서 실감나게 펼쳐지는 역사적 장면은 단순히 글자로 된 텍스트보다 관객들에게 더 큰 인상을 부여하며 새로운 역사적 사건으로 각인될 수 있었을 것이다. 역사극의 관객들은 연극에 앞서 역사적 사건에 대해 많은 지식을 갖추고 있었다. 이는 사람들에게 널리 알려진 역사적 사건을 작가의 임의대로 각색하는 것에 대한 모종의 압력이 작용했을 것이라는 사실을 암시한다. 『리처드 3세』를 무대에 올릴 때 관객들이 익히 알고 있는 리처드의 이미지를 마음대로 선인으로 그릴 수는 없었을 것이다. 또한 헨리 4세에게 왕위를 찬탈당하는 리처드 2세의 이야기도 관객들에게는 친숙한 역사적 사건이었다. 그러나 셰익스피어는 허용되는 범위 안에서 역사적 사건에 여러 가지 해석과 변용을 가했다. 이는 당대의 역사서들이 역사적 진실의 여부보다는 작가의 개인적 견해가 많이 반영된 일종의 문학적 창작물이었다는 사실과 연관된다. 역사를 주관적으로 해석하던 역사서의 성향은 셰익스피어의 역사극에도 영향을 미친다.

역사극은 관객들에게 드라마를 제시하는 것이지 역사의 진실을 보여주는 것은 아니다. 역사적 사건과 역사를 다루는 드라마는 본질적으로 다르다. 르네상스 영국의 역사극 작가는 정확한 역사적 사실을 기술해야만 하는 역사가는 아니었기에 역사적 사건의 정확성에 크게 관심을 두지는 않았다. 셰익스피어의 역사극은 당대의 역사와 정치, 사회적 배경 속에서 셰익스피어가 만들어 놓은 예술적 상상의 세계이다. 셰익스피어는 극적 효과를 위해 역사를 다양하게 변용하며 역사적 사실 속에서 또 다른 역사를 창조한다. 그는 역사의 실존 인물들에게 새로운 생명력을 부여하고 여러 캐릭터를 한 캐릭터 안에 혼합하는 등의 각색을 가했다. 셰익스피어는 전체적인 역사적 틀을 부수지 않는 범위 내에서 사건을 개작한다. 극의 긴장감과 인물 간의 대결 구도에 긴장감을 부여하기 위해 등장인물들 간에 존재하는 시간을 압축하거나 역사서에는 등장하지 않는 장면들을 삽입하기도 한다. 역사적 사건의 개작은 극을 드라마틱하게 만들고 갈등을 고조시키는 장치가 된다.

존슨Samuel Johnson은 셰익스피어의 역사 오용에 대해 "그는 시간이나 장소의 구분에 전혀 구애받지 않았다He had no regard to distinction of time or place"(19)고 지적한다. 엘리자베스 1세 시대에 역사극의 작가들은 역사적인 정확성을 중요시하지 않았고(Chernaik 12), 셰익스피어의 시대착오적 재현은 문학적 창작물인 역사극에서 주요 사안은 아니었다. 여러 가지 각색으로 인해 셰익스피어의 역사극에는 미미한 역사적 오류가 있지만 이것이 셰익스피어의 역사극을 대하는 데 있어 큰 문제로 다가오지는 않는다. 셰익스피어의 역사극을 대하며 진실과 추정 사이의 극단적 양분화를 시도할 필요는 없다. 역사극이 역사의 장면을 사기에서 발췌해서 그대로 담아낸다면 그것은 문학 작품이나 공연 예술이라기보다는 단순한 다큐멘터리가 된다. 약간의 역사와 많은 부분의 극적인 요소가 배합되어 있는 역사극에서 진짜 역사를 찾고 고증하려는 시도는 그리 중요하지 않다.[7]

르네상스 영국인들에게 역사극은 진실된 역사를 제시하는 것이 아니라 과거를 통해 현재를 통찰하는 거울의 역할을 했다. 역사의 비극을 담은 역사극은 후세에 주는 교훈이 강조된다. 홀린세드는 "현재가 되기에는 너무도 많은 시간이 지난 것들을 상상하라, 똑같은 이득과 유용함을 우리 자신에게도 적용하라*imagine the matters which are so manie yeares past to be present, and applie the profit and commoditie of the same unto our selves*" (Chernaik 5 재인용)고 촉구한다. 이러한 언급은 르네상스 시대 영국인들에게 역사는 앞으로 살아갈 거울이나 교과서와도 같은 도구였다는 것을 시사한다. 르네상스 시대 관객들은 역사와 역사 속 인물들의 흥망성쇠를 목격하며 삶의 패턴과 교훈, 현실 세계의 정치를 감지할 수 있었을 것이다. 『헨리 4세 제2부*King Henry IV, Part 2*』에서 기력이 쇠한 왕은 "아, 신이여, 인간이 운명의 책을 읽을 수 있는 능력을 갖출 수만 있다면*O God, that one might read the book of fate*"(3.1.45)이라고 외친다. 그는 과거의 위험

7_ 예를 들어 『헨리 6세 제1부』에서 탤봇의 죽음을 보며 조운이 조소하는 장면은 실제로는 일어날 수 없는 사건이다. 탤봇은 1453년에 사망했고, 조운은 1431년에 사망했다.

과 미래에 닥쳐올 불행을 알게 된다면 운명의 책을 덮어 버리고 죽음을 택할 것이라며 탄식한다. 헨리 4세가 이야기하는 "운명의 책*book of fate*"은 역사서를 뜻한다. 왕의 탄식은 역사 속에서 되풀이되는 삶의 패턴과 인간의 운명을 예시하고 있다. 역사를 하나의 패턴으로 인식하는 태도는『헨리 4세 제2부』워릭의 대사에서 반향된다.

> 사람의 삶에는 각자의 역사가 있어
> 사라진 시간의 특성이 기록되어 있지.
> 그것을 지켜보면, 사람은 예언할 수 있을 것이니.
>
> There is a history in all men's lives
> Figuring the nature of the times deceas'd;
> The which observe'd, a man may prophesy.
> (*King Henry IV, Part 2* 3.1.80-82)

워릭의 대사는 역사가 반복된다는 순환적 역사관을 내포함과 동시에 사람이 자신의 역사를 제대로 안다면 앞날을 예지할 수 있고 도덕적 교훈 역시 얻을 수 있다는 사실을 암시한다. 역사는 더 이상 "덮여있는 책*closed book*"이 아니며, 단절되거나 "죽은 사실들*dead facts*"이 아니다 (Chernaik 5). 역사나 과거는 여전히 살아서 현재와 작용하는 유기체가 되고 작가에 의해서 다시 탄생된다.

일단 역사극이 무대에 상연되면 역사의 해석은 무대와 관객 사이의 역동적인 상호 교류가 된다. 셰익스피어의 역사극은 관중들의 세계와 무대 위에서 재현되는 세계 사이의 연결을 시도한다. 드라마는 헤이우드가 언급했듯이 애국주의나 죄의식 등의 감정을 일깨우며 관중들의 양심에 작용한다는 점에서 현재와 소통한다. 헤이우드는 무대와 관객 사이에서 벌어지는 신비한 현상을 다음과 같이 설명한다.

> . . . 사물에 마법을 거는 것은 역동적이고 적절하게 활기가 불어 넣어진 행동이며, 이는 관객들의 마음을 새롭게 만드는 힘을 지니고 있고, 그들이 어떠한 고귀하고 중요한 형태의 시도를 하도록 한다.

> . . . bewitching a thing is lively and well spirited action, that it hath power to new mold the harts of the spectators and fashion them to the shape of any noble and notable attempt. (B4)

헤이우드가 말하는 고귀하고 중요한 시도는 바로 역사의 역동적 해석을 의미한다. 극적인 재현은 관객들에게 무대 위의 현실을 마치 마술처럼 자신의 현실로 받아들이게 만든다. 특히 역사극 장르는 관객들에게 익숙한 선조들의 이야기를 그리고 있기에, 연극이 진행되는 동안 당대 관객들은 극의 캐릭터나 사건을 더욱 잘 형성해 낼 수 있었을 것이다. 따라서 역사의 진실 여부를 떠나 대중들에게 역사의 교육과 더불어 편견이나 선입견을 가지도록 만들 수 있는 도구가 바로 역사극이었다.

역사적 사건들은 역사가나 극작가의 머리에서 재구축되는 것이므로 객관적인 역사라는 것은 존재하지 않을 수도 있다. 역사에는 그것을 해석하는 이의 환상이 자리하고 있으며, 통일과 조화로운 역사에 대한 환상은 지배계급을 위한 신화에 불과할지도 모른다. 역사는 텍스트와 유기적으로 결합하여 새로운 해석을 가능하게 만드는 존재가 되며, 역사에 대한 해석은 작가에 의해서 유동적으로 바뀔 수 있다. 역사적 진실의 여부를 떠나 셰익스피어의 역사극에서 중요한 것은 셰익스피어가 역사극을 통해 한 가지 목소리가 아니라 다양한 목소리를 내고 있다는 사실이다(Kewes 183). 여러 인간 군상과 삶의 모습을 담아냈다는 사실이 셰익스피어의 역사극이 현대에도 많은 것을 시사하는 중요한 이유이다. 따라서 셰익스피어 역사극의 역사적 진실을 가려내는 작업보다는 작품 속의 다양한 목소리를 읽어 내는 것이 중요할 것이다.

2막
셰익스피어의
국왕
만들기

셰익스피어가
활발하게 극작 활동을 했던 시기의 영국은
사회, 종교, 정치적으로
과도기적 성향을 지니고 있었다

과도기의 영국에는
봉건주의의 몰락과 새로운 시대의 도래를
그리고 있는 작품들이 다수 등장한다.

르네상스 영국에서 정치는
종교와 불가분의 관계에 있었으며,
정치적 교훈은 곧 종교적 도덕 교훈과
상통하는 개념이었다.

2막
셰익스피어의 국왕 만들기

1장   역사의 거울

　셰익스피어가 활발하게 극작 활동을 했던 시기의 영국은 사회, 종교, 정치적으로 과도기적 성향을 지니고 있었다. 영국은 장미전쟁을 통해 이전에 큰 힘을 발휘하던 중세의 봉건주의가 서서히 붕괴되는 현상을 겪는다. 토지와 군사력을 기반으로 정치 세력을 형성했던 귀족들의 힘이 약화되고 중앙 집권체제로의 전환이 서서히 이루어지게 된 데에는 장미전쟁이 큰 역할을 한다. 봉건주의의 몰락에는 시장 경제라는 새로운 경제 체제가 다른 한 면을 차지하고 있으며, 르네상스 문학 연구는 봉건주의에서 근대 초기 자본주의로의 변천에 주목해왔다. 전더William Zunder는 『리어왕King Lear』(1605-1606)에 등장하는 다음의 대사에서 봉건주의가 몰락하고 정치, 경제적으로 많은 변화를 겪었던 근대 초기의 시대상을 짐작할 수 있다고 주장한다(521).

글로스터: 우리는 우리 시대 최고의 시간을 목격했지. 간계, 공허,
　　　　배신과 파괴적인 모든 무질서가 불안하게 우리의 무덤까
　　　　지 뒤따라오고 있으니.

Gloucester: We have seen the best of our time: machinations,
　　　　hollowness, treachery, and all ruinous disorders
　　　　follow us disquietly to our graves. (1.2.98-100)

　　글로스터의 대사를 통해 셰익스피어는 당대의 관중과 배우, 극작가 등
모두가 세기말적 상황을 살아가고 있음을 이야기한다. 셰익스피어가 목
격했던 시대는 르네상스라는 거대 담론이 중세적인 것들을 집어 삼키려
고 하던 때였지만 중세적 신념은 그에 대항해서 여전히 큰 영향력을 행
사하고 있었다. 과도기의 영국에는 봉건주의의 몰락과 새로운 시대의
도래를 그리고 있는 작품들이 다수 등장한다.

　　그 중에서 중세 봉건주의의 몰락을 그리고 있는 극인『고보덕Gorboduc』
(1561)이 있다. 이 극은 그리스 고전극의 전통에 기반해서 무운시로 저작
된 영국 복수비극과 역사극의 효시이다.『고보덕』은『리어왕』의 원전이기
도 한 몬모스의 제프리의 역사서인『영국 국왕사』에 나오는 고보덕 왕의
이야기를 담고 있다. 고대 영국의 왕 고보덕은 왕국을 아들 페렉스Ferrex
와 포렉스Porrex에게 나누어주게 되고, 이 사건은 두 아들 사이의 비극적
전쟁을 야기한다. 복수와 권력욕, 왕의 몰락과 가족 간의 비극을 담고 있
는 이 극은 세네카의 비극과 더불어 르네상스 복수비극뿐 아니라 셰익스
피어의 역사극에도 영향을 미치게 된다. 형제와 부모 자식 간의 복수로
인한 비극이 한 국가의 몰락을 초래하는 것을 보여주는『고보덕』은『헨리

6세』삼부작에서『리처드 3세』에 이르는 첫 사부작이 표방하는 내용과도 흡사하다.

노턴Thomas Norton과 색빌Thomas Sackville의 공동 작업으로 완성된『고보덕』은 1561년 1월 18일에 이너 템플Inner Temple 법학원의 멤버들에 의해 엘리자베스 여왕 앞에서 크리스마스 축하연으로 상연된다. 도란 Madelain Doran은 명확하게 한 가지 결말로 향하는 스토리를 지닌『고보덕』을 도덕적, 정치적 목적을 지닌 극으로 규정한다(97). 클레멘Wolfgang Clemen 또한 이 극의 도덕적, 정치적 암시를 지적한다.

> 『고보덕』은 살아가는 이들 사이의 극적 갈등이라는 관점으로 간주되지 않고, 오히려 도덕적 담론에 대한 '본보기'이며, '극적 행위'는 그저 부차적인 문제가 된다. . . .『고보덕』에서 가장 중요한 것은 무슨 일이 발생했는지가 아니라, 사건의 정치적이고 도덕적인 함의이다.

> Gorboduc is not conceived in terms of a dramatic conflict between living people, but as an 'exemplum' for a moral discourse, the 'dramatic action' becoming a mere side-issue. . . . In Gorboduc the essential thing is not what happens, but the political and moral implications of what happens. (Tragedy 61-62)

엘리자베스 1세 앞에서 공연되기 3주 전『고보덕』은 의회의 대표단과 궁정 공연 담당자였던 더들리Robert Dudley를 관객으로 하여 가면극의 형태로 공연된다.『고보덕』은 여흥을 위한 극이었지만 여왕에게 더들리를 구혼자로 제시하면서 후계자를 생산할 것을 촉구하는 등 정치적인 목적

THE
TRAGEDIE OF GORBODVC,
whereof three Actes were written by
Thomas Norton, and the two laste by
Thomas Sackuyle.
Sett forth as the same was shewed before the
QVENES most excellent Maiestie, in her highnes
Court of Whitehall, the .xviij. day of January,
Anno Domini, 1561. By the Gentlemen
of Thynner Temple in London.

IMPRYNTED AT LONDON
in Fletestrete, at the Signe of the
Faucon by William Griffith: And are
to be sold at his Shop in Sainte
Dunstones Churchyarde in
the West of London.
Anno, 1565. Septemb. 22.

『고보덕』의 표지
1565년

도 지니고 있었다(Berg 200). 이 극은 여왕의 불안한 후계구도가 영국에 미치는 영향을 암시하며 정치적 의도를 띠고 있다. 『고보덕』의 도덕적, 정치적 성향은 셰익스피어의 역사극에도 반영되어 있다.

『고보덕』의 두 형제들의 투쟁으로 인한 국가의 분열은 『헨리 6세』 시리즈와 『리처드 3세』에도 중요한 줄거리로 등장한다. 헨리 6세의 통치기에 발발한 장미전쟁은 왕위 서열 문제가 기본적인 요인으로 작용한다. 왕권을 둘러싼 형제 간의 암투는 리처드 3세가 왕위를 차지하는 과정에서 절정을 이룬다. 『고보덕』에서 동생이 형을 살해하고, 형의 복수를 위해 왕비인 어머니가 아들을 죽인다는 가족 간의 비극은 셰익스피어의 첫 역사극 사부작에 그대로 재현된다. 리처드는 정당한 왕위 계승권을 지닌 아버지 요크 공작이 마가렛에게 죽임을 당하자 "아버지의 이름을 지닌 이 리처드, 아버님의 죽음을 보복하겠습니다 *Richard, I bear thy name; I'll venge thy death*"(*King Henry VI, Part 3* 2.1.87)라며 복수를 다짐한다. 그러나 곧 자신보다 왕위 서열에서 앞서는 형 에드워드가 왕이 될 만한 인물이 아님을 내비친다.

아니, 형이 새들의 왕자다운 독수리 새끼라면,
태양을 응시하며 형의 혈통을 보여줘야지.

Nay, if thou be that princely eagle's bird,

Show thy descent by gazing 'gainst the sun:

(*King Henry VI, Part 3* 2.1.91-92)

리처드는 형 에드워드가 공작 작위가 아니라 왕국과 왕위를 물려받아야 아버지의 후계자가 될 수 있다고 비난한다. 그는 에드워드가 아버지의 왕위 계승권을 주장할 만한 인물이 되지 못한다는 것을 스스로에게 인식시키며 왕위를 향한 야욕을 키운다. 리처드는 헨리 6세에게서 왕위를 이양 받은 형 에드워드가 죽더라도 그의 아들 에드워드와 다른 형인 클라렌스Clarence가 있기에 왕좌를 향한 길이 멀다고 이야기한다. 자신은 오직 왕권을 꿈꾸고 있을 뿐이며, 왕이 되지 못한다면 그 어떤 즐거움도 가질 수 없을 거라 표명하는 리처드의 야욕은 다음의 대사에서 확연하게 드러난다.

왕관을 꿈꾸는 것을 나의 천국으로 만들 테다.

내가 사는 동안, 이 세상은 지옥일 뿐이지,

이 흉한 몸에 있는 머리가

영광스런 왕관을 쓰기까지는.

그러나 왕관을 얻으려면 어떻게 해야 할지 모르니,

나와 내 목적지 사이에는 많은 이들이 있기에.

I'll make my heaven to dream upon the crown;

And, whiles I live, t'account this world but hell,

Until my misshap'd trunk that bears this head

Be round impaled with a glorious crown.

And yet I know not how to get the crown,

For many lives stand between me and home:

(*King Henry VI, Part 3* 3.2.168-173)

리처드는 마키아벨리로 자처하며 왕좌에 앉기 위해서 "피비린내 나는 도끼*bloody axe*"(*King Henry VI, Part 3* 3.2.181)를 휘둘러 헤쳐 나갈 것을 표명한다. 리처드의 독백은 왕좌에 대한 욕심을 드러내 주며 이후 펼쳐질 악행을 예고한다. 왕이 되는 길에 걸림돌이 되는 인물들은 형제와 조카들까지 제거하려고 하는 그의 야욕에서 『고보덕』의 내용이 반향된다. 셰익스피어의 첫 역사극 사부작은 『고보덕』과 마찬가지로 내분이 야기하는 국가 분열의 가능성을 제시하며 교훈적이고 정치적인 의도를 내포한다.

르네상스 시대에 유행하던 또 다른 도덕적이며 정치적인 문학 작품의 형태로는 『위정자의 거울』이 있다. 이 작품은 리처드 2세와 에드워드 4세에 이르는 영국의 왕과 영주들, 권력자들의 몰락을 담고 있다. 윈스턴 Jessica Winston은 『위정자의 거울』이 권력에 관한 이야기이며 위정자들의 책임과 의무를 명시하는 작품이라 설명한다("History" 153). 이러한 언급은 당대의 문학이 정치적 의도로 해석될 수 있는 여지를 제공한다. 1555년 리처드 2세에서 에드워드 4세에 이르는 열아홉 개의 이야기로 출판된 이 책은 1563년 리처드 3세의 이야기를 중심으로 여덟 개의 이야기가 추가되어 출간된다. 편집자이면서 출판자였던 볼드윈William Baldwin에 의해 1578년과 1587년에 추가 증보판이 출판되면서 헨리 8세의 이야기까지 포함하게 된다. 『위정자의 거울』은 정치적 측면과 문학적 측면에서 가치 있는 작품으로 여겨진다(Reese 43). 이 작품은 메리 여왕하에서는 출판을 금지 당했지만, 엘리자베스 여왕 통치기 첫해에 금서에서 해방된다. 출판과 금지를 반복해 온『위정자의 거울』의 출판 과정은 이 작품이 시국적 문제에 대해 급진적 견해를 선동할 수 있는 정치적 작품으로 인식되었다는 사실을 반증한다.

엘리자베스 시대의 관객들에게 있어 역사는 정치적인 역사를 의미했으며, 왕과 지위 높은 귀족의 이야기였다. 권력자들의 이야기를 담고 있는『위정자의 거울』에는 통치자들이 지녀야 할 도덕성이 강조된다. 볼드윈은 공직자들이 임무를 정당하게 수행해야 한다는 사실을『위정자의 거울』에 삽입한다.

관료들이 선하다면 국민들이 악할 리가 없기 때문이다. 따라서 어떤 국가의 선과 악은 통치자의 선과 악에 달려있다.

For if the officers be good the people cannot be ill. Thus the goodness or badness of any realm lieth in the goodness or badness of the rulers. (Lull 89 재인용)

위정자의 도덕성에 나라의 존폐가 달렸다는 생각은 셰익스피어의 역사극에도 반영된다. 럴Janis Lull은 왕과 위정자들에 대한 평가가 16세기 역사가들의 유일한 목적은 아니었으며, 그들의 목적은 왕의 평가와 더불어 정치적 성공과 실패의 이유를 알고자 했던 것임을 밝힌다(89). 홀과 홀린셰드 등의 역사가들도 이러한 역사적 견해를 기반으로 역사서를 저작했고, 셰익스피어는 이들의 역사적 견해를 역사극에 수용했다고 볼 수 있다. 이들이 서술한 중세 영국의 역사는 역사적 문서나 목격담이 아닌 연대기와 문학에서 그 소재와 내용을 취했다. 특히 튜더 시대의 역사가들은 역사의 진실보다는 역사 속의 좋은 선례와 경각심을 일깨울 수 있는 사건들에 관심이 높았다. 이 같은 사실은 당대의 역사가들은 물론 문학가들이 역사의 실제 사건보다 이를 문학적으로 승화시킨 작품을 통해 선조들의 장점과 단점을 취했다는 것을 시사한다.

가족 사이의 비극으로 몰락하는 국가를 보여주고 있는 『고보덕』이나 장미전쟁에 의해 야기된 내란을 총 망라하고 있는 『위정자의 거울』두 작품은 모두 당대의 정치와 역사적 관점을 담고 있다는 점에서 유사하다. 『고보덕』의 1막 2장에서 코러스는 "거울은 왕자들 모두에게 그러한 몰락의 요인을 멀리하도록 만든다*Mirror shall become to princes all / To learn to shun the cause of such a fall*"(1. 2. 392-393)고 이야기한다. 코러스의 대사에서 정치적 비극을 통해 미래의 비극을 미연에 방지하고자 하는 의도를 읽을 수 있다. 『고보덕』과 『위정자의 거울』은 내용적인 면 이외에도 법학원Inns of Court과 연관된 작품이라는 공통점이 있다. 정계 진출을 준비하고 있던 법학원의 멤버들이 역사 작품의 저술과 공연에 관련되어 있었다는 것은 당시의 연극과 역사극이 정치와 면밀한 관계가 있었다는 사실을 암시한다.

『고보덕』과 『위정자의 거울』이후 등장한 본격 역사극 작품들은 작가나 관객들 모두에게 정치적인 장르로 인식되었을 것이며, 이러한 정치적 성향은 앞서 언급한 종교적 도덕 교훈과 연관되어 있다. 르네상스 영국에서 정치는 종교와 불가분의 관계에 있었으며, 정치적 교훈은 곧 종교적 도덕 교훈과 상통하는 개념이었다. 역사극에 등장하는 역사는 과거를 현재에 비추어 현실 정치에서의 실패와 악행을 미연에 방지하는 거울

과도 같은 역할을 했다. 『위정자의 거울』이라는 제목에도 등장하듯 튜더 왕조하에서 거울mirror, glass, speculum과 상image 등의 단어는 문학 작품의 제목으로 인기를 끌었다. 예의범절의 거울mirrors of good manners, 정책의 거울mirrors of policy 등은 당시에는 흔한 제목이었다. 엘리자베스 시대에 거울 이미지는 플라톤Plato의 『국가Republic』에서 나온 개념으로 볼 수 있다. 스크린에 지나가는 그림자들을 바라보는 동굴의 비유가 엘리자베스 시대의 사상에서 차지하는 권위는 상당한 것이었다. 따라서 문학이나 그 이외의 장르에 있어서도 거울 개념을 사용하는 것은 일반적인 관행이었다. 물리적인 거울의 이미지는 추상적인 반성reflection을 연상시키면서 당시에 인기를 끌던 이미지가 되었을 것이다.

셰익스피어 또한 당대 유행하던 거울 이미지를 『햄릿Hamlet』에서 이용한다. 햄릿Hamlet은 "연극의 목적은 처음이나 지금이나, 과거에나 현재에나, 말하자면 본성에 거울을 비춰주는 격이니the purpose of playing, whose end, both at the first and now, was and is to hold as 'twere the mirror up to nature"(3.2.21-23)라고 이야기한다. 그리고 햄릿은 『곤자고의 살인The Murder of Gonzago』을 삼촌인 클로디어스Claudius 앞에서 상연한다. 이 극은 마치 악행의 거울처럼 형을 살해하고 형수를 왕비로 삼은 클로디어스의 양심의 가책을 일깨운다. 『헨리 6세 제1부』에서 거울의 이미지는 물로 등장한다. 조운은 영광을 "수면에 동심원a circle in the water"(1.2.133)에 비유하며 퍼져나가다 사라지는 물결의 반복에 흥망성쇠를 빗대고 있다. 이 같은 장면은 역사의 영광과 파멸을 거울과도 같이 비추어 교훈으로 삼을 수 있다는 것을 시사한다. 또 다른 거울 이미지는 『리처드 3세』에 등장한다. 요크 공작부인은 아들 클라렌스의 아들, 딸을 데리고 등장해서 리처드가 형 클라렌스를 죽게 만든 사실을 이야기하며 한탄한다. 이어 등장한 에드워드 왕의 왕비 엘리자베스가 왕의 죽음을 전하며 "뿌리가 죽었는데 어찌 가지가 자라겠는가?*Why grow the branches, when the root is gone?*"(2.2.41)라며 비통해 하자 공작부인은 슬픔을 토로한다.

아, 그대의 슬픔은 나와 많은 관련이 있지
그대의 고귀한 남편에 나도 권리가 있으니.
훌륭한 남편의 죽음에 나는 슬퍼했고,
그리고 그의 이미지를 보며 살았으니.
그러나 이제 그의 왕자다운 모습을 담은 두 거울이
악의적인 죽음으로 산산조각 났으니.
이제 마음의 위안보다 단 하나의 그릇된 거울,
내가 그에게서 수치를 느끼니 마음이 슬프네.

Ah, so much interest have I in thy sorrow
As I had title in thy noble husband.
I have bewept a worthy husband's death,
And liv'd with looking on his images:
But now two mirrors of his princely semblance
Are crack'd in pieces by malignant death;
And I, for comfort, have but one false glass,
That grieves me when I see my shame in him.
(*King Richard III* 2.2.47-54)

이 장면에 나오는 거울은 극에서 발생되는 모든 불행을 담고 있는 대상이며, 역사와 그 속의 신의 응징이 담겨있는 신의 거울이다. 공작부인이 언급하는 "그릇된 거울*false glass*"(53)은 리처드와 그의 악행을 빗대는 말이다. 에드워드 4세의 왕비 엘리자베스의 슬픔에 그녀의 아들 도오셋Dorset 후작은 "어머니 진정하세요. 신의 뜻을 그렇게 불평하시면 신의 심기를 불편하게 해요*Comfort, dear mother: God is much displeas'd / That you take with unthankfulness His doing*"(*King Richard Ⅲ* 2.2.89-90)라며 왕의 죽음에 신의 섭리가 담겨 있음을 이야기한다. 이 대사는 역사의 거울 속에서 사건의 원인과 결과의 순환, 변화와 반복, 혹은 신의 섭리를 감지할 수 있다는 것을 암시한다. 당시에 유행하던 거울 이미지와 시를 통해 역사의 교훈적 면모를 일깨우기 위한 작품이『위정자의 거울』과 같은 문학작품이었다면, 셰익스피어의 첫 역사극 사부작은 이를 무대에 올려 시각적으로 생생한 역사의 현장을 되살려 제시해 주면서 관객들에게 역사의 교훈적인 면모를 더욱 부각시킨 작품이다.

당대의 다른 문인들과 마찬가지로 셰익스피어는『고보덕』이나『위정자의 거울』과 같은 작품의 전통을 이어 받은 역사극을 통해 왕과 위정자들의 몰락을 제시해 준다. 역사의 비극에서 위정자의 책임과 의무, 군주제, 왕의 통치문제 등을 다루며 올바른 정치상을 부여하고 있다. 그 중에서도 한 국가의 중심이 되는 왕과 왕권의 문제는 봉건주의에서 중앙 집권 체제의 국가로 넘어가는 과도기에 상당히 중요한 문제였다. 셰익스피어의 첫 역사극 사부작은 역사 속의 국왕들을 소재로 해서 권력과 국가문제, 정치적 상황을 무대 위에 올린다. 극의 제목이기도 하며 극의 중심 사건을 이끌어가는 왕은 첫 역사극 사부작에서 중요한 등장인물로 인식된다. 따라서 왕은 셰익스피어 역사극의 비평에서도 중요한 위치를 차지한다. 르네상스 영국에서는 종교 개혁 이후 왕권을 강화하기 위해 왕은 신의 대리인이라는 이미지를 국가적으로 각인시킨다. 이러한 상황은 르네상스 영국의 정치가 종교와 분리될 수 없었던 사실과 관련이 있다.

르네상스 영국의 왕권 개념은 섭리주의적 입장과 계약 이론에 기반한 입장이 존재한다. 왕권에 대한 섭리주의적 입장의 중심에는 국가의 법에 앞서 신에게 선택받아 신적 권위를 부여받은 자유로운 군주가 섭정으로서 국가를 통치한다는 신권divine right 개념이 있다. 이 이론은 로마 가톨릭과의 결속을 깨뜨린 헨리 8세 시대부터 16세기까지 전반적으로 팽배해있던 이론적 입장이다. 헨리 8세 이후의 왕들 또한 다양한 방식으로 신이 왕의 편에 있다고 주장한다. 왕의 세속적인 권력에 대항하는 것은 왕에 대한 반역일 뿐 아니라 신에 대한 반항을 의미했다. 이후에도 신의 승인이나 신의 명령이라는 견지에서 군주가 내린 결정의 공정함과 정당성을 설명하며 이에 반발하는 저항에 대항해 왕권을 합리화하기 위한 이론들이 발달한다. 이러한 이론에는 왕권신수설The Divine Right of Kings과 왕의 두 몸King's Two Bodies 이론이 있다. 엘리자베스 1세를 승계해 영국의 왕이 된 제임스 1세는 1610년 "화이

스코틀랜드의 제임스 6세이며
잉글랜드의 제임스 1세의 초상화
1606년경, 존 드 크리츠(John de Critz) 그림

트홀에서 상원과 하원에게 한 연설*A Speech to the Lords and Commons of the Parliament at Whitehall*"에서 왕을 신과 동격으로 상정한다.

왕은 정당하게 신이라 불려야 한다. 그들이 지상에서 신권의 방식과 유사한 힘을 행사하기 때문이다. 신에 대한 속성을 고찰해 보면, 그러한 속성들이 인간인 왕에게 어떻게 부합되는지를 알게 될 것이다.

Kings are justly called gods for that they exercise a manner of resemblance of divine power upon earth. For if you will consider the attributes to God you shall see how they agree in the person of a king. (Stuart 121)

제임스 1세는 왕의 권력이 신의 권력과 동등한 것이라고 주장하며 왕권을 신권화한다. 하나님의 권력이 아들인 성자에게 이어지듯이 왕권 또한 정통성을 지닌 혈연으로 이어져야 한다는 것이 전통적인 왕권의 개념이었다. 이러한 사상은 중세의 기적극mystery play이나 셰익스피어의 역사극에서도 찾아 볼 수 있다(Paul Dean 37). 중세 기적극은 고귀한 신분에서 타락한 인물이 겪는 순환적 삶의 여정과 신과의 화해를 추구하는 내용이 담겨 있다. 셰익스피어의 첫 역사극 사부작 또한 중세 기적극이 담고 있던 섭리, 복수, 악을 제시하면서 헨리 7세가 신의 섭리로 합당하게 왕좌에 오르는 결과를 보여 준다.

왕권신수설 이외에도 왕권을 정당화시키는 이론 중 가장 영향력 있었던 이론은 왕의 두 몸 이론이다. 중세의 정치와 종교적 관념에서 파생된 왕의 두 몸 이론은 엘리자베스 1세 시대에 성문화되어 보급된다. 이 이론은 왕의 지위가 대관식에서 발생하는 것이 아니라 왕은 대관식 이전에도 이미 신의 대리인이라는 믿음이다. 왕은 죽음, 질병 등을 겪는 자연적 몸과 정치적 주체로서의 몸으로 구성되어 있으며, 자연인으로서의 왕은 죽음을 맞이하지만, 정치적 주체로서 왕에게 죽음이란 없다(Kantorowicz 330). 1562년의 법원 판례에서 엘리자베스 1세의 법률가들은 엘리자베스 1세 이전의 국왕 에드워드 6세가 하사한 토지 임차권이 왕이 법적인 나이가 아니었음에도 정당했다고 주장한다. 당시의 법률가들은 다음과 같이 주장하며 임차권의 정당함에 손을 들어주고 있다.

> . . . 관습법에 의해 왕이 왕으로서 했던 어떠한 법령도 미성년이라는 이유로 무효화 될 수 없다. 왕은 두 몸을 지녔기 때문인데, 즉, 자연적인 몸과 정치적인 몸이 그것이다. 그의 자연적인 몸은 . . . 필멸의 몸이며, 자연적으로나 사고에서 오는 모든 병에 걸릴 수 있다. 유년기나 노년기에 무능해 질 수 있고, 다른 사람들의 자연적인 몸에 일어날 수 있는 결함들도 발생할 수 있다. 그러나 그의 정치적인 몸은 가시적이거나 조종될 수 없으며, 정치적 방책과 정부를 구성하고, 사람들을 지휘하고 공공의 번영을 통제한다. 이 몸은 유년이나 노년이 없고, 자연적인 몸에 영향을 미치는 다른 자연적인 결함과 무능함도 없다. 이런 이유로, 왕이 정치적 몸으로 행한 것은 왕의 자연적인 몸의 어떠한 무능력에도 실효되거나 무효화될 수 없다.

> . . . that by the Common Law no Act which the King does as King, shall be defeated by his Nonage. For the King has in him two Bodies, viz., a Body natural, and a Body politic. His Body natural

. . . is a Body mortal, subject to all Infirmities that come by Nature or Accident, to the Imbecility of Infancy or old Age, and to the like Defects that happen to the natural Bodies of other People. But his Body politic is a Body that cannot be seen or handled, consisting of Policy and Government, and constituted for the Direction of the People, and the Management of the public weal, and this Body is utterly void of Infancy, and old Age, and other natural Defects and Imbecilities, which the Body natural is subject to, and for this Cause, what the King does in his Body politic, cannot be invalidated or frustrated by any Disability in his natural Body. (Kantorowicz 7)

　다른 인간들과 똑같이 죽어야만 하는 왕에게 정치적 상징체로서의 이미지를 부과함으로써 당대인들에게 왕은 이 땅에는 없지만 신성한 힘을 지닌 신과 같은 존재로 각인된다. 자연적으로 소멸하는 몸과 정치적인 몸 사이의 구분은 왕의 어떠한 행위도 결국은 무효화될 수 없다는 결론을 도출하면서, 왕은 병이 들거나 무능하거나 항시 완벽하다는 것을 명시한다. 그리고 왕의 자연적인 몸은 정치적인 몸에 포함되며 이 둘은 일체로 간주된다(Kantorowicz 9). 이 같은

신으로부터 왕관을 수여받는
제임스 1세의 아들 찰스 1세(Charles I)

설명은 기독교의 삼위일체Holy Trinity와 유사한 주장으로 왕의 두 몸이 똑같지는 않지만 이른바 '이위일체'라고 주장하며 왕권을 신성화한다.

엘리자베스 1세 시대의 통치 말기에도 영국민은 여전히 여왕의 후사를 기대하고 있었으며, 전통적인 왕위 계승에 대한 염원을 지니고 있었다. 따라서 변화하는 시대 상황과 함께 여왕의 후계 문제에 대해 여러 가지 가능성이 공존하고 있었다. 왕의 두 몸 이론은 왕권을 신성시하는 동시에 여왕의 후계 문제에 있어서도 좋은 해법을 내놓는 이론이기도 했다. 엘리자베스 1세의 법률가들은 왕의 정치체로서의 몸은 자연적인 몸이 소멸되면 다른 몸으로 옮겨가기 때문에 여왕의 후사를 걱정할 필요가 없다는 의견을 피력한다.

> . . . 다른 몸은 정치적 몸이다 . . . 이 몸은 다른 몸과 달리 열정에 시달리지 않고 죽지도 않는다. 이 몸으로서의 왕은 결코 죽지 않기 때문이다 . . . 그렇지만 왕의 죽음, 왕의 서거는 왕의 정치체로서의 몸이 죽었다는 것을 의미하지 않는다. 그러나 두 몸이 분리되고, 정치체로서의 몸은 이미 죽은 자연적인 몸으로부터 이전되거나 옮겨간다 . . . 다른 자연적인 몸으로. 따라서 이는 이 국가의 왕의 정치체로서의 몸이 하나의 자연적인 몸에서 다른 자연적인 몸으로 이동하는 것을 의미한다.

> . . . the other is a Body politic . . . this Body is not subject to Passions as the other is, nor to Death, for as to this Body the King never dies . . . the Death of the King, but the Demise of the King, not signifying by the Word(Demise) that the Body politic of the King is dead, but that there is a Separation of the two Bodies, and

that the Body politic is transferred and conveyed over from the Body natural now dead . . . to another Body natural. So that it signifies a Removal of the Body politic of the King of this Realm from one Body natural to anther. (Kantorowicz 13)

자연적인 몸의 왕은 죽지만, 정치체로서 왕은 영원히 사는 존재가 된다. 이 이론에 의하면 한명의 군주와 그 다음의 군주 사이에는 절대 틈이 있을 수 없다. 필멸할 수밖에 없는 인간인 왕의 육체적 몸과 정치적 권력을 분리해 왕의 승계를 정당화 시키고 권력을 그대로 유지시키고자 한다. 하지만 왕의 두 몸 이론은 왕의 존재가 더 이상 지상의 신의 대리인이 아니라 유한한 생명을 가진 인간에 불과하다는 인간적 존재로서 왕의 한계를 드러내는 이론이기도 하다. 유한한 생명을 가진 왕이 다른 인간과 마찬가지로 죽음을 맞이한다는 생각은 『헨리 6세 제1부』의 탤봇Talbot의 대사에서 드러난다.

그러나 아무리 강한 힘을 가진 군주라도 죽어야만 하지,
그것이 인간적 불행의 결말이니.

But kings and mightiest potentates must die,
For that's the end of human misery.
(*King Henry VI, Part 1* 3.2.137-138)

이는 당시에 신의 권력을 지녔다고 여겨지던 왕도 인간의 유한한 삶을 지녔고, 신의 징벌과도 같은 죽음이 부여될 수 있다는 사실을 시사한다.

정치와 종교적 해석을 동시에 했던 당시의 정치 개념은 서서히 근대적 정치 해석으로 나아가는 단계에 있었다. 당대에는 주된 담론을 차지하고 있던 왕권의 섭리주의적 입장 외에도 계약 이론에 기반한 입장이 소수의 담론을 형성하고 있었다. 왕을 신과 동일시했던 제임스 1세의 의회 연설과 같은 해 5월 24일에 체임벌린John Chamberlain은 윈우드Ralph Winwood에게 쓰는 편지에서 제임스 1세의 연설에 대해서 다음과 같이 적고 있다.

> . . . 군주의 권력과 왕의 특권이 아주 심하게 남용되고 모든 방식에서 너무도 초월적인 것을 보면, 만약 관행이 지위를 따라야 한다면, 우리는 후세들에게 우리가 선조들에게 받은 자유를 남겨줄 것 같지 않습니다. . . . 이 [제임스 1세의] 연설이 출판될 것 같지는 않습니다. 그러나 지금 당면한 이 일이 무슨 일이든 간에 일어날 것입니다.

> . . . to see our monarchical power and regall prerogative strained so high and made so transcendent every way, that yf the practise shold follow the positions, we are not like to leave to our successors that freedom we receved from our forefathers. . . . this speech might never come in print: but what issue this business now in hand will come unto. (301)

이처럼 왕과 신을 동일시하는 관념에 회의를 느끼며 새로운 대안을 모색하는 주장들은 당시에 주류를 형성하지는 못했지만 여러 인물들에 의해 주창되고 있었다. 1556년 포넷John Ponet은 『정치권력에 대한 소고A Short Treatise of Politic Power』에서 왕의 선출 문제를 제기한다.

수장이 잘려 나갈 때 공화국과 왕국은 생존할 것이고 새로운 수장을 세울 것이다 . . . 그들이 자신들의 오래된 수장이 오직 신에 의해 임명받았기 때문에 전체 집단의 부가 아닌 자신의 의지만 심하게 추구하는 것을 본다면.

Commonwealths and realms may live, when the head is cut off, and may put on a new head . . . when they see their old head seek too much his own will and not the wealth of the whole body, for the which he was only ordained. (Carroll 125 재인용)

포넷의 언급은 왕권을 신성시하던 근대 초기 영국의 왕권설에 상반되는 견해이다. 그는 헌법과 계약법에 기반해 국민들이 폭군을 제거하고 왕을 선출할 수 있다는 당시로서는 급진적인 생각을 피력한다. 포넷은 가톨릭교도였던 스코틀랜드의 메리 여왕Queen Mary(1542-1587)이 추방된 사건을 통해 군주의 과도한 권력이 초래할 수 있는 결과를 직시하고 있었다. 포넷의 입장은 당시의 정치적 상황에 도전하는 행위였기에 소수의 담론만을 형성한다. 당대의 주류 담론은 제임스 1세가 주장하는 것처럼 왕은 신과 같고 신에 의해서 선택된 것이며, 그 누구의 통치도 받지 않는다는 것이다. 따라서 어떠한 민중 단체나 인물도 합법적인 군주를 타도할 수 없다는 것이 당대의 주된 견해였다.

섭리주의적 입장의 이론은 국가 선전기구의 지원을 받으며 국가 전역에 유포되었으며, 한 세기가 넘도록 공식 담론으로 인정받고 있었다. 왕권의 신성화에는 대중들이 대면하게 되는 문학 작품이나 역사극 속 왕의 이미지가 상당히 중요하게 작용했을 것이다. 셰익스피어도『리처드 2

세』에서 왕을 "신의 대행자God's substitute"(King Richard II 1.2.37)로 표현하며 당대의 개념을 수용하는 듯 보인다. 하지만『헨리 6세』시리즈에는 에드워드 3세 이후 치열했던 왕위 계승의 문제가 대두되며 신성시되던 왕권에 도전하는 모습이 등장한다. 섭리주의적 시각이 팽배하던 시기의 연극 무대에 귀족들이 서로 왕위를 차지하려는 모습을 그리고 있는 셰익스피어의 첫 역사극 사부작은 관객들에게 왕과 통치의 문제를 다시 한 번 생각해 보게끔 하는 매개체로 작용했을 것이다.

라킨Phyllis Rackin은 역사극이 전통적 영웅성과 가부장적 체제에 근간한 남성 정체성을 고찰하는 극이라 정의 내린다("Engendering" 57). 또한 역사극은 중세의 세습적 승계 구도가 새롭게 부상하던 사유 재산과 개인의 자아 성취의 개념과 복합되어 있던 장르였다. 역사극에서 묘사되는 왕권의 개념은 새로운 시대의 흐름과 함께 신적 영역이라 여겨지던 왕권을 재산의 법적 상속이라는 개념으로 전환한다.

왕권 개념의 변화는 남성 정체성에 대한 새로운 해석을 촉진한다. 봉건 시대에는 남성의 재산과 지위, 개인 정체성은 모두 부계 상속에 의해 결정되었다. 그러나 점차적으로 남성의 지위와 정체성은 부를 기준으로 결정되기 시작한다. 사회의 위계질서 속에서 남성의 위치는 가부장제 체제속의 상속이라는 수단 대신 개인의 능력에 의해 결정되는 시대가 된 것이다. 결국 토지를 소유한 세습 귀족들은 자수성가한 이들에게 자리를 내어준다. 이러한 시대적 변화는 왕권조차 부의 획득으로 보는 견해를 낳게 된다. 셰익스피어의 역사극에도 왕권에 대한 당대의 혼재된 갈등이 등장한다. 특히『리처드 3세』에서 리처드가 왕위를 획득하는 과정은 기존 가부장제 체제하에서 장자 상속을 부인하는 동시에 왕권 획득이 개인의 노력에 의한 것이라는 관점에서 바라볼 수 있다.

연극 무대에서 재현되는 섭리적 왕권 개념과 근대적 왕권 개념의 혼재는 왕권에 대한 새로운 해석을 촉진시켰을 것이다. 이는 셰익스피어의 역사극을 비롯한 르네상스 영국의 역사극이 왕권을 탈신비화 하고 있다는 사실과 연관된다(Heinemann 177).『헨리 6세 제3부』의 왕의 폐위는 당시로서는 논란이 될 만한 장면이었다. 이 극은 왕이 폐위되면 더 이상 권력을 가지지 못한다는 것을 명시한다. 헨리 6세는 에드워드에게 왕권을 이양하고 나서 산속에서 산지기들을 만났을 때 자신이 폐위가 되었지만 왕이라고 주장한다. 헨리는 자신의 왕관이 마음속에 있는 것이지 머리에 있는 것이 아니라 이야기하지만 산지기들은 헨리가 에드워드에게 폐위당해 왕권을 상실했다는 사실을 지적한다. 산지기들은 신왕에게 충성을 맹세한 신하들이기 때문에 헨리를 왕의 적으로 취급한다. 이는 당시의 섭리적 왕권 개념을 정면으로 반박하는 장면이다. 헨리는 산지기들에게 섭리적 왕권 개념을 상기시켜주며 설론을 주고받는다.

> 헨리 왕: 나는 9개월 때 왕위에 올랐지.
>
> 내 아버지나 조부께서도 왕이었지,
>
> 그리고 너희들은 나에게 충성을 맹세한 신하였지.
>
> 그럼 말해 보아라, 너희들이 맹세를 깨뜨린 것이 아닌가?
>
> 산지기 1: 아니, 우리는 당신이 왕이었을 때만 신하였지.
>
> 헨리 왕: 아니, 내가 죽었느냐? 숨을 쉬고 있지 않는가?
>
> 아, 미련한 이들, 너희들은 뭘 맹세했는지도 모르지.

> King Henry: I was anointed king at nine months old;
>
> My father and my grandfather were kings,

And you were sworn true subjects unto me:

And tell me then, have you not broke your oaths?

1 Keeper: No, we were subjects but while you were king.

King Henry: Why, am I dead? do I not breathe a man?

Ah, simple men, you know not what you sware.

(*King Henry VI, Part 3* 3.1.76-82)

죽음으로 왕권이 이양된다는 헨리의 주장은 당시의 주요 왕권 개념이었던 왕의 두 몸 이론을 상기시킨다. 혈통의 정당성을 주장하며 자신이 왕이라고 말하는 헨리와 신의 권위를 부여 받았던 왕일지라도 왕위에서 물러나게 되면 아무런 권력도 가지지 못한다는 산지기의 대화는 당시의 혼재된 왕권 개념을 보여 준다. "헨리가 에드워드 왕이 앉은 왕좌에 앉게 되면 다시 헨리에게 돌아오겠지*So would you be again to Henry, / If he were seated as King Edward is*"(*King Henry VI, Part 3* 3.1.94-95)라는 헨리의 대사는 왕권의 계약론적 측면을 부각시킨다. 산지기들은 하나님과 왕의 이름으로 헨리에게 자신들과 동행할 것을 명령한다. 이어서 자신의 처지를 수긍한 헨리는 체념하며 말한다.

신의 이름으로, 안내해라. 너희들 왕의 이름에 복종할 테니.

신의 의도가 너희들의 왕이 행하게 할지니.

그의 의도에 나는 겸손히 복종하리라.

In God's name, lead; your king's name be obey'd:

And what God will, that let your king perform;

And what he will, I humbly yield unto.

(*King Henry VI, Part 3* 3.1.98-100)

헨리의 대사는 왕권이 신에 의해 부여된다는 당시의 주된 관념과 국민에게 왕으로 인정된 왕이 진정한 왕이라는 개념이 혼재된 상황을 시사한다. 당시의 왕권 사상이 전환기적 국면을 맞이하고 있었고 셰익스피어는 헨리 6세가 처한 상황을 통해 당대의 변화상을 작품 속에 반영한다. 변화를 겪고 있던 왕권 사상들은 왕과 그 후계자 문제에 있어 다양한 해석 문제를 야기한다. 첫 역사극 사부작의 중심 사건인 장미전쟁도 요크가와 랭카스터 가문이 서로 적통이라 주장하는 왕위 계승의 해석 문제에서 발단한다.

『헨리 6세 제1부』의 2막 5장에서 런던탑에 갇힌 모티머Mortimer[8]는 요크 가문의 정통성을 이후 요크 공작이 되는 리처드에게 들려준다. 모티머의 이야기는 헨리 4세가 리처드 2세의 왕위를 찬탈한 사건에서 시작된 왕위 계승의 정통성 문제를 설명한다. 모티머는 리처드 2세에게 정당한 후계자가 없었기에 에드워드 3세의 둘째 아들의 혈통을 이어받은 자신이 바로 정당한 후계자라 주장한다. 모티머를 정당한 후계자로 세우

8_ 제5대 마치 백작 에드먼드 모티머(Edmund Mortimer, 5th Earl of March)를 칭함. 그는 에드워드 3세의 고손자(great great grandson)이자, 에드워드 3세의 차남 클라렌스 공 라이오넬의 증손자로서, 에드워드 3세의 삼남 곤트의 존(랭카스터 공작)의 아들이었던 헨리 볼링브룩(헨리 4세)보다 왕위 계승 서열에서 우선한다고 주장했다. 후사가 없었던 모티머는 여동생 앤 모티머와 캠브리지(Cambridge) 백작 사이에 태어난 제3대 요크 공작 리처드가 자신의 후계가 되며, 정당한 왕위 계승자라는 사실을 이 장면에서 설명하고 있다. 요크 공작 리처드는 삼촌 모티머의 주장을 그대로 계승하고, 이로 인해 장미전쟁이 발발하게 되는 것이다.

려 했던 시도로 인해 그의 추종자들은 생명을 잃게 되고 모티머는 자유를 뺏기고 런던탑에 수감된다. 모티머는 자신이 죽은 후에는 여동생의 아들 리처드가 후계자가 된다고 설명한다. 왕좌에 올라야 했지만 박해를 받았던 가문의 운명을 이야기하는 모티머는 요크 가문의 정통성을 주장하며 장미전쟁의 서막을 예고한다. 혈연에 의존한 왕권의 개념이 흔들리던 시기적 상황은 각 가문이 왕권에 정치적인 해석을 가하면서 왕좌를 요구할 수 있는 여지를 남긴다.

근대적 정치 개념으로 왕권을 해석하는 듯하면서도 셰익스피어는 다시 신의 섭리로 되돌아간다. 모티머는 권력자이든 그렇지 않은 이에게든 찾아오는 죽음을 "절망의 조정자*the arbitrator of despairs*"(*King Henry VI, Part 1* 2. 5. 27)이며 "인간 불행의 친절한 심판자*kind umpire of men's miseries*"(28)로 규정한다. 이는 당대인들이 역사 속에서 죽음을 신의 징벌로 간주했던 것과 연관이 있다. 롤리는 『세상의 역사*History of the World*』(1614)에서 리처드 2세에게서 왕위를 빼앗아 헨리 4세로 즉위하는 랭카스터가의 행위가 이후에 손자 헨리 6세에게 신의 징벌로 구현된다고 역설한다(Campbell, *Histories* 82 재인용). 롤리의 생각은 신의 응징이 영원히 불변하기에 이에 대비하기 위해 악행을 피해야 한다는 당시의 일반적 교훈과 맞닿아있다. 롤리에 의하면 랭카스터가에 대한 신의 응징으로 요크가가 왕위를 차지하지만, 헨리 6세의 아들 에드워드Edward 왕자를 죽음으로 몰아넣은 요크 가문도 신의 복수와 응징을 피해갈 수 없다. 요크 공작의 아들 리처드는 형 클라렌스 공 조지George를 죽이면서 왕위를 넘본다. 형의 후계자인 조카마저 죽이면서 왕이 된 리처드는 보스워스의 전장에서 신의 징벌과도 같은 최후를 맞는다. 롤리는 이러한 과정을 역사 속의 신의 섭리로 본다. 신의 섭리의 과정은 『헨리 6세 제1부』에서 왕의 종조부이면서 헨리 4세의 이복형제 엑시터Exeter를 통해 다음과 같이 풀이된다.

> 귀족들 사이에 일어난 최근의 불화는
> 지금은 위장된 우애의 재 아래 불타니,
> 마침내 불꽃으로 타오를 것이니.
> 곪은 수족은 점점 썩어
> 뼈와 살과 힘줄도 사라져 버릴 테니.

> This late dissension grown betwixt the peers
> Burns under feigned ashes of forg'd love,
> And will at last break out into a flame;
> As fester'd members rot but by degree
> Till bones and flesh and sinews fall away.
> (*King Henry VI, Part 1* 3.1.189-193)

이 대사는 신의 징벌과도 같은 역사를 예고한다. 첫 역사극 사부작에서 신의 섭리는 장미전쟁이라는 재앙으로 나타난다.

셰익스피어는 악행에 상응하는 징벌을 부각시키며 역사의 섭리적 측면을 표방한다. 따라서 셰익스피어가 당대 유행하던 도덕적, 섭리적 입장을 취하고 있다고 보아도 무방하다. 하지만 이러한 생각이 셰익스피어의 창의적인 견해는 아니다. 이는 셰익스피어가 참고했던 여러 문학작품과 역사서들의 견해를 수용한 결과로 볼 수 있다. 형제와 조카를 죽음으로 내몰며 왕위를 찬탈한 리처드의 말로에는 섭리적 역사관은 물론 역사를 현재의 거울로 삼아 악행을 막으려 했던 교훈적이고 도덕적인 문학관이 함께 작용한다. 문학과 역사를 겹쳐서 생각하고 그 속에서 교훈을 추구했던 당대의 역사가들의 영향으로 인해 셰익스피어의 첫 역사극 사부작은 도덕적 교훈성과 정치성을 지닌다. 문학에서 다루어진 선과 악의 문제를 정치적 맥락에 담아 제시해 주기에 역사극은 더없이 좋은 매개체였을 것이다.

2장 거울 부수기

셰익스피어의 역사극이 공연되었던 당시에는 앞에서 살펴보았던 왕권 개념의 영향으로 왕의 직위와 후계 문제가 상당히 중요한 시국적 현안이었다. 따라서 르네상스 시대 역사극은 왕을 극의 중심에 세우는 것이 일반적이었다. 하지만 주인공이어야 할 헨리가 3막이 되어서야 등장하는 『헨리 6세 제1부』의 전개는 튜더 시대의 관행에 어긋나는 것처럼 보인다. 왕의 등장 시점은 『헨리 6세』 시리즈에서 왕보다 통치의 문제를 더욱 부각시킨다. 이러한 시도는 셰익스피어가 왕위에 대한 견해와 관련해 원전의 역사서에 변화를 준 것으로 보인다(Richard Wilson 115). 물론 헨리 6세가 뒤늦게 등장하고 있지만 왕의 캐릭터가 등한시되는 것은 아니다. 『헨리 6세』 삼부작은 통치자의 인품이 역사적 상황과 사건에 미치는 영향력을 관객들에게 전달하며 등장인물과 역사적 정황 사이의 상호 의존성을 보여 준다. 이는 역사 속 선악의 문제를 통치자의 선악과 결부시켰던 당대인들의 관념과 유사하다(Lull 90). 헨리 6세를 둘러싼 정치적 상황은 왕의 입지를 약화시키고 영국을 취약하게 만드는 결과를 야기한다. 그러나 1부의 3막에서 모습을 드러내기 전까지 헨리는 왕으로서 성공이나 실패 중 어떠한 행위도 할 수 없다. 헨리의 지연된 등장은 왕의 부재를 강조하는 장치이다.

부재한 왕을 둘러싼 통치 문제가 중심 플롯이 되는 『헨리 6세 제1부』는 헨리 6세의 아버지이며 이상적 군주였던 헨리 5세의 장례식 행렬로 시작된다. 장례식 장면은 불행을 표현하는 전형적인 방식이다(Walsh 128). 셰익스피어는 죽음과 직결되는 장례식 장면을 삽입하면서 영국의 혼란을 시사한다. 헨리 5세의 후계자이며 생후 9개월 만에 왕위에 오르는 헨리 6세는 장례식 장면에 등장하지 않는다. 셰익스피어는 헨리 6세를 둘러 싼 여러 귀족들의 내분을 직접적으로 제시하며 정치적 대립과 반목뿐 아니라 윈체스터 주교를 통해 종교적 부패까지 암시한다. 헨리 5세의 장례식장에서 대치하는 헨리 6세의 섭정 글로스터와 윈체스터 주교의 관계는 이후 영국과 프랑스의 관계에서 반향된다. 셰익스피어의 역사극은 여러 플롯이 제시되고 플롯 간에 유기적인 연관성이 부여된다. 관객들은 플롯 간의 상관관계를 주시하며 등장인물과 행위에 반영되는 역사적 사건을 인식할 수 있다.

영국 왕실의 혼란은 진정한 왕의 부재에 대한 불안감에서 기인한다. 헨리 6세의 섭정 글로스터 공작은 "영국은 이처럼 위대한 왕을 잃은 적이 없으니England ne'er lost a king of so much worth"(King Henry VI, Part 1 1.1.7)라며 헨리 5세를 칭송한다. 글로스터는 헨리 5세의 위용을 용의 날개에, 분노를 태양에 비유하며 선왕의 행적을 마치 중세 기사의 영웅담처럼 묘사한다. 덕과 용맹함을 지녔던 왕으로 묘사되는 헨리 5세는 남성성의 상징이며, 진정한 왕의 표상이다. 따라서 헨리 5세의 죽음은 남성 영웅의 가치가 몰락했음을 상징한다. 선왕의 업적을 치하하는 자리에서 귀족들은 분란의 불씨를 키운다. 헨리 5세가 축복받은 왕이었다는 윈체스터 주교의 말에 글로스터가 "성직자들이 기도하지 않았더라면, 그의 생명의 실이 그렇게 빨리 끊어지지 않았을 텐데Had not churchmen pray'd, / His thread of life had not so soon decay'd"(King Henry VI, Part 1 1.1.33-34)라며 성직자들을 비난한다. 이어서 성직자들이 마음대로 조종할 수 있는 나약한 왕을 좋아한다는 글로스터의 언급은 종교인들마저 권력욕으로 인해 타락한 현실을 보여 준다. 프랑스의 섭정인 베드포드Bedford 공작의 대사는 영국의 험난한 미래를 예고하며 왕의 부재를 부각시킨다.

> 헨리 왕께서 승하하셨으니,
> 후대들이여, 비참한 세월이 예기되어 있을지니,
> 어머니의 눈에서 흘러나오는 눈물을 아기들은 빨며,
> 우리나라는 짠 눈물로 아이들을 기르게 될 것이고,
> 그리고 여자들만 남아 죽은 자들을 슬퍼하며 울 테니.

> now that Henry's dead,
> Posterity, await for wretched years,
> When at their mothers' moist eyes babes shall suck,
> Our isle be made a nourish of salt tears,
> And none but women left to wail the dead.
> (*King Henry VI, Part 1* 1.1.47-51)

베드포드 공작은 전쟁의 소용돌이 속에서 남성들은 죽음을 맞이하고 여성들만이 남을 것이라 단언한다. 이후의 세상이 여성들의 시대가 될 것이라는 베드포드 공작의 말은 진정한 왕이 부재한 세상에 조운과 마가렛으로 대표되는 강한 여성의 등장과 군주가 여성화된 세계를 예고한다.

헨리 5세의 장례식은 프랑스에서 비통한 소식을 가져오는 사자로 인해 중단된다. 사자는 탤봇의 패배 소식을 전한다. 용맹한 장군으로 묘사되는 탤봇은 봉건주의와 영웅주의를 대표하는 남성적인 인물이다. 살아있지만 포로가 된 탤봇의 처지는 진정한 왕을 잃은 영국의 상황과 중첩

된다. 극에서 유일하게 헨리 5세를 대신할 수 있는 영웅적 인물인 탤봇
의 패배는 남성과 남성 영웅주의의 몰락을 상징한다. 베드포드 경은 탤
봇을 구하기 위해 떠나고, 글로스터는 런던탑에서 어린 헨리 왕의 즉위
를 선포하러 자리를 뜬다. 중단된 장례식장에 홀로 남은 윈체스터의 독
백은 이후에 벌어질 왕좌를 둘러싼 혼란을 암시한다.

> 각자 해야 할 자신의 자리와 임무가 있지.
> 나는 남겨졌다. 내게는 남겨진 일이 없으니.
> 그렇지만 오래도록 일없이 있지는 않을 테다.
> 난 엘쌈에서 왕을 훔쳐내어서,
> 이 나라의 가장 중요한 선미에 앉을 것이니.

> Each hath his place and function to attend:
> I am left out; for me nothing remains;
> But long I will not be Jack out of office.
> The King from Eltham I intend to steal,
> And sit at chiefest stern of public weal.
> (*King Henry VI, Part 1* 1.1.173-177)

셰익스피어는 윈체스터 주교를 통해 권력욕이 종교인조차 비껴가지
못한다는 것을 암시하며 정치뿐 아니라 종교마저 부패한 세상을 보여 준
다. 윈체스터는 어린 왕의 섭정을 맡고 있는 글로스터에게 노골적으로
적대감을 표하며 권력욕을 숨기지 않는다. 글로스터는 윈체스터가 선왕
을 시해하려던 반역자이며, 매춘부들에게 면죄부를 주는 타락한 인물이

라고 응수한다. 글로스터의 언급은 가장 청렴해야 할 종교인인 윈체스터가 가장 부패한 인물이라는 아이러니한 사실과 이 극이 진정한 왕의 부재로 인해 정의가 부재한 사회라는 사실을 암시한다(Chernaik 32).

이 같은 상황에서 윈체스터의 출생 문제는 극의 혼란을 가중시키는 역할을 한다. 윈체스터는 헨리 4세의 부친인 곤트의 존John of Gaunt의 사생아이다. 어긋난 욕망을 상징하는 서자는 출생 자체만으로도 이미 도덕적 오명을 씌우는 존재이다(Neill, "Bastardy" 399). 셰익스피어의 극에서 서자는 극 사회에 팽배한 불안감을 시사하는 요소이며, 존재만으로도 기존 이데올로기에 대한 전복을 상징한다. 결혼 제도라는 사회 이데올로기의 외부에서 생성된다는 점에서 서자는 가부장제는 물론 더 나아가 가부장적 질서로 유지되는 왕의 통치에 있어서도 위협적인 존재이다. 윈체스터는 서자라는 위치로 인해 이 극의 전복적인 여성들 못지않게 남성의 세계를 위협하는 존재라고 할 수 있다.

진정한 왕의 부재로 인해 야기되는 사건은 헨리 4세가 리처드 2세로부터 왕위를 이양 받은 사건에서 시작되는 정통성에 대한 논란이다. 이는 요크가와 랭카스터가 사이에 벌어진 장미전쟁의 발단이 되는 사건이다. 후사가 없었던 리처드 2세의 정당한 왕위 계승자인 모티머는 런던탑에 갇혀 있다. 모티머는 조카이며 이후에 프랑스의 섭정 요크 공작이 되는 리처드에게 그의 부친 캠브리지 백작이 사형당한 이유와 왕위 서열상 리처드의 집안이 정당한 후계자라는 사실을 이야기한다. 이들의 대화는 진정한 군주가 부재한 극세계에서 벌어질 왕위를 둘러싼 불화를 예고한다. 셰익스피어는 『헨리 6세 제1부』 2막에서 템플 법학원 정원의 사건을 삽화적으로 그리면서 요크가와 랭카스터가의 대립을 보여 준다. 워릭은 법학원 정원에서 벌어진 언쟁이 장차 장미전쟁으로 이어져 수많은 이들을 죽음으로 내몰고 세상을 암흑으로 만들 것이라 예언한다. 영국 내의 사건들은 국외의 사건들과 합쳐져서 본격적인 전쟁으로 치닫는다. 이러한 혼란은 진정한 왕의 부재로 인해 야기되는 것이다.

셰익스피어가 『헨리 6세 제1부』에서 사건을 묘사하는 방식은 장면의 나열이라고 할 수 있을 만큼 장면의 단편적 삽입으로 구성된다. 이로 인해 일부 비평가들은 작품의 통일성이나 플롯의 허술함을 들어 셰익스피어가 단독으로 집필한 작품이 아니라고 보는 견해도 있다. 하지만 셰익스피어는 단순해 보이는 장면들과 일련의 사건들을 긴밀하게 교차시켜 이후에 발생하는 사건을 예시한다. 1부의 주요 사건들은 셰익스피어의 순수 창작이며, 셰익스피어는 탤봇과 조운의 대치, 오를레앙Orleans에서의 프랑스의 승리와 영국의 일시적인 승리의 대치 등 두 가지 세력을 병치한다. 특히 1부의 전면에 내세워지는 것은 탤봇과 조운의 싸움이다. 조운은 용맹한 장군 탤봇이 여자에 불과한 자신에게 상대도 되지 않는다며 조소를 퍼붓는다. 이 장면은 영국의 남성 세계를 상징하는 탤봇이 프랑스 여성인 조운에게 짓밟히면서 전복되는 현실을 제시한다.

탤봇은 결국 조운에게 패배하고 아들 존John과 함께 전장에서 죽음을 맞이한다. 탤봇의 아들이 아버지와 함께 전사하는 장면은 부계 승계와 그로 인해 이루어지는 사회적 안정이 파괴되는 것을 상징한다(Walsh 134). 하지만 존은 생사 여부를 떠나 아버지가 이룩한 남성 사회를 승계할 수 없다. 탤봇은 존을 미숙함과 방종의 표상인 이카루스Icarus에 빗대면서 존이 남성적 전통을 계승할 수 없다는 것을 명시한다. 아버지에서 아들로 이어지는 계승의 단절은 『헨리 6세 제1부』의 첫 장면에서 헨리 5세의 왕위가 헨리 6세에게 제대로 승계되지 못하는 것과 일맥상통한다. 럴은 이러한 장치가 영국이 탤봇으로 대변되는 전통적 기사도 가치에 의

존할 수 없는 이유라고 주장한다(92). 이는 영국의 왕위와 전통성, 기존 질서의 파괴를 상징하며 남성 중심 역사의 연속성에 의문을 던지는 것이기도 하다.

왕위에 올랐지만 헨리 6세는 실권이 없는 상태이다. 셰익스피어의 역사극에 재현되는 왕이나 남성들은 여성적이고 유약한 인물로 그려진다는 바흐Rebecca Ann Bach의 주장처럼(220) 헨리 6세도 여성화된 인물로 묘사된다. 왕의 여성적이며 유약한 모습은 왕비 마가렛의 남성적인 모습과 대비된다. 이에 대해 슈바르츠Kathryn Schwarz는 『헨리 6세』 시리즈를 군주가 여성화된 세계와 여성 혐오가 극에 달하고 있는 극으로 평가한다(344). 이 극의 제목이며 주인공인 헨리 6세는 1부의 3막 1장에서 윈체스터와 글로스터 사이의 화해를 요청하며 처음 등장한다. 헨리는 그들의 싸움을 막기 위해 처음 입을 열지만 그마저도 폭동으로 저지된다. 윈체스터와 글로스터의 수하들이 싸움을 하며 등장하자 헨리는 살상을 멈추고 평화를 지키라고 명하지만 그의 명령은 무시된다. 헨리는 글로스터와 윈체스터에게 싸움을 중지시켜 줄 것을 부탁한다. 이 장면은 헨리 6세가 왕으로 인정받지 못하는 현실을 보여 준다. 헨리는 "나의 한숨과 눈물을 보고도, 측은하게 여기지 않을까?behold / My sighs and tears, and will not once relent?"(King Henry VI, Part 1 3.1.107-108)라고 한탄하며 글로스터와 윈체스터의 화해를 종용한다. '눈물'이나 '탄식'과 같은 단어는 여성을 묘사할 때 볼 수 있는 단어로 헨리 6세가 의도적으로 여성적인 유약한 모습으로 재현되고 있음을 알 수 있다. 남성성을 상실한 헨리의 여성적인 면모는 정치적 무능력과 연결된다. 홍장미파와 백장미파의 신하들이 결투를 벌이려 할 때 헨리는 그들을 저지한다. 그리고 바로 이어지는 왕의 종조부 엑시터의 독백은 가문 간의 대립에 더해 헨리의 무능력함이 혼란의 원인이라고 명시한다.

아이의 손에 왕권이 있을 때 많은 문제가 있어.

게다가 시기심이 냉혹한 분파를 낳을 땐 더욱 그렇지.

파멸이 오고, 혼란이 시작되지.

'Tis much when sceptres are in children's hands;

But more when envy breeds unkind division:

There comes the ruin, there begins confusion.

(*King Henry VI, Part 1* 4.1.192-194)

엑시터의 독백은 헨리 6세의 정치적 무능력과 요크가와 랭카스터가의 대립이 사회적 혼란을 야기할 것임을 암시한다. 아이에 비유되는 헨리 6세의 모습은 왕의 정치적 무능력과 연결되고 이는 여성화와 관련이 있다. 헨리 6세는 글로스터의 결혼 권고에 "나는 아직 어린 나이에요! 연인과 자유 분방하게 노는 것보다 학문과 독서가 더 알맞은 나이죠*my years are young! / And fitter is my study and my books / Than wanton dalliance with a paramour*"(*King Henry VI, Part 1* 5.1.21-23)라며 스스로도 성인 남성이 아니라고 단정짓는다. 헨리 6세는 성인 남성이 아니라 소년의 모습으로 묘사된다. 이는 르네상스 시대에 소년들이 여성과 어머니에 속한

국립 초상화 갤러리(National Portrait Gallery)에 보관된 헨리 6세의 초상화
작자 미상

것으로 간주되던 인식과 연관된다(Bach 235).

근대 초기의 영국에서는 귀족 소년들은 6-7세가 되고 나서야 여자 형제들에게서 분리되어 남성적인 복장을 할 수 있었다. 이 나이에 이르기 전의 남성은 여성과 분리되지 않았다. 헨리 6세가 남성의 범주에 들어가기도 전인 생후 9개월에 왕위에 올랐다는 점을 감안한다면 그의 여성화는 당연한 결과이다. 이런 관점에서 본다면 헨리 6세는 남성성을 잃고서 여성화되는 것이 아니라 처음부터 남성성을 지닐 수 없다. 이것이 『헨리 6세』 시리즈 전체를 관통하는 혼란의 가장 큰 이유로 제시된다. 따라서 소년으로 묘사되는 헨리 6세는 이미 여성화된 인물로 볼 수 있으며, 왕이라는 지위는 그에게 권력보다는 불안함을 안겨줄 뿐이다. 이는 극에서 헨리 6세의 정치적 실패가 남성성을 획득하지 못한 결과라는 라킨의 주장(History 76)과도 일맥상통한다.

『헨리 6세 제2부』에는 장미전쟁의 주체였던 랭카스터가와 요크가 사이의 갈등 양상과 국왕 헨리의 무능함이 전면에 부각된다. 랭카스터가의 글로스터는 왕에게 충성을 다하며, 글로스터에 대항하는 윈체스터 주교와 같은 세력들은 반역을 꾀한다. 『헨리 6세 제2부』의 3막에서 글로스터 공이 모반의 누명을 쓰고 끌려 나가는 모습을 보며 한탄할 때 헨리의 무능력과 여성화된 모습이 극대화된다.

> 마치 백정이 송아지를 끌어내듯,
> 그 가련한 것을 묶어서, 도망치려면 때리고,
> 피비린내 나는 도살장으로 끌고 가듯.
> 무자비하게 그를 끌고 가는구나.
> 어미가 높고 낮게 울부짖듯이,

순진한 새끼가 가버린 길을 바라보면서,

사랑스런 새끼를 잃고 비탄 외에는 아무것도 할 수 없듯이.

나 자신도 인자한 글로스터의 일을 슬퍼하네

소용없는 슬픈 눈물로, 그리고 흐릿한 눈으로

그의 뒷모습만 바라보고, 아무 도움도 되지 못하네.

And as the butcher takes away the calf,

And binds the wretch, and beats it when it strains,

Bearing it to the bloody slaughter-house;

Even so, remorseless, have they borne him hence;

And as the dam runs lowing up and down,

Looking the way her harmless young one went,

And can do nought but wail her darling's loss;

Even so myself bewails good Gloucester's case

With sad unhelpful tears, and with dimm'd eyes

Look after him, and cannot do him good;

(*King Henry VI, Part 2* 3.1.210-219)

　헨리는 글로스터를 도살장에 끌려가는 송아지에 비유하며 한탄한다. 그는 사건의 상황을 제대로 파악하고 있고 글로스터의 결백함을 믿지만 이를 증명하기 위한 어떤 노력도 하지 않는다. 이 장면은 헨리의 무능력이 상황 파악을 제대로 하지 못하는 것보다는 실천력의 부족이나 의지의 부족에서 기인한다는 사실을 보여 준다. 헨리는 왕의 책무를 잘 인지하고 있지만 회피한다. 에스톡Simon C. Estok은 헨리가 자신의 슬픔을 동물에 대입하는 부분에 주목한다. 헨리에게 동물은 음식으로 소비되는 대상이 아니라 동정심을 유발하는 대상이다. 에스톡은 이러한 비유가 헨리의 남성성의 결여를 상징한다고 본다(636-637). 그의 관점에서 바라보면 헨리는 계속해서 여성화되고 무력화된 모습으로 묘사된다. 헨리의 상황은 2부와 3부에 이르면 더욱 심화된다. 백성들이 봉기를 통해 문제를 자발적으로 해결하려고 하는 것과는 대조적으로 헨리는 통치자가 아니라 관찰자로 남는다.

『헨리 6세 제2부』는 왕과 귀족, 민중들의 모습이 서로 교차되며 제시된다. 2부의 에피소드는 상징적으로 나열되기 때문에 관객들은 각 순간을 등장인물들의 행동과 비교해야만 극 전체의 의미를 이해할 수 있게 된다(Lull 93). 여기에서 가장 두드러지는 것이 케이드의 반란이다. 셰익스피어가 묘사하는 케이드의 난은『헨리 6세 제2부』의 4막 전체를 아우른다. 셰익스피어는 총 아홉 장면을 할애해 케이드를 직, 간접적으로 등장시켜 당시의 민중 봉기가 심각한 지경에 이르렀음을 암시한다. 4막 2장에서 처음으로 등장하는 케이드는 4막 10장 아이든과의 결투로 죽음에 이르기까지 4막의 주요 사건을 이끄는 인물이다. 그는 3막 1장의 요크의 야욕에 찬 대사에서 처음 등장한다. 요크는 왕권을 잡기 위해서는 마음을 굳게 먹지 않으면 기회가 없을 것이라고 다짐한다.

> 내 머리 위 황금빛 왕관이 놓여질 때까지,
> 영광스러운 태양의 찬란한 빛처럼,
> 미친 듯한 결점의 격분을 진정시키고.
> 그리고, 내 의지의 대행자로,
> 켄트 태생의 완고한 애쉬포드의,

존[잭] 케이드를 끌어들였다,

할 수 있는 한 최대로, 폭동을 일으키도록,

존 모티머의 이름으로.

Until the golden circuit on my head,

Like to the glorious sun's transparent beams,

Do calm the fury of this mad-bred flaw.

And, for a minister of my intent,

I have seduc'd a headstrong Kentishman,

John[Jack] Cade of Ashford,

To make commotion, as full well he can,

Under the title of John Mortimer.

(*King Henry VI, Part 2* 3. 1. 352-359)

요크는 케이드의 난이 자신의 사주였음을 직접적으로 밝힌다. "그 악당
이 뿌려놓은 수확을 내가 거둬들일 테니*reap the harvest which that rascal sow'*
d"(*King Henry VI, Part 2* 3. 1. 381)라며 케이드의 난 이후 자신이 왕권을 차지
하려는 계획을 세운다. 케이드의 난 이면에 왕권을 탐하는 귀족 세력의
존재를 암시하는 것은 셰익스피어가 지녔던 역사적, 정치적 성향을 파악
하려는 시도를 낳는다. 하지만 이러한 생각은 셰익스피어가 참고했던 홀
린셰드와 홀의 역사서와 유사하다. 이 역사서들은 공통적으로 민중 봉기
의 이면에 요크 가문이 주동자로 자리잡고 있다는 사실을 명시한다. 홀린
셰드는 케이드의 난을 일으킨 민중들을 요크 공작의 지지자들로 간주하
며, 홀 또한 케이드의 난 이면에 요크와 그를 지지하는 이들의 음모가 있

었음을 주장한다(Bullough 113). 따라서 극 중 케이드의 난의 배후에 대한 묘사가 셰익스피어의 창의적인 의견이라고 보기에는 무리가 있다.

1450년 7월 4일의 잭 케이드(오른쪽)의 모습
찰스 루시(Charles Lucy)의 작품

케이드의 난은 『헨리 6세』 시리즈의 주 플롯인 궁중의 암투와 귀족들 간의 전쟁과는 별개의 사건이다. 이 봉기는 연극에 삽입된 또 다른 연극처럼 주 플롯의 상징적인 역할을 한다. "재단사 잭 케이드가 나라를 고친다고 하더군, 그리고 뒤집어서는 새 보풀을 나게 한다지*Jack Cade the clothier means to dress the commonwealth, and turn it, and set a new nap upon it*"(*King Henry VI, Part 2* 4.2.4-6)라는 대사는 정치적 내분과 더불어 시민들의 봉기로 인해 사회가 위기와 혼란에 봉착했음을 시사한다. 케이드는 "내 아버지는 모티머였다*My father was a Mortimer*"(*King Henry VI, Part 2* 4.2.38)고 엉뚱한 이야기를 풀어놓는가 하면, 자신이 왕이 될 것이라 단언한다. 근거 없는 논리를 펼치는 케이드와 그의 혼란스러운 언어는 극세계의 혼란을 상징한다.

케이드: 마치의 백작, 에드먼드 모티머가,

　　　　클라렌스의 공작 딸과 결혼했지, 그렇지?

스태포드 형 : 그렇죠.

케이드: 그녀에게서 그는 쌍둥이를 낳았지.

스태포드 동생: 말도 안 돼.

케이드: 그래, 문제는 있지만, 내가 말하는 건 사실이다.

　　　　둘 중 형을 유모가 길렀는데,

　　　　어느 거지 여인이 몰래 훔쳐갔지.

　　　　그래서 혈통이나 부모도 모르고,

　　　　나이가 들어 벽돌공이 되었지.

　　　　그의 아들이 바로 나다, 아니라면 어디 말해봐.

Cade: Edmund Mortimer, Earl of March,

　　　　Married the Duke of Clarence' daughter, did he not?

Staford: Ay, sir.

Cade: By her he had two children at one birth.

Brother: That's false.

Cade: Ay, there's the question; but I say, 'tis true.

　　　　The elder of them, being put to nurse,

　　　　Was by a beggar-woman stol'n away;

　　　　And, ignorant of his birth and parentage,

　　　　Became a bricklayer when he came to age:

　　　　His son am I; deny it if you can.

(*King Henry VI, Part 2* 4.2.131-141)

케이드의 억지 주장은 요크가와 랭카스터가의 왕위 다툼을 풍자하는 장치이다. 케이드의 난은 극중극처럼 귀족들의 내분과 민중의 문제를 서로 비교할 수 있도록 배치되어 있다. 그리고 이 봉기는 왕위를 향한 귀족들의 분쟁을 시사하는 것은 물론 권위의 오용을 조롱하고 있는 것으로도 볼 수 있다(Lull 93).

헨리 6세의 무능력함에서 기인한 통치의 불안은 케이드의 난을 통해 패러디된다. 헨리는 프랑스에서 온 왕비 마가렛으로 인해 판단력을 잃고 마가렛을 왕비로 추천한 서포크에게 공작 작위를 내린다. "후작, 무릎을 꿇어라. 짐은 그대에게 서포크 제 1대 공작의 작위를 내리고, 검을 하사하겠네*Lord Marquess, Kneel down: we here create thee / First Duke of Suffolk, and girt thee with the sword*"(*King Henry VI, Part 2* 1.1.63-64)라는 대사는 케이드가 일으키는 사건에서 패러디된다.

> 마이클: 도망가요, 어서 도망가! 험프리 스태포드 형제가 국왕의 군대와 함께 바로 근처에 있어요.
>
> 케이드: 가만있어, 이 자식, 가만히 있지 않으면 쓰러뜨려 줄 테니. 그와 동등하게 훌륭한 자가 대적해 주어야지. 그자는 겨우 기사잖아, 그렇지?
>
> 마이클: 그렇죠.
>
> 케이드: 그놈과 동등하게 되려면, 나도 지금 기사가 되어야지. [무릎을 꿇는다] 일어서라, 기사 존 모티머. [일어선다] 자 이제 공격해라.

Michael: Fly, fly, fly! Sir Humphrey Stafford and his brother are
    hard by, with the king's forces.
Cade: Stand, villain, stand, or I'll fell thee down. He shall be
    encount'red with a man as good as himself. He is but a
    knight, is 'a?
Michael: No.
Cade: To equal him, I make myself a knight presently. [Kneels]
    Rise up, Sir John Mortimer. [Rises] Now have at him.
(*King Henry VI, Part 2* 4.2.109-117)

적들과 대면했을 때 케이드는 스스로 기사 작위를 수여하며 상대와 맞
선다. 케이드의 행위는 헨리가 무분별하게 서포크에게 공작 작위를 수
여한 것을 패러디 하는 장면이다. 셰익스피어는 왕의 권위를 지니지 못
한 위정자가 야기하는 국가적 분열이 재앙과도 같음을 민중의 난을 통해
제시한다.

　셰익스피어가 『헨리 6세』 시리즈에서 묘사하는 이상적인 위정자의 모
습에는 상반되는 면이 존재한다. 헨리 5세와 탤봇 장군을 통해서는 중세
기사의 영웅주의를 그리워하고 있는 듯 보이지만, 영국의 영토와 국력의
상실 부분에서는 정치적이고 외교적인 기술의 부족을 아쉬워한다. 당시
의 시대상은 신의 권위를 등에 업고 정치를 하던 절대 권력자보다 적절한
외교술을 통해 국익을 도모해나가는 위정자를 원하는 상황으로 변화하고
있었다. 국민들은 정치적이고 외교적인 책략에 의한 국가 통치를 염원했
다. 극 중 헨리 6세는 이러한 시대상에 역행하는 군주상을 보여 준다. 특
히 헨리 6세와 마가렛의 결혼은 영국의 입장에서는 손해라는 것을 극을

지켜보고 있는 관객들은 쉽게 눈치 챌 수 있다. 하지만 결혼 당사자인 헨리 6세만이 그것을 인지하지 못한다. 국가를 위해 현명한 판단을 하지 못하는 헨리는 왕이라기보다 종교인의 모습을 하고 있다. 이는 마가렛이 헨리 6세의 유약함을 서포크에게 한탄하는 장면에서도 드러난다.

> 그러나 그의 마음은 온통 신성함에 전념해 있죠,
>
> 아베 마리아만 부르며 기도만 하고.
>
> 그의 투사라고 하면 예언자와 사도들이며,
>
> 그의 무기는 성경의 성스러운 말씀뿐이에요.
>
> 그의 서재가 창 시합 경기장이고, 그의 연인들은
>
> 성인으로 추앙된 성자들의 청동상이죠.
>
> 추기경 회의에서
>
> 그를 교황으로 선출해 로마로 모시고 가서,
>
> 그의 머리 위에 교황의 삼중관을 씌우면 좋겠네요.
>
> 그것이 그의 성스러움에 적합한 지위이니.

> But all his mind is bent to holiness,
>
> To number Ave-Maries on his beads;
>
> His champions are the prophets and apostles,
>
> His weapons holy saws of sacred writ,
>
> His study is hit tilt-yard, and his loves
>
> Are brazen images of canoniz'd saints.
>
> I would the college of the Cardinals
>
> Would choose him Pope, and carry him to Rome,

And set the triple crown upon his head:

That were a state fit for his Holiness.

(*King Henry VI, Part 2* 1.3.55-64)

헨리에게 왕보다는 종교인의 모습이 더 적합하다는 마가렛의 비난은 헨리를 기독교적인 왕의 모습으로 부각시킨다. 특히『헨리 6세 제3부』는 신앙심 깊은 헨리 6세의 정치적 실패와 기독교 왕의 부족함을 제시한다 (Moretti 276). 헨리 6세는 힘이나 외교술보다는 이상주의적 기독교 교훈 Christian precepts에 입각해 국가를 통치하고자 한다. 종교인과 같은 왕의 모습은 토우턴Towton 전투에서 어떤 전략도 세우지 않은 채 결과를 신에

토우턴 전장에서의 헨리 6세
윌리엄 다이스(William Dyce)의 1860년 작품

게 맡겨 버리고 전장에서 철수하는 헨리 6세의 모습에서 볼 수 있다. 헨리는 전쟁에서 "신의 뜻이 있는 자에게, 승리가 있기를!*To whom God will, there be the victory!*"(*King Henry VI, Part 3* 2.5.15) 바란다. 그리고 왕비 마가렛과 신하들이 자신을 불신하는 현실을 한탄하며 신의 뜻이라면 자신은 차라리 죽음을 택하리라고 결심한다. 정치, 군사적 힘이 결여된 무능한 왕으로 묘사되는 헨리에게는 신을 믿고 의지하는 종교인의 모습만 있다. 이런 면들로 인해 많은 비평가들이 헨리 6세를 왕다운 면모가 없는 순진하고 나약한 왕으로 평가한다.

왕을 독실한 신앙인의 모습으로 그리고 있는『헨리 6세 제3부』는 캠피스Thomas à Kempis의 신앙서인『그리스도를 본받아*Imitatio Christi*』(1418)와 관련지어 생각해 볼 수 있다. 겸손한 그리스도와 같은 왕의 모습을 제시하고 있는 이 책은 로저스Thomas Rogers에 의해『그리스도 모방론*Of the Imitation of Christ*』으로 출간된다. 이 책이 주장하는 바는 국왕이 기독교 정신에 입각해 유순함과 형제애, 평화를 추구하며 남성적인 면을 억눌러야 한다는 것이다(Moretti 277). 여전히 종교적 세계관을 지니고 있던 르네상스 시대에 신앙인으로서 왕의 모습은 설득력을 지닌다.

에라스무스도『평화의 고충*The Complaint of Peace*』에서 진정한 남성다움이란 종교에 바탕한 것이라는 주장을 한다. 그는 "만약 [전쟁이] 성스러움과 동떨어진 것이어서 신성함과 종교적인 모든 것의 가장 큰 폐해가 된다면 . . . 누가 이런 것이 남성다운 것이라고 믿을 것인가*if [war] be a thing so far from holiness that it be a most pestilence of all godliness and religion . . . who shall believe these to be men*"(Moretti 278 재인용)라고 반문한다. 남성의 영역으로 간주되는 전쟁이 종교적 신념과 동떨어져 있다면 그것은 진정으로 남성적인 것이 아니라는 에라스무스의 주장은 역사극의 남성성을 재고하게 한다. 『헨리 6세 제3부』에서 헨리 6세의 모습은 『그리스도를 본받아』나 『평화의 고충』에서 언급되는 기독교 정신에 입각한 왕의 모습으로 재현되는 듯 보인다. 『위정자의 거울』에도 헨리 6세에 대해 유사한 묘사가 등장한다. 이 책은 헨리 6세를 가장 불행했지만 "덕있는 군주*vertuous prince*"(Campbell, *Mirror* 211)로 평가한다. 극 중 전형적인 기독교 국왕의 모습으로 제시되는 헨리의 정치 스타일은 다음의 대사에서 드러난다.

나의 연민은 그들의 상처를 치유해 주었고,

나의 부드러움은 그들의 부푼 슬픔을 진정시켰고,

나의 자비는 그들의 흘러넘치는 눈물을 말려주었지.

나는 그들의 부를 바란 일도 없었으며,

엄청난 특별세로 그들을 억압하지도 않았고,

그들이 잘못했을지라도, 보복하지 않았지.

My pity hath been balm to heal their wounds,

My mildness hath allay'd their swelling griefs,

My mercy dried their water-flowing tears;

I have not been desirous of their wealth,

Nor much oppress'd them with great subsidies,

Nor forward of revenge, though they much err'd.

(*King Henry VI, Part 3* 4.8.41-46)

헨리는 자신의 유일한 정치적 자질을 "연민pity"(41)이라 밝힌다. 헨리의 동정심이 백성들의 상처를 고쳐줄 약이 된다고 이야기 할 때 'pity'는 그가 지닌 종교적 신앙심piety이라고 할 수 있다(Moretti 276). 당대의 기독교적 개념에서 바라본다면 헨리 6세는 이상적인 왕의 모습을 갖추고 있다. 그러나 극에서 상징적으로 만들어진 독실한 헨리의 모습이 바로 지도자로서 용기나 기술을 획득하는 데 실패하는 원인이 된다. 헨리의 종교적이며 온화한 성향은 왕좌를 둘러싼 전쟁을 야기한다. 신앙심 깊은 기독교 왕으로 그려지지만 극의 현실은 헨리를 실패로 나아가게 한다. 이러한 사실로 인해 이 극은 당시의 기독교 왕의 이상을 거부하는 듯 보이기도 한다.

하지만 셰익스피어가 단순히 종교적인 왕의 모습과 실패를 보여 주기 위해 헨리 6세의 캐릭터를 형성한 것은 아니다. 헨리 6세의 캐릭터는 무력하지만 언어적 능력을 가진 왕을 보여 준다. 클리포드Clifford는 왕좌를 둘러싼 싸움에서 자신의 일이 아닌 듯 뒤로 물러앉은 헨리를 비난한다. 아무리 작은 벌레일지라도 밟히게 되면 저항을 하고, 비둘기도 자신의 새끼를 위해서는 반항을 하게 되어 있지만 헨리는 그 모든 상황에 웃고만 있었다며 헨리의 무심함을 이야기한다. 헨리는 그 모든 비난에도 능수능란하게 자신의 입장을 변호한다.

> 클리포드는 웅변가로서 일을 잘 완수하였다,
> 그 논지도 설득력이 대단했다.
> 그러나 클리포드, 말해보게, 말을 듣지 못했나
> 부정하게 얻은 것은 나쁜 결과를 가져온다는?
> 그리고 많은 재산을 비축하고 지옥에 간 아버지의

아들이 항상 행복했다는 말은?

나는 내 아들에게 덕행을 남겨주고 싶다.

나의 부친이 내게는 더 이상 남겨 놓지 않았던!

Full well hath Clifford play'd the orator,

Inferring arguments of mighty force.

But, Clifford, tell me, didst thou never hear

That things evil got had ever bad success?

And happy always was it for that son

Whose father for his hoarding went to hell?

I'll leave my son my virtuous deeds behind;

And would my father had left me no more!

(*King Henry VI, Part 3* 2.2.43-50)

헨리는 아들에게 왕위가 아니라 미덕을 물려 줄 것이라고 이야기한다. 헨리의 논지는 그가 극의 주인공이라기보다는 오히려 재치 있는 언어를 선호하며, 관객들에게 수사적인 내용을 전달하는 매개체라는 느낌을 준다. 헨리는 극에서 수사학적 입장을 취하는 인물이며, 전사나 남성적인 역할과는 거리가 있다. 모레티Thomas J. Moretti는 셰익스피어가 헨리 6세 캐릭터를 언어와 시각적인 면 사이의 극적 효과를 위해 사용했을 것이라 추측한다(282). 이처럼 셰익스피어가 헨리 6세를 언어적 측면의 이미지로 국한해 놓았을 수도 있다. 용감하고 남성적인 인물들이 역사적 사건의 장관을 표현해 내는 반면 이와는 정반대되는 입장에 있는 여성적인 헨리는 그것을 관찰하고 서술하는 역할을 한다. 헨리의 역할은 첫 사부작에 등장하는 여성들이 언어적 힘을 지닌 마녀 같은 여성으로 재현되는 것과 관련이 있다. 이는 여성들의 무기가 언어라는 사실과 결부되면서 헨리 6세를 여성적인 인물로 각인시키는 결과를 도출한다.

　랭카스터가 출신 국왕 헨리 6세의 실패는 요크가의 정치적 야망을 양성하고 정당화할 뿐 아니라 왕비 마가렛의 정치적 야욕을 불러일으킨다(Ton Hoenselaars 142). 헨리 6세의 무능함은 결국 왕비가 "왕을 통치하도록rule the King"(King Henry VI, Part 1 5.5.107)하며 신과 남성 중심이었던 세계에 여성이라는 전복적인 존재의 힘을 키우는 결과를 야기한다. 『헨리 6세 제3부』에서 묘사되는 왕은 나약하며 자신의 생각을 실천할 수 없는 여성화된 왕의 모습이다. 이 작품이 발표된 당시의 통치자가 엘리자베스 1세였다는 점을 고려해 보면 헨리 6세의 모습은 남성의 시각에서 여성화된 세계가 잠재하고 있는 위험요소를 시사한다.

　셰익스피어는 왕을 중심에 내세워 극을 진행했던 당대 역사극의 방식을 과감히 수정하는 한편, 『헨리 6세』 시리즈에서 헨리 6세를 주인공이 아닌 관찰자의 입장으로 전락시킨다. 헨리 6세는 헨리 5세가 지녔던 진정한 왕의 면모를 갖추지 못했으며 전형적인 기독교 국왕으로서 성공을 거두지도 못한다. 셰익스피어는 유약하고 무능한 헨리 6세를 통해 역사의 거울을 부수고 새로운 역사의 거울을 제시한다.

3장 셰익스피어의 거울

『헨리 6세 제3부』는 왕으로서 헨리의 무능함과 첫 역사극 사부작의 주요 소재인 장미전쟁을 전면에 내세운다. 헨리는 토우턴 전투에서 관찰자적 입장으로 전락하고, 어느 장면에서도 왕다운 위엄은 찾아볼 수 없다. 여러 명의 왕을 왕좌에 올리는데 많은 공을 세워 국왕 옹립자 kingmaker로 명명되는 워릭이 3막에서 자신의 편으로 돌아설 때까지 헨리는 감옥에 갇힌다. 헨리는 워릭의 도움으로 요크의 아들 에드워드에게 빼앗긴 왕관을 되찾지만, 5막의 바넷Barrnet 전투에서 다시 포획된다. 그의 아내 마가렛 또한 장미전쟁의 중요한 전투 중 하나였던 튜크스베리 Tewkesbury 전투(1471)에서 패하고 왕자 에드워드는 죽음을 맞이한다. 실제 역사 속에서 이 사건은 1461년에서 1471년까지 10여년에 걸쳐 일어난다. 셰익스피어는 요크가의 승리와 랭카스터가의 몰락을 동시에 그리며 수년간 벌어진 전쟁 상황을 단시간에 드라마틱한 구조로 녹여낸다.

헨리 6세는 아들의 왕위 상속권을 요크에게 넘겨주며 무능력함의 종지부를 찍는다. 하지만 그는 자신의 무능력함이 비극을 야기한 원인이라 인식하지 못한다. 헨리의 생각은 두 명의 군인이 적들의 시신을 무대 위로 끌어낼 때 드러난다. 무대 위에 올려진 두 구의 시신은 두 군인의 아버지와 아들로 밝혀진다.

『헨리 6세 제3부』 2막 5장에서 자신이 죽인 사람이 아들임을 알아차리는 아버지의 모습
셀루스(H.C. Selous)의 1830년 작품

헨리는 가족 사이의 비극을 불러온 "피비린내 나는 시대*bloody times*"(*King Henry VI, Part 3* 2.5.73)를 슬퍼하지만 자신을 비극과 전쟁의 요인이 아니라 희생자로 인식한다. 헨리는 비극적 상황을 우연이나 운명 혹은 신의 섭리로 돌리며 소극적인 태도를 취한다. 그의 모습을 통해 극의 사건들이 무능력하고 나약한 왕의 통치에서 나오는 혼란이라는 점이 부각된다.

요크의 아들 에드워드가 왕위를 차지한 후 동생 리처드는 왕위를 빼앗기 위해 형을 배반할 계획을 세운다. 이 과정에서 리처드가 사건을 받아들이는 방식은 헨리의 경우와는 상반된다. 헨리는 역사와 신의 숙명론을 전적으로 받아들이지만 리처드는 이에 도전한다. 두 사람의 방식은 리처드가 런던탑에 수감된 헨리를 살해하러 갔을 때 확연하게 대비된다. 헨리는 "태어났을 때 네 머리에는 이가 나 있었지. 네가 이 세상을 물어뜯으려고 태어났다는 걸 뜻하는 거지*Teeth hadst thou in thy head when thou wast born, / To signify thou cam'st to bite the world*"(*King Henry VI, Part 3* 5.6.53-54)라며 리처드가 자신을 죽인 이후에도 운명에 따라 수많은 악행을 저지를 것을 예고한다. 헨리는 자신의 죄와 리처드의 죄에 대해 신에게 용서를 구하면서 죽음을 맞이한다. 그는 신에 의해 정해진 숙명을 벗어날 수 없음을 잘 인지하고 그 숙명 안에서 소극적으로 저항할 뿐이다. 반면 리처드는 헨리의 예언을 받아들이지만 운명에 대해 복종적인 태도를 거부한다. 그는 하늘이 자신의 삶을 통제할지라도 하늘의 섭리가 정한 운명을 거부할 것을 단언한다.

> 그러니, 하늘이 내 육체를 이렇게 만들었으니,
> 다음엔 지옥이 내 마음을 그것에 알맞게 비틀면 되지.
> 나는 아버지가 없어, 나는 아버지와 닮지 않았지.

나는 형제도 없어, 나는 형제와 닮지 않았지.

그리고 이 '사랑'이라는 말, 백발 노인들이 신성하다고 부르는,

서로 비슷한 인간들 사이에나 존재하지,

내게는 아니야. 나는 나 혼자지.

Then, since the heavens have shap'd my body so,

Let hell make crook'd my mind to answer it.

I had no father, I am like no father;

I have no brother, I am like no brother;

And this word 'love', which greybeards call divine,

Be resident in men like one another,

And not in me: I am myself alone.

(*King Henry VI, Part 3* 5.6.78-83)

　헨리와 리처드의 상반된 태도는 중세적 섭리관과 인간의 의지를 중요시했던 르네상스적 인간관의 충돌을 보여 준다. 헨리 6세의 죽음을 통해 르네상스적 인간관이 승리를 점하는 듯 보이지만 이후에 제시되는 리처드의 몰락을 통해 중세적 섭리관으로 복귀하는 듯 보이기도 한다. 운명을 신의 섭리로 생각하고 받아들이는 헨리와 악행을 저지르며 스스로 운명을 개척하는 리처드의 최후는 모두 죽음이라는 파국으로 제시된다. 극중 대사와 마찬가지로 죽음은 인간에게 형벌이지만 악인과 선인 모두에게 찾아온다. 이러한 결말은 셰익스피어가 구세력과 신세력을 단순히 대비시켜 선과 악으로 구분하고 있지 않다는 사실을 시사한다.

　셰익스피어는 철저하게 악인으로 규정되는 리처드를 통해 그의 몰

락의 원인과 인간적인 면모를 들여다보게 한다. 셰익스피어는『리처드 3세』에서 리처드를 비극의 주인공으로 내세워 그의 입신과 몰락을 그린다. 셰익스피어의 극은 일반적으로 주인공과 그를 둘러싼 다양한 환경을 재현하며 인간의 운명을 인간사의 중요한 요인으로 제시해 준다. 『리처드 3세』도 등장인물에게 발생하는 신의 섭리나 운명적인 부분을 다룬다(Lull 101). 셰익스피어는 리처드에게 많은 분량의 독백을 할애하면서 비극의 주인공으로 만들어 관객들로 하여금 연민의 정을 느끼게 한다.『리처드 3세』만을 본다면 이 극은 역사를 소재로 한 단일 플롯의 비극으로 지칭할 수 있다. 극에 등장하는 주요 인물들은 리처드의 비극을 돋보이게 만드는 주변 인물들이며, 세상을 향한 복수심과 권력욕은 리처드가 혈육과 가족을 배반하고 살인하며 파국으로 치닫게 되는 요인이다.

리처드의 악인적 면모는 튜더 왕조의 정당성을 확립하는 과정에서 상당 부분 형성된다. 봉건주의에서 근대 자본주의로의 변화를 겪고 있던 영국은 군사, 정치적으로 결속된 가문들의 집합에서 중앙집권화된 국가로 변모하고 있었다. 리치먼드 백작 헨리 튜더는 왕위 계승 서열에서 불리한 위치에 있었기에 보스워스 전투에서 리처드 3세를 제거하고 요크가의 후계자였던 엘리자베스와 결혼함으로써 왕권을 확보한다. 헨리 7세가 되어 튜더 왕조를 건립한 후 그의 행보는 왕권을 공고히 하는데 집중된다. 튜더 왕조의 정당성을 확립하기 위해 헨리 7세는 역사서 편찬을 도모한다. 새 국왕의 행보는 이탈리아에서 영입된 휴머니스트들과 영국 내의 휴머니스트 문인들을 새로운 권력 주체로 부상하게 만드는 동시에 장미전쟁으로 인해 저물어 가던 봉건 귀족 세력을 완전히 와해시키기에 충분했다. 리처드 3세의 이야기는 신에게 정당성을 부여받은 헨리 7세에 대한 복종과 인간 타락을 경고하는 정치적 교훈으로 형성된다. 역사 속에서 묘사되는 리처드의 모습은 당대의 권력자들에게 경고나 확신을 부여하는 역할을 했다. 형제와 가족을 헤치는 등 악행을 저지르고 왕위를 차지하는 흉한 모습의 폭군은 실제 군주들을 폭군의 범주에서 제외시켜주었다(Besnault and Bitot 107).

　『리처드 3세』에서 리처드는 흉한 외형과 함께 전형적인 폭군으로 드라마틱하게 묘사된다. 리처드 3세의 재현에는 버질의 역사서와 모어의 『리처드 3세의 역사』, 『위정자의 거울』, 홀의 연대기와 홀린셰드의 연대기 등이 영향을 미친다. 리처드 3세는 당대의 역사서를 통해서 도덕적, 정치적 질서를 파괴하고 혼돈을 야기하는 인물로 각인된다. 특히 헨리 7세의 요청으로 버질이 저작한『영국 역사』에서 리처드는 왕위를 찬탈하는 배신자이며 극악무도한 악당으로 묘사된다. 하지만 셰익스피어는 리처드의 외면적 모습과 내면의 독백을 함께 제시하면서 악인적 면모 위에 인간적인 모습을 부여한다.

　셰익스피어가 창조해 낸 리처드 3세는 극에서 급격한 변화를 겪는 복잡한 인물이며 이에 따라 다양하게 정의된다. 리처드 3세는 용맹한 전사, 코믹하면서 동시에 빈정대는 악인, 세네카식의 멜로드라마의 냉혹한 악한, 극악무도한 마키아벨리언, 버림받은 아이, 교묘한 기만자, 능란한 웅변가, 비극적 피카레스크picaresque 영웅 등으로 묘사되어 왔다(Oestreich-Hart 242). 또한 "영웅적 악인hero-villain"(4)으로 리처드 3세를 정의한 쌔시오Peter Saccio의 말에서도 리처드의 양면적이고 복잡한 면모를 짐작할 수 있다. 그를 묘사하는 긴 수식어구는 리처드라는 인물이 몇 가지로 규정지을 수 없는 복합적인 인물임을 시사한다. 『리처드 3세』에는 폭군의 전형으로 제시되는 리처드지만『헨리 6세 제2부』에 등장하는 리처드는 악인이라기보다는 용감한 장군을 칭송할 줄 알며, 아버지 요크 공작의 정당한 왕위 승계를 위해 노력하는 아들로 그려진다. 리처드는 솔즈베리 백작의 용맹함을 알아보고 칭송한다.

> 더 이상의 행동을 그만두기를 설득했지요.
> 하지만 여전히, 위험이 있는 곳에서, 언제나 그를 만났어요.
> 마치 소박한 집에 있는 호화로운 벽걸이처럼,
> 그의 노쇠한 몸에는 의지가 있었지요.
> 하지만, 그처럼 고귀하신, 보세요 그가 오십니다.

> Persuaded him from any further act:
> But still, where danger was, still there I met him;
> And like rich hangings in a homely house,
> So was his will in his old feeble body.
> But, noble as he is, look where he comes.
> (*King Henry VI, Part 2* 5.3.10-14)

이 장면에서 리처드는 다른 이의 용맹함을 올바르게 판단하고 의로운 것을 추구하는 모습을 보인다. 『리처드 3세』 이전에 묘사되는 리처드는 아버지를 왕위에 올리고자 하는 야망을 지닌 인물이지만 형제와 자신을 신뢰하는 이들을 배신하는 인물은 아니다. "용감한 아버지가 어떻게 되셨는지 알기 전까지는 즐겁지가 않아*I cannot joy until I be resolv'd / Where our right valiant father is become*"(*King Henry VI, Part 3* 2.1.9-10)라는 대사는 아버지를 지극히 생각하는 평범한 아들의 모습을 보여 준다. 리처드가 심경의 변화를 보이는 것은 아버지가 마가렛에게 농락당하며 죽었다는 소식을 듣는 장면에서이다. 리처드는 온 몸의 물기를 다 모아도 가슴 속 복수의 불길을 끌 수가 없다고 토로한다. 곧 리처드는 "울음은 아기들에게나 맞고. 내겐 불행과 복수뿐이다*Tears then for babes; blows and revenge for me*"(*King Henry VI, Part 3* 2.1.86)라며 아버지의 복수를 하고 명예를 얻고 죽을 것이라 다짐한다. 아버지의 복수를 맹세하는 리처드의 모습은 햄릿이 숙부를 향해 복수를 다짐하는 모습만큼이나 엄숙하다.

하지만 아버지의 죽음 이후 바로 불거지는 후계자 다툼과 형제 간의 반목은 리처드를 권력욕과 원망에 찬 악인으로 변모시킨다. 리처드는 형 에드워드가 자신을 글로스터 공작으로, 조지를 클라렌스 공작으로 서작할 때 이에 불만을 품는다. 그는 형제들과 반목하는 모습을 보이며 3막 2장에서 본격적으로 왕좌를 향한 욕망을 드러낸다.

> 그렇지만, 내 영혼의 욕망과 나 사이에는 -
> 호색한 에드워드의 왕위가 땅에 묻혀도 -
> 클라렌스가 있다. 헨리도, 그의 아들 에드워드도,
> 그들의 몸에서 예기치 않던 자손들이 나와,
> 내가 왕좌에 앉기 전에 자신들의 자리를 차지할 테니 -
> . . . .
> 나는 단지 왕권을 꿈꾸고 있을 뿐.
>
> And yet, between my soul's desire and me -
> The lustful Edward's title buried -
> Is Clarence, Henry, and his son young Edward,

And all the unlook'd for issue of their bodies,

To take their rooms ere I can plant myself -

. . . .

Why then I do but dream on sovereignty;

(*King Henry VI, Part 3* 3. 2. 128-134)

이 장면에서 리처드는 왕권을 향한 야욕을 본격적으로 드러낸다. 그러나 그가 왕이 되는 데에는 형제와 조카들이라는 방해 대상이 존재한다. 리처드는 "나는 좀 더 멀리 있는 것을 목표로 하고 있지*my thoughts aim at a further matter*"(*King Henry VI, Part 3* 4. 1. 123)라고 말하며 왕좌에 다가서기 위해 계략을 꾸민다. 그는 왕위를 차지하기 위해서라면 연민이나 사랑, 두려움을 다 버릴 것이라 이야기한다. 그리고 "형의 머리가 무덤에 놓이면, 그의 수확은 내가 말려 버릴 테다*I'll blast his harvest, and your head were laid*"(*King Henry VI, Part 3* 5. 7. 21)라는 리처드의 말은 왕이 되기 위해 혈육도 저버릴 수 있음을 암시한다. 리처드가 왕위를 차지하기 위해 자행한 가장 극악무도한 범죄 중 하나는 형과 조카인 왕자들의 시해이다. 버질은 리처드의 조카 살해와 이 사건이 야기했던 감정적인 동요를 주관적으로 기술한다. 그는 "너무도 큰 비탄이 모든 이들의 가슴을 쳤다*so great griefe stroke generally to the hartes of all men*"(189)면서 당대인들의 소회를 적고 있다. 버질은 리처드가 악행의 결과로 파국을 맞이했다고 본다. 신에게 적의를 품고 악행을 일삼은 리처드가 "하늘의 응징*scourge*"(Besnault and Bitot 107)을 받았다고 보는 입장은 이후의 역사서에서 유사하게 반복된다.

『리처드 3세』를 여는 리처드의 긴 독백은 흉측한 외모는 물론 세상과

융합하지 못하는 내면을 아우르며 왕위에 대한 그의 욕망을 관객들에게 생생하게 전달한다. 리처드는 형들인 에드워드 4세와 클라렌스 공작이 서로 증오하도록 만들어 왕이 되려는 계략을 꾸민다. 그는 다른 이들에 겐 겨울이 가고 찬란한 여름이 왔지만 자신은 아직 어두운 힘에 사로잡혀 있음을 토로한다.

> 나는 이렇듯 올바르게 균형 잡히지 못해,
> 사기꾼 자연의 속성에 속아,
> 불구에, 미완성으로, 미숙아로 태어나
> 반이 완성되기도 전에 생기 넘치는 이 세상에 밀려났으니 -
> 이렇게 절룩거리며 이상하게
> 개가 나를 보고 짖어대고, 내가 절룩거리며 걸어갈 때 -
> 아니, 나는, 파이프 소리 나는 이 평화로운 시기에,
> 시간을 보낼 아무 즐거움도 없이,
> 태양 아래 내 그림자나 따라다니지 않으면,
> 나의 흉한 모습을 노래로 불러보네.
> 그래서, 연인이 되지는 못할 테니
> 이 아름답고 세련된 시절들을 즐기기에,
> 나는 악당이 되기로 마음먹을 테다,
> 그리고 이 시절의 한가한 즐거움을 증오해야지.

> I, that am curtail'd of this fair proportion,
> Cheated of feature by dissembling Nature,
> Deform'd, unfinish'd, sent before my time

Into this breathing world scarce half made up -

And that so lamely and unfashionable

That dogs bark at me, as I halt by them -

Why, I, in this weak piping time of peace,

Have no delight to pass away the time,

Unless to spy my shadow in the sun,

And descant on mine own deformity.

And therefore, since I cannot prove a lover

To entertain these fair well-spoken days,

I am determined to prove a villain,

And hate the idle pleasures of these days.

(*King Richard III* 1.1.18-31)

삶의 비참함을 토로하는 리처드의 긴 독백은 관객들의 연민을 자아내게 한다. 리처드의 흉한 외모는 스스로를 "연인*lover*"이 아닌 "악당 *villain*"으로 규정하며 세상에 저주를 퍼부어주겠다는 정신 상태와 교묘히 부합된다. 이 장면은 『헨리 6세 제3부』에서 "하늘이 내 육체를 이렇게 만들었으니, 다음엔 지옥이 내 마음을 그것에 알맞게 비틀면 되지 *since the heavens have shaped my body so, / Let hell make crook'd my mind to answer it*"(5.6.78-79)라는 대사의 반향이다. 리처드는 육체의 기형을 내면의 기형에 대입하며 세상을 저주하는 이유로 삼는다. 베스놀트Marie-Helene Besnault와 비톳Michel Bitot은 이 장면의 음악 용어인 "노래하다 *descant*"(27)를 리처드의 자만심을 암시하는 말로 해석하며(106) 리처드의 혼란스러운 정신 상태를 설명한다. 리처드의 기형적 외모는 정신적,

도덕적 기형을 드러내 주는 장치이자 세상의 무질서를 상징하기도 한
다(Chernaik 59).

> 그는 작은 신장이었으며, 기형적인 몸에, 다른 이들보다 더 높이 삐
> 죽 튀어난 어깨를 지녔고, 키가 작고 빈약한 용모였으며, 악행의 기미
> 가 있었는데, 완전히 교활하고 책략을 일삼는 듯 보였다.

> He was lyttle of stature, deformyd of body, thone showlder
> being higher than thother, a short and sowre cowntenance, which
> semyd to savor of mischief, and utter evydently craft and deceyt.
> (Vergil 226-227)

셰익스피어가『리처드 3세』에서 묘사하는 리처드의 모습은 버질이 묘사
하고 있는 리처드와 유사하다. 이는 셰익스피어가 당대에 일반적으로 받아
들여지고 있던 리처드의 외형적 모습을 자신의 작품에 대다수 수용했음을
암시한다. 리처드의 묘사는 모어의 경우에도 비슷하다. 모어는 버질과 마찬
가지로 리처드의 외형적 기형을 내면의 악한 모습과 함께 제시한다.

> 리처드는 . . . 작은 키였으며, 사지는 흉악하게 생겼고, 등은 굽어
> 있었고, 왼쪽 어깨가 오른쪽 어깨보다 훨씬 더 올라가 있었는데, 인상
> 이 험악하게 생겼다. . . . 그는 악의적이고, 격분에 찬 시샘하는 인물
> 이었다. . . . 그의 어머니 공작부인은 엄청난 산고를 겪었는데, 그를
> 잘라내지 않고서는 분만을 할 수가 없었다. 그는 발이 세상 쪽으로 향
> 한 채 먼저 나왔다.

Richard . . . little of stature, ill fetured of limmes, croke backed, his left shoulder much higher then his right, hard fauoured of visage. . . . He was malicious, wrathfull, enuious. . . . the Duche his mother had so muche a doe in her trauaile, that shee could not bee deliuered of hym vncutte: and that hee came into the worlde with the feete forwarde. (More 7)

셰익스피어는 버질과 모어의 부정적인 묘사에 착안해서 리처드의 외면의 흉측함과 내면의 사악함을 만들어냈던 것으로 보인다. 튜더 왕조의 역사서들과 구전된 이야기들을 활용해서 셰익스피어는 리처드를 괴물과도 같은 외형을 지닌 인물로 만들어낸다. 그리고 원전의 언급에서 더 나아가 그를 복잡하고 혐오스럽지만 매력적인 인간상으로 구현해낸다. 역사서들을 참고했지만 셰익스피어의 손을 거쳐 새롭게 탄생된 리처드는 더욱 생생하고 복합적인 인물이 되어 역사의 경계에서 뛰어 나온다.

악행을 일삼는 괴물 같은 리처드의 모습은 역사서 이외에 성서에서도 찾아 볼 수 있다. 레위기Leviticus[9]에는 "흠이 있는 자는 누구라도 가까이 못할지니, 눈먼 자나, 절름발이나 . . . 등이 굽었거나 . . . 그는 하나님의 음식을 드리러 나오지 못할지니For whatsoever man he be that hath a blemish, he shall not approach: a blind man, or a lame . . . crookbackt . . . he shall not come nigh to offer the bread of his God"(21:18-21)라는 말이 나온다. 구약 성서의 내용처럼 몸의 결함blemish을 도덕적 결함의 징후로 간주한 것은 16세기 영국에서 일반적으로 통용되던 사실이었다(Besnault and Bitot 108). 따라서

9_ The Holy Bible: King James version. The World Publishing Company, 1976.

셰익스피어가 성서의 내용에서 리처드 3세의 외면의 기형을 참고했을 것이라는 추측도 가능하다.

리처드의 기형은 『리처드 3세』의 구애 장면에서 부각된다. 헨리 6세의 아들 에드워드의 부인 앤Anne은 헨리 6세의 관과 함께 무대에 등장한다. 그녀는 리처드에게 아이가 생긴다면 겉모습은 물론 리처드의 악한 심성까지 닮기를 바란다는 저주를 퍼붓는다. 곧이어 등장한 리처드에게 앤은 세상을 지옥으로 바꾸어 놓은 악마이자 악당이며 "고슴도치hedgehog" (1.2.104), "두꺼비toad"(1.2.151)라 비난한다.

저주를 퍼붓는 앤에게 리처드가 구애를 하는 장면은 리처드의 내면과 외면의 흉악함이 가장 잘 드러나는 장면이다. 리처드는 자신의 잘못된 행동이 모두 앤을 사랑하는데서 비롯된 것으로 위장하며 헨리 6세의 관 앞에서 그녀에게 구애한다. 리처드는 세상이 태양의 빛으로 살아가듯이 자신은 앤의 아름다움으로 살아간다면서 거짓말을 한다. 리처드의 구애를 거절하며 앤이 내뱉는 "얼굴을 붉혀라, 붉혀, 이 흉악한 불구 꼽추 Blush, blush, thou lump of foul deformity"(1.2.57)라는 외침은 매혹적인 모습과 공포감을 절묘하게 섞은 감정을 관객들에게 선사했을 것이다.

결국 아이러니하게도 앤은 리처드의 거짓 구애를 승낙하고 그의 반지를 받는다. 이 장면은 실제 역사가 아니라 셰익스피어의 창작에 의한 것이다. 둘의 결혼이나 이후의 삶은 실제 역사와는 차이를 보인다. 실제로 리처드는 앤에게 2년간 구애를 한 끝에 결혼하게 되고, 10년이 넘는 기간 동안 부부 관계를 유지한다. 또한 그들이 미들햄Middleham에 거주하면서 사람들 사이에 좋은 평판을 유지했다는 기록도 있다(Oestreich-Hart 243). 계략을 숨기고 리처드가 앤에게 구애를 하는 이 장면은 그 어떤 역사서에 도 존재하지 않는 셰익스피어의 상상력이 만들어낸 역사의 장면이다. 극에서 리처드는 조카인 엘리자베스와의 결혼을 위해 앤을 버린다.

당대의 역사서와 성서의 내용에서 참고 한 것으로 보이는 리처드 3세의 흉하고 기형적인 모습은 헨리 6세의 왕비 마가렛이 리처드에게 퍼붓는 저주에서도 유사하게 반복된다. 『리처드 3세』의 1막 3장에서 마가렛은 리처드의 불길하고 기괴한 출생을 언급한다.

너는 마귀의 낙인이 찍힌, 유산된, 흙을 파헤치는 돼지,

너는 출생에서 결정된

자연의 노예이며, 지옥의 아들.

너를 임신한 어머니의 자궁을 훼손하고,

너는 네 아버지의 미움받은 자식,

명예의 누더기, 혐오스러운 것 -

Thou elvish-mark'd, abortive, rooting hog,

Thou that was seal'd in thy nativity

The slave of Nature, and the son of hell;

Thou slander of thy heavy mother's womb,

Thou loathed issue of thy father's loins,

Thou rag of honour, thou detested -

(*King Richard III* 1. 3. 228-233)

남편과 아들을 죽인 원수에게 퍼붓는 마가렛의 독설에서 리처드가 괴물 같은 인간으로 묘사되는 것은 당연하다. 리처드에 대한 마가렛의 묘사는 타락한 인간의 본성을 시각적으로 구현한 것처럼 보인다. 리처드

의 어머니이며 요크의 미망인인 공작부인은 아들의 출생에 대해 마가렛과 유사한 입장을 취한다. 공작부인은 리처드를 괴물 "코카트리스 cockatrice"(*King Richard III* 4.1.54)에 비유한다. 리처드의 적은 물론 그를 낳아준 어머니에게도 리처드는 괴물 같은 외모와 악한 내면을 지닌 인간에 불과하다.

셰익스피어는 『헨리 6세』 시리즈와는 달리 『리처드 3세』에서 리처드가 태생부터 괴물 같은 인물임을 부각시키며 그의 외형을 시종일관 흉측하게 그린다. 리처드에 가해지는 묘사는 이것만이 아니다. 마가렛은 리처드를 어머니의 태내에서 기어 나온 "개*kennel*"(4.4.47), "지옥의 개*a hell-hound*"(48), "눈보다 이가 먼저 생겨난 개*dog, that had his teeth before his eyes*"(49)라고 비난한다. 에드워드 4세의 둘째 아들 어린 요크 공작의 대사에서도 괴물 같은 리처드의 모습이 등장한다.

> 어이쿠, 사람들이 말하길 삼촌이 엄청 빨리 자라서
> 난지 두 시간도 안 돼서 빵 껍질도 씹을 수 있었다죠.

> Marry, they say my uncle grew so fast
> That he could gnaw a crust at two hours old:
> (*King Richard III* 2.4.27-28)

이 대사는 리처드의 기이한 태생과 기형적인 외모를 더욱 부각시켜주는 장치이다. 『리처드 3세』에서 리처드의 기형적인 외형과 괴상한 출생담은 지나치게 강조된다. 악인의 외형적 흉측함은 형제와 가족을 해치고 왕좌를 차지한 인물의 내적 악함을 상징한다. 꼽추와 같이 튀어나온

등에, 절름발이, 균형이 맞지 않는 몸 등 흉측한 외모에 사악한 마음을 지닌 리처드의 모습은 당대 관객들에게 폭군의 전형적인 모습으로 비춰졌을 것이다. 불구를 지닌 악당으로 그려지는 리처드는『리처드 3세』가 공연되기 이전에는 드러나지 않는다. 하지만『헨리 6세 제2부』와『헨리 6세 제3부』의 관객들은 역사서를 통해 리처드의 악한 모습을 이미 인식하고 있었다. 따라서『리처드 3세』가 무대 위에서 시작되자마자 관객들은 쉽사리 리처드 3세의 악한 역할을 인지했을 것이다.

폭군의 전형처럼 제시되는 리처드의 외면과 내면의 모습은 극적 효과를 극대화하기 위한 장치로 볼 수 있다. 그리고 리처드의 도덕적, 정치적 흉포함은 리처드가 행하는 악행을 통해 더욱더 확고하게 각인된다. 마가렛은 리처드를 "눈보다 이가 먼저 나와 어린 양을 할퀴고 죄 없는 피를 빨아 먹는 지옥의 개*A hell-hound that doth hunt us all to death: / That dog, that had his teeth before his eyes, / To worry lambs, and lap their gentle blood*"(*King Richard Ⅲ* 4.4.48-50)라고 비난한다. "지옥*hell*"과 "어린 양*lamb*" 등의 기독교적 함축이 담긴 단어는 육체적인 기형을 영혼의 사악함을 상징하는 것으로 보았던 르네상스 시대의 종교적 관념을 환기시킨다. 르네상스 시대에 인간은 신의 섭리 체계 안의 소우주로 인식되었으며, 사악한 이와 도덕적으로 타락한 이들은 가장 하찮은 동물과 동급으로 취급받았다. 극에서 리처드는 극악무도한 행위로 인해 짐승과도 같은 인물이며 불결한 인물로 묘사된다. 보스워스의 전장에서 리치먼드는 리처드를 "찬탈자 멧돼지*usurping boar*"(*King Richard Ⅲ* 5.2.7)나 "더러운 돼지*foul swine*"(5.2.10)로 규정한다. 리처드는 왕에 적합한 인물이 아님과 동시에 인간에 근접하지 못하는 부정적인 인물로 그려지고 있다.

리처드를 향해 퍼붓는 공작부인의 "이 두꺼비 놈아, 두꺼비 놈*Thou toad,*

thou toad"(*King Richard Ⅲ* 4.4.145)이라는 대사는 1막에서 마가렛의 "이 독을 품은 곱사등이 두꺼비*this poisonous bunch-back'd toad*"(1.3.246)라는 대사의 반향이다. 그리고 엘리자베스의 "저 불룩한 거미, 저 비열한 꼽추 두꺼비 *That bottled spider, that foul bunch-back'd toad*"(4.4.81)에서 나오는 '거미'와 '두꺼비'의 비유는 감옥의 어둡고 습한 공기를 연상시키며 리처드의 악마 같은 행위의 결과를 예고한다. 3막 1장에서 "이른 봄에는 짧은 여름이 따른다*Short summers lightly have a forward spring*"(*King Richard Ⅲ* 3.1.94)는 리처드의 방백은 혈육을 살육하고 획득한 왕권이 지속되지 못할 것을 예고한다. 리처드의 짐승과도 같은 면모를 가장 잘 지적하고 있는 이는 마가렛이다. 그녀는 리처드의 수성bestiality을 요약해서 제시한다.

저기 있는 개를 조심하시오!
꼬리를 치다가도 물어뜯고, 물어뜯으면,
그의 독을 품은 이가 곪게 해 죽게 만들 테니.

take heed of yonder dog!
Look when he fawns, he bites; and when he bites
His venom tooth will rankle to the death.
(*King Richard Ⅲ* 1.3.289-291)

리처드를 짐승에 빗대는 묘사는 르네상스 시대 우주의 계층적 질서를 이야기하는 존재의 대연쇄Great Chain of Being를 암시한다. 베스놀트와 비톳은 리처드의 권력 획득이 신의 창조적 질서의 몰락을 상징적으로 보여주는 장치라고 이야기한다.

짐승과도 같은 사람이 왕이 된 것을 상징하는 타락한 정치적 우화집은 영국을 수성이 통치 한다는 것을 암시한다. 이것은 이 땅이 어둠과 사악한 힘에 굴복했다는 것을 의미한다. . . . 따라서 리처드는 왕에게 반영되어야만 하는 신의 완전함에 위배되는 기형을 지닌 정치적 괴물로 보인다.

The degenerating political bestiary, which symbolises the beast become king, signifies that bestiality rules over England, that the land has surrendered to the forces of darkness and evil. . . . Richard thus appears as a political monster whose deformity, a violation of God's perfection, a perfection that should be mirrored in the king. (111)

여러 인물들을 통해 동물의 모습으로 그려지는 리처드는 결국 신이 정한 창조 질서의 가장 낮은 곳에 위치해야 할 인물에 불과하다. 그러한 인물이 왕위를 차지하고 있다는 것은 당대에 통용되던 신념으로는 있을 수 없는 일이었다. 결국 리처드는 신의 실패한 창조물이며, 왕이 되어서는 안 되는 인물이다. 리처드를 신의 실패한 창조물로 보는 견해는 마가렛이 리처드의 어머니 공작부인에게 퍼붓는 저주에서 더욱 확실해진다.

더할 나위 없는 지상 최대의 폭군,
통곡으로 퉁퉁 부은 눈을 보고 울분을 달래는;
하나님의 창조물을 더럽히는 비열한 훼손자
당신의 자궁이 내어 놓아 우리를 무덤으로 쫓고 있다.

That excellent grand tyrant of the earth,

That reigns in galled eyes of weeping souls;

That foul defacer of God's handiwork

Thy womb let loose to chase us to our graves.

(*King Richard III* 4.4.51-54)

왕은 신이 지상에 만든 가장 완벽한 인물이어야 하며, 이러한 완벽함을
지닌 이가 국가와 국민을 다스리고 영향력을 행사해야 한다는 것이 일반적
인 관념이었다. 리처드는 당대의 관념에 비추어 왕과는 거리가 먼 인물이
다. 따라서 리처드에 대한 묘사는 그가 절대로 왕이 될 수 없음을 보여 준다.
왕권신수설을 믿고 있던 군주들에게 리처드와 같은 인물을 하늘에서 기름
부음 받은 신성한 왕으로 인정하지 않을 빌미를 제공했을 것이다. 리처드가
무대에 등장했을 때 당대의 관객들은 대체적으로 리처드와 같은 악인이 왕
이 되어서는 안된다는 생각을 가졌을 것이라 추측 할 수 있다. 이런 관점에
서 본다면 셰익스피어는 첫 역사극 사부작 특히『리처드 3세』에서 진정한 왕
의 모습과는 반대인 폭군을 제시함으로써 르네상스 영국인들에게 왕과 통
치에 대해 생각해 볼 수 있는 기회를 제공하고 있다.

이 작품은 역사 속의 인물을 관객들 앞에 세워, 인간의 욕망이 어떻게
역사의 사건 속에서 작용하는지를 생생하게 재현해준다. 왕도 한명의
인간에 불과하며, 그가 개인적인 욕망에 사로잡힌다면 사회가 혼란에 빠
지게 된다는 메시지를 전한다. 개인의 도덕적 선택이 사회에 미치는 영
향을 보여주면서 셰익스피어는 역사나 사회가 어리석은 인간들의 선택
으로 혼란에 빠지기도 하지만 다시금 회복 될 수 있을 것이라는 일말의
희망도 버리지 않는다.

『리처드 3세』 5막에서 보스워스 전장의 반대편에서 야영을 하며 전쟁을 준비하는 리처드와 리치먼드에게 각각 리처드가 살해했던 인물들이 유령으로 모습을 드러낸다. 왕자 에드워드, 헨리 6세, 클라렌스, 리처드의 어린 두 조카, 앤 등 11명의 유령이 바로 그들이다. 셰익스피어의 극에서 유령은 『헨리 6세 제2부』에서나 『맥베스Macbeth』, 『햄릿』, 『줄리어스 시저Julius Caesar』에도 등장한다. 이들은 모두 주인공에게 내면적 자각을 일깨우는 역할을 한다는 점에서 공통점을 지닌다. 리처드에게 나타난 유령들은 내면에서 나오는 양심의 소리와도 같다. 최후의 결전이라 할 수 있는 보스워스 전투 전날 리처드는 자신이 죽였던 이들의 유령이 몰려와서 저주를 퍼붓는 꿈을 꾼다. 악몽에 놀라 깨어난 리처드는 자신의 "겁쟁이 양심coward conscience"(5. 3. 180)을 놓고 고뇌한다.

무얼 겁내야 하지? 나 자신을? 아무도 옆에 없는데.
리처드는 리처드를 사랑해. 그래, 나는 나지.
여기 살인자가 있나? 아니. 그래, 내가 살인자!
그럼 도망쳐. 뭐라, 내게서 도망친다고? 무슨 대단한 이유라도,
내가 복수하지 않도록? 뭐, 내가 나에게 복수를?
가엾어라, 내 자신을 사랑해. 무엇 때문에? 뭐라도
내 자신에게 해준 것이라도 있어서?
오 아니, 이런, 나는 오히려 나를 미워해
증오스런 행동을 내가 저질렀으니.
난 악당이야 - 거짓말이야, 난 아니야!
바보, 자신을 칭찬하라! 바보. 아첨하지 마라.
내 양심이란 게 천 가지 혀를 갖고 있어,

혓바닥 하나하나가 제각기 멋대로 이야기를 지어서,

모든 말이 나를 악당이라고 단정짓지.

위증, 위증, 아주 심한 정도로.

살인자, 가혹한 살인자, 가장 극악무도한.

지은 모든 죄가 각기 정도에 따라,

밀어닥쳐, '유죄, 유죄!'하고 모두 소리치는구나.

절망할 수밖에. 아무도 나를 사랑하지 않는다,

내가 죽는다 해도, 아무도 나를 동정하지 않지 -

그들이 왜 그러겠나, 나 자신도

나 자신을 동정하지 않는데 말이지?

What do I fear? Myself? There's none else by;

Richard loves Richard, that is, I and I.

Is there a murderer here? No. Yes, I am!

Then fly. What, from myself? Great reason why,

Lest I revenge? What, myself upon myself?

Alack, love myself. Wherefore? For any good

That I myself have done unto myself?

O no, alas, I rather hate myself

For hateful deeds committed by myself.

I am a villain - yet I lie, I am not!

Fool, of thyself speak well! Fool, do not flatter.

My conscience hath a thousand several tongues,

And every tongue brings in a several tale,

And every tale condemns me for a villain:

Perjury, perjury, in the highest degree;

Murder, stern murder, in the direst degree;

All several sins, all us'd in each degree,

Throng to the bar, crying all, 'Guilty, guilty!'

I shall despair. There is no creature loves me,

And if I die, no soul will pity me -

And wherefore should they, since that I myself

Find in myself no pity to myself?

(*King Richard Ⅲ* 5.3.183-204)

데이빗 개릭(David Garrick)이 연기한 리처드 3세 (1745년)
보스워스 전투 전날 유령들에 시달리며 괴로워하는 모습
윌리엄 호가스(William Hogarth) 그림

자신에게 복수해야 한다고 말하다가 자신을 사랑한다고 말을 번복하는 리처드의 독백은 그의 혼란스러운 정신 상태를 대변한다. 맥베스의 불면 중처럼 리처드가 잠을 이루지 못하는 것은 그에게 남은 일말의 양심 때문이다. 즉 이것은 "내면적 죄악의 외면적 증후the outward sign of an inward sin" (Garber 9)이다. 리처드의 악몽 속에 등장하는 유령들은 리처드는 물론 관객들에게 리처드의 악행을 상기시켜주기 위한 것이다. 이는 초자연적인 요소라기보다는 죄를 행한 이가 양심에 가책을 느끼도록 하는 연극적 장치였다. 또한 여러 유령이 등장하는 장면은 7대 죄악Deadly Sins과 하늘의 선Heavenly Virtues을 주제로 하는 야외극과 유사하다. 이는 악행을 경고하기 위해 유령을 등장시켰던 튜더 시대 드라마의 일반적인 관행을 보여 준다(Garber 10).

숨겨져 있던 양심과 권력에 대한 미련이 교차하며 스스로에게 복수할 수도 없어 고민하는 리처드는 비운의 주인공으로 묘사된다. 셰익스피어의 묘사는 리처드를 단순한 악인으로 바라 볼 수 없게 만든다. 리처드의 감정적 혼란과 양심의 가책은 1막 3장에서 마가렛이 리처드에게 퍼부었던 저주가 그대로 실현되는 것으로 볼 수 있다.

지독한 너의 눈은 잠을 이루지 못할 것이니,
눈을 감으면, 끔찍한 꿈을 꾸는 동안
지옥의 흉측한 마귀들이 너를 공포에 떨게 할 테니.

No sleep close up that deadly eye of thine,
Unless it be while some tormenting dream
Affrights thee with a hell of ugly devils.
(*King Richard III* 1.3.225-227)

마가렛의 저주는 보스워스의 전장에서 그대로 실현되고 리처드의 파국은 이미 예정된 것이다. 새로운 왕조가 건설되고 국가가 안정을 되찾기 위해서 리처드는 희생되어야만 한다. 폭군이며 악인으로 묘사되는 리처드는 비극의 주인공이며, "운명의 수레바퀴*Wheel of fortune*"(Frye 207)의 정점에서 몰락하는 인물이다. 리처드는 프라이Northrop Frye가 이야기하는 사악하고 압제적인 인간이며 죽을 운명으로 결정된 희생물인 "파르마코스*pharmakos*"(41)가 된다. 비극적 주인공은 아리스토텔레스의 "하마르티아*hamartia*"(Frye 38) 즉, 과오로 인해 고립되어 있고, 자신이 만든 부조리 속에서 비극적 파국으로 치닫는다. 이러한 "하마르티아"는 『위정자의 거울』과 같은 작품 속의 위정자들에게 공통적으로 찾아 볼 수 있다. 이들의 파국은 결국 자연의 균형 회복을 위한 것이다.

> 비극의 주인공은 자연의 균형을 혼란시키는 자라고 여겨진다. 자연은 가시적인 세계와 불가시적인 세계 두 영역으로 뻗어 있는 질서이며, 균형은 조만간 본래대로 회복되어야만 한다. 균형의 회복을 그리스인들은 인과응보라고 일컬었다.

> We see the tragic hero as disturbing a balance in nature, nature being conceived as an order stretching over the two kingdoms of the visible and the invisible, a balance which sooner or later must right itself. The righting of the balance is what the Greeks called nemesis. (Frye 209)

비극의 주인공 리처드는 왕위를 차지하려는 과정에서 끊임없이 과오를 범하게 되고, 결국은 스스로가 자초한 상황 속에서 자연의 질서 복구를 위해 파국을 맞이한다. 그는 비극의 전형적인 희생물인 "파르마코스"가 되며, 사회의 안정과 정화를 위한 희생양이 된다. 역사 속에서 이러한 과정은 사회 질서가 재생되기 위해서 반드시 필요하다. 사회의 최상층에서 벌어지는 왕좌를 둘러 싼 투쟁과 재생 작용은 마키아벨리가 주장했듯 역사 속에서 부단히 반복된다.

『리처드 3세』는 복수비극의 특징을 지닌다. 많은 비평가들이 『리처드 3세』를 『스페인의 비극A Spanish Tragedy』이나 『햄릿』과 연관시켜 복수비극적인 측면에서 해석한다(Neill, "Mirrors" 15-16). 역사극의 복수비극적 특징은 비극적인 시대에 대한 지적과 현실적인 통찰을 위한 일종의 방편이었고, 당대의 권력에 비추어 다분히 정치적인 해석을 가능하게 하는 요소였다. 역사 속에서 반복되는 비극의 패턴을 읽어 현실 정치에 활용하고자 했던 르네상스 시대의 사상이 가장 잘 드러나는 부분이 리처드의 비극적 파국이다. 리처드라는 인물의 악하고 비극적인 면모는 그릇된 욕망을 지닌 높은 지위의 인물이 국가와 개인에게 미치는 영향을 잘 보여 준다. "명예로운 이의 욕망은 몹시도 불행하지. 비천한 이들이라도 정직한 소망을 이루면 위로에 맛을 더하니most miserable / Is the desire that's glorious. Bless'd be those, / How mean soe'er, that have their honest wills, / Which seasons comfort"(Cymbeline 1.7.6-9)라는 이모젠Imogen의 대사에서 높은 자리에 위치한 사람이 가지는 욕망의 허망함에 대한 셰익스피어의 생각을 엿볼 수 있다.

셰익스피어는 욕망을 성취하려고 안간힘을 쓰기 보다는 비록 낮은 지위일지라도 "정직한 소망"을 이루는 것이 인간적인 행복임을 피력한다. 그런 의미에서 보스워스의 전장에서 "말을 다오! 말을! 말을 주면 왕국을 주겠다A horse! A horse! My kingdom for a horse"(King Richard Ⅲ 5.4.13)는 리처드의 마지막 대사는 시사하는 바가 크다. 자의에 의해서든 타의에 의해서든 리처드는 권력에 대한 야망을 어깨 위에서 모두 내려놓고 역사의 뒤안길로 퇴장한다. 리처드 3세는 초반과는 달리 점점 더 타인의 사랑을 갈구하는 한편 내적, 외적 열등감에 시달리면서 세상과 다른 이들에 대한 복수심을 키운다. 그는 왕위와 권력을 추구하는 과정에서 부모와 형제를 모두 배신하고 도덕적으로 타락한다. 리처드의 도덕적 타락과 폭정도 문제지만 리처드를 파국으로 치닫게 한 튜더 왕조의 창시자 역시 역사의 비극에서 자유롭지 못하다는 사실이 리처드의 몰락과 함께 암시된다. 셰익스피어는 그들 또한 언젠가는 역사 속에서 중심에서 변방으로 주변화 될 것임을 역사적 사건을 통해 분명히 보여주고 있다.

셰익스피어는 유약하고 무능한 헨리 6세와 극악무도한 폭군 리처드 3세를 통해 진정한 왕의 모습이 아닌 왕과는 거리가 먼 인물들을 재현한다. 그는 역사의 비뚤어진 거울을 제시하면서 관객들에게 역사의 진정한 거울을 성찰하도록 유도한다. 이는 셰익스피어의 역사극에서 역사의 무질서 이면에는 질서가 내재되어 있다는 틸야드의 언급과도 일맥상통한다(*History* 31). 셰익스피어의 첫 역사극 사부작은 역사의 생생한 현장을 그려 보여주는 과정에서 내분으로 야기된 극심한 혼란과 불안을 극복하고 국가적 통합으로 나아가는 역사의 새로운 거울을 모색하고 있다.

3막
셰익스피어의
여성
만들기

르네상스 영국의 다른 역사극들과는 달리
셰익스피어의 첫 역사극 사부작에는
남성과도 같은 강인한 여성들이 등장해
극의 중추적인 역할을 맡는다.

하지만 남성들에 대적할 만한
힘을 지닌 여성들이라고 해서
역사의 희생자가 되지 않는 것은 아니다.

강한 여성 인물들은
남성들의 세계를 위협하는 존재이기에
남성들은 그들을 혐오한다.

3막
셰익스피어의 여성 만들기

1장　역사극의 여성 재현

　역사극의 여성 인물들이 관심의 대상으로 부각된 것은 최근의 현상이다. 페미니스트 비평가들조차 셰익스피어의 희극과 비극의 여성 인물들에게만 관심을 국한해 왔던 것이 사실이다. 홀더니스Graham Holderness는 셰익스피어의 역사극을 페미니스트적 시각으로 접근하는 사례가 적다는 사실을 언급한 바 있다. 그는 이러한 현상의 원인으로 르네상스 시대의 역사극이 페미니스트들의 관심사에 부합되지 않는다는 사실을 든다(Recycled 41). 일반적으로 역사극의 여성들은 부수적인 인물로 취급받아 남성들의 세계 주변에 자리할 수밖에 없었다. 이 같은 사실은 역사극의 여성 캐릭터들이 이전에는 "평면적인 캐릭터들flat characters"(Miner 45)로 취급받았다는 언급에서 알 수 있다.

　르네상스 영국의 다른 역사극들과는 달리 셰익스피어의 첫 역사극 사부작에는 남성과도 같은 강인한 여성들이 등장해 극의 중추적인 역할을 맡는다. 주요 여성 인물은 조운, 오베르뉴Auvergne 백작부인, 마가렛, 엘리노어Eleanor 공작부인, 요크 공작부인, 엘리자베스Elizabeth, 앤 등이다. 이들 중 남성들의 세계에서 주도권을 잡는 조운과 마가렛은 여성화된 국왕의 모습과 병치되며 극세계의 여성화를 주도한다. 오베르뉴 백작부인과 엘리노어는 남성들의 세계를 전복시키려고 하지만 실패한 채 극에서 배제된다. 무력한 여성 인물 엘리자베스와 앤은 리처드가 왕이 되기 위한 수단으로 이용당하며 남성들의 지배를 받게 된다. 라킨Phyllis Rackin은 셰익스피어 역사극에 등장하는 여성들을 강한 여성상과 전통적인 여성상으로 분류한다.

> . . . 여성들은 언제나 이중으로 구속되어 있다. 조운과 마가렛과 같은 강한 여성들은 부정하고 여성답지 못하다. 『리처드 2세』에 나오는 슬픔에 잠긴 여왕과 『리처드 3세』의 비탄하는 미망인과 같은 절개 있는 여성들은 역사의 과정에 영향을 미칠 수 없는 무력한 희생자의 역할에 국한된다.

> . . . women are always caught in a double bind: Strong women like Joan and Margaret are unchaste and unwomanly; virtuous women, like the weeping queen in Richard II and the lamenting widows in Richard III are confined to the roles of helpless victims powerless to affect the course of history. ("Women's Roles" 79)

전통적 여성들은 역사의 희생자 역할로 전락하고 강한 여성들은 부정적인 굴레에 갇힐 수밖에 없다. 남성들의 세계에서 여성들은 역설적인 존재가 된다. 즉, 남성 가부장제하에서 유약하고 힘이 없는 존재인 여성들은 남성의 지배를 받아야 하며, 강한 여성들은 주도권을 잡는 듯 보이지만, 결국 남성들의 경멸과 함께 극세계에서 배제된다. 첫 역사극 사부작에 등장하는 여성 인물들도 이러한 역설에 갇힌다. 라킨이 언급하는 여성 중 부정하고 여성답지 못한 여성의 범주에 들어가는 이들은 조운이나 마가렛, 오베르뉴 백작부인, 엘리노어이다. 엘리자베스나 앤, 요크 공작의 부인은 절개는 있지만 무력한 인물들이다. 물리적, 언어적 힘을 지닌『헨리 6세』삼부작의 여성들은 남성들의 세계를 주도하는 경향을 보이고, 물리적 힘이 제거되고 언어적 힘만이 남은『리처드 3세』의 여성들은 수동적 입장에 놓인다.

하지만 남성들에 대적할 만한 힘을 지닌 여성들이라고 해서 역사의 희생자가 되지 않는 것은 아니다. 결국 여성들이 어떠한 성향을 지니든 극에서 주변화되는 것은 동일하다. 강한 여성 인물들은 남성들의 세계를 위협하는 존재이기에 남성들은 그들을 혐오한다. 특히『헨리 6세』시리즈의 조운과 마가렛은 남성들의 세계를 해체하며 극세계의 여성화를 주도하는 인물들이다. 조운은 탤봇과 대적하며 남성 영웅주의를 지배하고, 마가렛은 여성화된 헨리 6세와 대조되는 남성적인 인물이다. 이 장에서는『헨리 6세』의 여성 인물들 중 남성들의 세계에 위협이 되는 요소를 지니고 있는 조운과 마가렛, 오베르뉴 백작부인과 엘리노어 공작부인을 중심으로 역사극의 여성들이 어떤 모습으로 재현되고 있는지를 살펴본다.

여성 인물들 중 가장 먼저 등장하는 조운은『헨리 6세 제1부』에서 상당히 중요한 인물이다. 그녀는 영국과 프랑스의 전쟁에서 남성보다 뛰어난 역할을 하며 프랑스에 승리를 안겨준다. 몰튼Ian Frederick Moulton 은『헨리 6세 제1부』를 스페인과 전쟁을 치르며 군대를 통솔했던 엘리자

H. C. 셀루스(H. C. Selous)가 묘사한 조운
1830년 작품

베스 1세와 시대에 대한 불안감이 반영된 극으로 분석한다(255). 마커스도 조운과 엘리자베스 1세 사이의 관련성에 초점을 맞추며 조운을 엘리자베스의 이미지를 왜곡시켜 구현한 인물로 해석한다(149)[10]. 조운과 함께 등장한 오를레앙의 서자Bastard of Orleans는 프랑스의 황태자 샤를Charles에게 그녀를 "성처녀holy maid"(1.2.51)로 소개한다. 첫 등장이 서자와 함께 라는 사실은 조운이 서자와 유사한 전복적 성향을 지닌 존재라는 사실을 암시한다. 서자는 조운이 하늘의 계시에 의해 영국군을 프랑스 경계 밖으로 내몰라는 명을 받았다며 조운의 뛰어난 능력을 부각시킨다.

> 그녀는 심원한 예언의 능력을 지녀,
> 옛 로마의 아홉 무녀를 능가하니.
> 과거와 미래를 볼 수 있지요.

10_ 엘리자베스 1세는 글로리아나, 요정 여왕 등 신비로운 성처녀와도 같은 이미지를 지녔던 동시에 국군을 통솔하며 전쟁을 지휘하는 남성적인 모습을 보이기도 했다. 이 같은 이미지는 극 속의 조운의 이미지와 동일하다. 극 속에서 밝혀지는 조운의 실체는 결국 엘리자베스 여왕의 이미지를 왜곡시킨 것으로 볼 수 있다.

The spirit of deep prophecy she hath,

Exceeding the nine sibyls of old Rome:

What's past and what's to come she can descry.

(*King Henry VI, Part 1* 1.2.55-57)

　서자는 조운이 미래를 보는 능력을 가졌으며 그 능력에 있어 고대의 "무녀*sibyls*"(56)를 능가하는 것으로 소개한다. 프랑스에서 조운은 성경의 여성 예언자 드보라Deborah로 칭송받지만, 영국에서는 요부의 대명사인 키르케Circe로 선고된다(Bloom 45). 영국 남성들에게 조운은 외부에서 침입한 여성이며, 기존 질서를 무너뜨리는 이다.

　"성처녀"나 "아마존*Amazon*"(1.2.104) 등에 비유되는 조운은 프랑스 편에서 중요한 역할을 한다. 프랑스의 황태자 샤를은 조운의 능력에 탄복해 자신을 종으로 삼아달라고 부탁하며 그녀에 대한 믿음을 표출한다. 이 장면은 조운이 남성의 세계를 통제하는 능력을 가지게 되었음을 시사한다. 샤를은 독수리에게서 영감을 받은 조운이 콘스탄틴Constantine 대제의 어머니 헬렌Helen이나 성 필립St. Philip의 딸들보다 우월하다는 사실을 강조한다. 그는 조운을 "지상에 떨어진 비너스의 밝은 별*Bright star of Venus, fall'n down on the earth*"(*King Henry VI, Part 1* 1.2.144)에 비유하며 존경과 숭배를 표한다. 샤를은 조운의 능력에 굴복하고 조운은 남성들의 세계에서 힘을 얻는다. 조운은 전쟁터에 뛰어들어 영국의 용맹한 장군 탤봇과 대적한다. 조운이 이끄는 군대에 대패한 탤봇은 이 모든 것이 "갑옷 입은 한 여인*A woman clad in armour*"(*King Henry VI, Part 1* 1.5.3) 때문이라고 한탄한다.

여기, 그녀가 온다. 어디 한판 붙어보자.

악마든, 악마의 어미든, 그대를 불러내 볼 테니.

너를 피투성이가 되게 만들어서, 이 마녀야,

당장 네 영혼을 네가 섬기는 이에게 보내줄 테다.

Here, here she comes. I'll have a bout with thee;

Devil or devil's dam, I'll conjure thee:

Blood will I draw on thee, thou art a witch,

And straightway give thy soul to him thou serv'st.

(*King Henry VI, Part 1* 1.5.4-7)

탤봇은 극에서 남성다움과 용맹함의 표상이지만 자신의 실패를 여성에게 돌리며 비굴한 모습을 보인다. 그는 여성인 조운의 능력을 단순한 마녀의 행위로 치부하며 자신의 나약함을 감추려한다. "저 마녀, 저 가증스런 요술쟁이*that witch, that damned sorceress*"(*King Henry VI, Part 1* 3.2.38)라는 탤봇의 대사는 조운을 마녀로 규정하고 있다. 여기에는 남성의 세계를 위협하는 여성들에게 마녀라는 굴레를 씌워 억압하려는 의도가 내재한다. 윌리스Deborah Willis는 셰익스피어의 첫 역사극 사부작의 여인들이 마녀와 유사하게 재현된다고 지적한다.

마녀들, 아내들 그리고 어머니들은 유사한 무서운 힘을 부여 받는다. 마법과 비마법적인 방식 둘 다에 의해서 그들은 남성들을 조종하고 그들이 의존적인 아이들로 되돌아간 듯한 느낌을 받도록 만든다.

witches, wives, and mothers are endowed with similar nightmare
powers; by both magical and nonmagical means they manipulate
males and make them feel as if they have been turned back into
dependent children. (100)

마녀이든 그렇지 않든 여성들은 고유한 힘을 지니며 남성들을 의존
적으로 만들 수 있는 존재가 된다. 어머니와 여성들을 마녀와 동일시하
는 것에서 여성의 전복성이 암시된다. 첫 역사극 사부작에 등장하는 조
운과 같은 여성은 남성들을 통제하며 그들의 힘을 제거하는 역할을 하
기에 마녀로 묘사된다. 탤봇의 대사에서 "욕을 퍼붓는 마녀*railing Hecate*"
(3.2.64)에 비유되는 조운은 르네상스 시대의 과격한 성격을 지닌 여성과
남편에게 순종하지 않는 아내 등 기존 전통을 거부하는 여성들의 이미지
와 중첩된다. 르네상스 시대에는 특별한 언어적 능력을 지니고 성차별
적 질서를 거부했던 여성들을 마녀로 규정했다(Larner 36). 조운 또한 언
어적 능력을 지니고 있기에 마녀의 범주에 들어가는 여성이다.

전통적인 여성의 역할을 거부하는 이러한 여성들은 가부장적 질서를
위협하는 위험 요소로 간주되었다(Underdown 116). 남성 가부장에 대한
위협을 방지하기 위해 남성들은 여성을 통제하며 억압한다. 특별한 능력
을 지닌 조운은 남성들에게 마녀라는 부정적 이미지로 낙인찍히게 된다.
조운에 대한 비난은 남성의 세계를 침범하는 여성에 대해 남성들이 내리
는 징벌이며, 남성 세계를 위협하는 여성은 남성에게 순종하거나 혹은 추
방될 수밖에 없다. 따라서 1부에서 사악한 마녀로 묘사되는 조운이 언젠
가는 남성들에 의해 억압될 것이라는 사실이 암시된다. 조운은 프랑스 측
에서도 실용성이 다하면 배반당할 것이 분명하며, 그녀가 남성의 세계에

서 얻게 되는 신뢰나 군대 통솔권 등은 일시적이며 불안정한 것이다.

조운의 승전보는 그녀의 입지를 강화시키기 보다는 오히려 프랑스 황태자 샤를과의 부적절한 관계를 부각시킨다. 조운과 같은 여성이 언어적 힘을 이용해 남자의 마음을 홀린다는 알랑송Alencon의 대사는 조운에게 성처녀라는 이미지와 상반되는 매춘부의 이미지를 부여한다. 조운의 승리 후 샤를은 승리의 영광을 조운에게 돌리며 자신의 왕관을 조운과 나눠 쓰겠다고 선포한다. 하지만 탤봇 군대의 급습을 받은 후 조운은 단한 번의 실수로 바로 거짓말쟁이라 비난받는다. 버건디Burgundy 백작은 조운을 "파렴치한 매춘부shameless courtezan"(King Henry VI, Part 1 3.2.45)라 비방하며 그녀와 프랑스 황태자의 내연 관계를 의심한다. 탤봇은 프랑스의 악마가 "음탕한 정부들lustful paramours"(King Henry VI, Part 1 3.2.53)에 둘러싸여 있다고 조롱한다. 그는 남성의 세계를 위협하던 조운에게 마녀에 이어 창녀의 이미지를 부여한다.

『헨리 6세 제1부』 5막에서 패하고 도망가는 조운의 주변에 그녀를 따르는 지하의 정령이 등장한다. 이 장면은 조운의 능력이 악마에 의한 것이라는 사실을 암시한다. 조운을 생포한 요크 공작은 그녀를 그리스의 마녀 키르케라 칭한다. 이제 조운은 "욕쟁이 마녀, 마법사banning hag, enchantress"(5.3.42)일 뿐이다. 화형 기둥에 묶인 조운은 마지막으로 탄원한다.

나는 아이를 가졌다, 그대 잔인한 살인자들.
내 뱃속의 결실을 죽일 수는 없을 테니,
그대들이 나를 폭력적인 죽음으로 몰아넣을지라도.

I am with child, ye bloody homicides;

Murder not then the fruit within my womb,

Although ye hale me to a violent death.

(*King Henry VI, Part 1* 5.4.62-64)

"성처녀가 아이를 가졌다*The holy maid with child*"(5.4.65)는 요크의 비웃음과 "네가 만들어낸 최고의 기적이구나*The greatest miracle that e'er ye wrought*"(5.4.66)라는 워릭의 경멸을 통해 조운은 창녀로 규정된다. 이는 창녀나 매춘부를 사생아의 어머니이며, 서자와 마찬가지로 사회적으로 추방되고 제거되어야 할 불온한 세력으로 보는 남성적인 시선이다. 셰익스피어의 작품에 등장하는 창녀whore의 이미지는 여성을 비하하기 위해 사용된다. 하지만 창녀라는 단어는 셰익스피어의 시대에는 물론 현대에도 상당히 모호한 의미를 지닌다. 스탠턴Kay Stanton은 창녀를 다음과 같이 정의한다.

직업적인 매춘부. 문란한 여자. 한 명 이상의 남자와 성적인 관계를 가지는 여성. 자신에 대한 소유권을 지닌 남성 이외의 남성과 성적인 관계를 가졌거나 원하는 듯 보이는 여성. 미혼 상태로 남성들, 혹은 한 명의 남성일지라도 성적인 관계가 있었으며 있었다고 여겨지는 여성. 의식적으로든 무의식적으로든 남성의 성적 욕구를 불러일으키는 여성. 자신의 섹슈얼리티와 고결함, 혹은 삶을 통제하고 유지하거나 그렇게 시도하는 여성. 오로지 남성들을 위한 것이라 여겨지는 지리적이거나 전문적인 영역으로 들어갔거나 들어가고자 하는 욕구를 드러내는 여성.

professional prostitute; promiscuous woman; woman who
has had sexual relations with more than one man; woman who
has had or seems to want sexual relations with a man other than
the one laying claim to her; woman who has had, or is believed
to have had, sexual relations with men, or even only one man,
without marriage; woman who, consciously or unconsciously
provokes sexual desire in men; woman who has, or attempts to
take or maintain, control over her own sexuality, integrity, or life;
and woman who has gone, or has expressed a desire to go, into
territories, geographical and/or professional, claimed exclusively
for men. (81)

스탠턴의 정의는 전적으로 남성의 시각에 입각한 창녀의 이미지를 제
시한다. 창녀의 확장된 의미 속에 남성의 세계를 침범하는 여성들이 포
함되는 것에서 남성들의 적개심이 감지된다. 셰익스피어의 작품에서
창녀라는 단어는 첫 역사극 사부작에 나오는 "*courtezan*"과 "*trull*" 외에도
"*strumpet*", "*harlot*", "*callet*", "*drab*", "*stale*" 등으로 다양하게 변형되어 여성을
비하한다. 창녀라는 호칭은 여성의 도덕적 품행을 비방하고, 사회에서
여성의 지위를 제거해 버리는 결과를 도출한다(Dusinberre 52).

결국 창녀라는 단어는 여성들의 능력을 사회적으로 제거하려는 남성
들의 불안한 시선과 위기감이 담겨 있는 말이 된다. 조운을 창녀로 규정
하는 것도 남성들을 제압하던 그녀의 사회적인 힘을 억압하려는 의도이
다. 조운은 남성들에 의해 죽음을 맞이하며 사회에서 완전히 제거된다.
조운의 죽음은 영국적 가치가 프랑스적 가치에 승리를 거둔 것으로도 해

석할 수 있다(Chernaik 30). 이 같은 대비는 영국적 가치를 남성적인 것으로 프랑스적 가치를 여성적인 것으로 규정하면서 영국적 가치가 프랑스에 우선한다는 것을 암시한다. 남성들의 세계에서 권력을 잡으며 그들을 지배하던 조운은 남성들에 의해 죽음이라는 방식으로 극에서 배제된다. 『헨리 6세 제1부』는 조운의 죽음과 마가렛이 영국의 왕비가 될 것이라는 예고로 끝나고 있다. 조운에게 부과되었던 마녀나 창녀의 이미지는 2부에 본격적으로 등장하는 마가렛에게 그대로 전이된다[11].

조운의 죽음에 이어 등장하는 마가렛은 헨리 6세의 불안한 왕권을 더욱 약화시키고 예상치 못한 갈등을 야기하기도 한다. 서포크의 정치적 야욕과 성적 욕망으로 인해 영국에 오게 되는 마가렛은 영국의 왕조와 남성성에 위협을 가하는 여성의 힘을 상징한다(Chernaik 34). 서포크는 헨리 6세와 마가렛의 결혼을 정치적으로 이용하고자 한다.

> 그녀를 찬미해서 헨리의 마음을 움직여야지.
> 그대에게 새겨두라 그녀의 탁월한 미덕과,
> 예술을 무색케 하는 자연스런 아름다움을.
> 선상에서 자주 그 외관을 되풀이해,
> 헨리의 발 앞에 나아가 무릎을 꿇었을 때,
> 그가 놀라서 정신을 잃도록 해야지.

11_ 조운과 마가렛은 전복적인 힘을 지닌 여성이며, 두 여성 모두 남성들에 의해 창녀 혹은 마녀의 이미지를 부여 받는다. 1부의 마지막에 둘은 마치 역할 넘기기를 하는 것처럼 퇴장하고 등장한다. 1부의 사건을 주도했던 조운이 죽음으로 퇴장하고, 2부에서는 조운과 유사한 이미지를 지닌 마가렛이 극의 사건을 주도하게 된다.

Solicit Henry with her wondrous praise.

Bethink thee on her virtues that surmount,

And natural graces that extinguish art;

Repeat their semblance often on the seas,

That, when thou com'st to kneel at Henry's feet,

Thou may'st bereave him of his wits with wonder.

(*King Henry VI, Part 1* 5.3.190-195)

    서포크는 마가렛의 아름다움으로 헨리 6세를 현혹시키고 헨리 6세는 글로스터가 추천한 여인을 거부하고 마가렛을 왕비로 맞이한다. 헨리 6세와 마가렛의 결혼은 일종의 거래이며, 이는 르네상스 시대 여성의 지위와 관련이 있다. 르네상스 시대의 영국은 철저한 남성 가부장제 사회였다. 사회, 문화적 담론의 대부분은 교육 받은 중산층 남성에 의해 형성되었으며, 여성들은 남성들을 위해, 남성들에 의해 기록으로 남겨지는 것이 대부분이었다(Ferguson 15). 남성 중심 사회에서 여성들은 남성에게 귀속되어 경제적 이유나 가문의 이익을 위해 결혼을 해야 했다. 종교에 귀의한 수녀를 제외하고 여성은 처녀, 결혼한 여성, 과부 등으로 구분된다. 결혼과 배우자의 유무로 여성을 분류하던 관행은 결혼 제도 이외에 여성의 영역이 존재하지 않았음을 시사한다. 여성들은 결혼 전에는 아버지의 소유물이었고, 결혼 이후에는 남편의 소유물로 여겨졌다. 이는 여성의 경험과 의견을 무시하는 경향을 낳게 되고, 여성들은 교육과 경제, 사회적 권리를 제한 당하며 독립적인 존재로 인식되지 못한다.

    여성을 독립적인 존재로 인정하지 않던 관행은 르네상스 시대 유럽에서 성행했던 히포크라테스 학파Hippocratic school와 갈레노스Claudius

Galen(130-200)의 의학 지식의 영향이 크게 작용한다. 특히 갈레노스는 열기heat를 중요한 요소로 보고, 이것이 존재의 대연쇄라는 위계질서에서 개인의 위치를 결정한다고 보았다. 자연의 위계질서 속에서 인간은 가장 완벽한 동물이며, 열기의 차이에 의해 남성은 여성보다 더 완벽하다는 것이다(Laqueur 4). 남녀의 성차를 강조하며 여성이 남성에 비해 열등한 성이라는 개념은 여성을 남성에게 귀속시키면서 가부장 중심의 사회체제를 강화하게 된다. 이러한 관념 속에서 남성들은 여성을 교환함으로써 그 부산물의 수혜자가 된다(Rubin 174). 루빈Gayle Rubin은 여성의 교환에 대해 다음과 같이 이야기한다.

> "여성"의 교환은 매력적이고 강력한 개념이다. 나아가, 이것은 우리가 상품의 거래보다 여성의 거래 내에서 여성 압제의 본원적 장소를 찾는다는 것을 시사한다. . . . 여성은 결혼으로 제공되고, 전쟁에서 취해지고, 호의의 대가로 교환되고, 조공으로 보내지며, 교환되고, 매매되며, 판매된다.
>
> The exchange of "women" is a seductive and powerful concept. Moreover, it suggests that we look for the ultimate locus of women's oppression within the traffic in women, rather than in traffic in merchandise. . . . Women are given in marriage, taken in battle, exchanged for favors, sent as tribute, traded, bought, and sold. (175)

이처럼 여성은 가부장제 사회에서 상품처럼 거래되고, 그에 대한 이득은 남성이 취득하게 된다.

하지만 헨리 6세와 마가렛의 결혼에서 이득을 취하는 쪽은 여성인 마가렛이다. 결혼 비용을 헨리 6세가 모두 부담한다는 평화조약은 프랑스에 이득이 되는 조건이다. 이 결혼으로 헨리 6세는 앙주Anjou의 공작령 및 메인의 백작령을 마가렛의 아버지에게 양도하며, 실질적으로 영국의 영토를 축소시키는 결과를 낳는다. 마가렛을 왕비로 맞이하기 위해 헨리 5세가 획득한 영토를 버려야 하는 상황은 "이 결혼은 파멸Fatal this marriage"(King Henry VI, Part 2 1.1.98)이라는 글로스터의 비통한 외침에서 드러난다. 셰익스피어는 홀과 홀린셰드의 역사서에서 영국이 처한 상황을 참고한 것으로 보인다(Williamson 48). 남성이 아니라 여성에게 이익이 되는 헨리 6세의 결혼을 통해 남성에 대한 여성의 지배가 암시된다. 헨리 6세를 처음 마주하는 장면에서 마가렛은 아내나 왕비로서 순응하는 모습을 보인다. 헨리 6세는 "그녀의 모습이 황홀하게 만드나, 우아한 말투, 그녀의 지혜로운 위엄을 갖춘 말이 나를 경탄하게 하여 눈물겹도록 기쁘게 만드니Her sight did ravish, but her grace in speech, / Her words y-clad with wisdom's majesty, / Makes me from wond'ring fall to weeping joys"(King Henry VI, Part 2 1.1.32-34)라며 첫눈에 마가렛에게 반한다. 여성에 대한 욕망을 드러내는 것은 바로 여성에 대한 굴복을 의미하며(Bach 221), 헨리 6세가 마가렛에게 욕망을 품는 것은 그녀에 대한 굴복을 의미한다. 마가렛은 여성으로서 자신의 매력을 이용해 남성의 세계에서 힘을 획득하는 것이다. 이는 일반적으로 역사극에서 성과 정치가 결부된다는 사실과 연관된다(Bach 224).

요크는 헨리 6세와 마가렛의 결혼으로 인해 영국의 땅을 양도해야 하는 현실을 안타까워하며 이 모든 것이 자신의 것이 될 수 있었다며 분개한다. 그는 헨리 6세의 "성직자 같은 기질이 왕관에 적합하지 않다church-like humour fits nor for a crown"(King Henry VI, Part 2 1.1.248)고 단정짓는다. 또한 헨리 6세가 종교에만 몰두하고 통치에는 관심을 보이지 않기 때문에 영국이 쇠퇴한다고 언급하며 왕의 소극적이고 무능한 성향을 비난한다. 곧이어 요크는 헨리 6세가 비싸게 얻은 왕비와의 사랑 놀음에 식상해 할 때 왕위를 찬탈하려고 결심한다. 헨리 6세의 무능력함과 유약함을 가장 잘 묘사하는 이는 마가렛이다. 왕권이 제대로 발휘되지 않는 현실에 마가렛은 자신이 칭호만 왕비이지 글로스터의 신하와 마찬가지라고 불평한다. 그녀는 서포크에게 "난 헨리 왕이 용기나, 행동, 모습도 당신을 닮은 줄 알았어요I thought King Henry had resembled thee / In courage, courtship, and proportion"(King Henry VI, Part 2 1.3.53-54)라며 자신의 남편이 남성적인 면이 부족하다는 사실을 토로한다. 마가렛은 헨리 6세가 남성다움이 전혀 없고 왕에 어울리지 않는다며 한탄한다. 마가렛은 헨리 6세를 처음 대면하는 장면과는 상반되는 모습을 보이며 권력을 향한 욕망을 숨기지 않는다. 정치적인 일에 여성이 참견할 필요가 없다며 마가렛을 못마땅해 하는 글로스터에게 그녀는 오히려 헨리 6세가 성년이 된 후에도 섭정을 맡고 있는 글로스터를 비난한다. 극에서 여전사와 같은 모습으로 제시되는 마가렛은 남성성에 위협을 가하는 존재가 된다(Schwarz 352). 또한 프랑스 여인이라는 마가렛의 위치는 영국의 남성성을 약화시키며 영국의 질서를 해체하는데 일조한다.

글로스터는 아내 엘리노어의 주술사건에 연루되어 섭정의 자리를 빼앗긴다. 마가렛은 글로스터의 직장과 영토 반납을 요구하며 "이제야 헨리가 국왕이 되고 마가렛이 왕비가 되었다now is Henry King, and Margaret Queen"(King Henry VI, Part 2 2.3.39)고 기뻐한다. 헨리는 삼촌 글로스터에게 연민을 느끼며 안타까워한다. "내 마음은 슬픔에 차서 눈에서 홍수가 쏟아져 나올 것만 같아요my heart is drown'd with grief, / Whose flood begins to *flow within mine eyes*"(*King Henry VI, Part 2* 3.1.198-199)라는 헨리 6세의 대사는 정치적 힘을 잃고 여성화된 왕의 모습을 제시해 준다. 마가렛은 "헨리는 큰일에 냉담하고, 어리석은 연민에 잠겨있다*Henry my lord is cold in great affairs, / Too full of foolish pity*"(*King Henry VI, Part 2* 3.1.224-225)며 그의 무능력하고 유약한 성향을 지적한다. 이제 마가렛은 헨리 6세를 압도하며 지배하는 모습을 보인다.

헨리가 글로스터의 죽음을 전하러 온 서포크를 비난하자 마가렛은 서포크를 두둔하는 발언을 한다. 서포크가 글로스터의 살해를 사주했다는 워릭의 말에 마가렛은 강하게 서포크를 옹호한다. "그를 옹호하는 모든 말이 왕비의 위엄을 손상시킵니다*every word you speak in his behalf / Is slander to your royal dignity*"(*King Henry VI, Part 2* 3.2.207-208)라며 마가렛을 만류하는 워릭의 대사는 마가렛과 서포크의 은밀한 관계를 부각시킨다. 헨리는 서포크를 추방시키지만 마가렛은 이에 굴하지 않고 서포크를 변호하겠다고 거듭 주장한다.

셰익스피어는 마가렛을 억제할 수 없는 성적 욕망을 가진 사악한 여성으로 묘사한다(Howard and Rackin 74). 마가렛에 대한 부정적 묘사는 아버지나 남편의 통제로부터 벗어난 여성에 대한 남성들의 불안감을 담고 있다. 르네상스 시대에 여성의 정조는 남성의 명예와 직결되는 사안이었고, 여성의 순결에 대한 강요만이 가부장제를 제대로 유지할 수 있는 방편이었다. 따라서 종교와 정치는 남성 가부장의 힘을 강하게 만들었고, 이는 가부장의 권력을 국왕에 대한 충성심으로 확대하려는 목적이었다(Stone 254).

이 극은 왕비를 다른 남성과 내연 관계로 설정하며 영국 왕실의 질서를 붕괴시킨다. 왕비가 부정하다면 그 아들은 사생아이지 적법한 왕의 후계자는 되지 못하기 때문이다. 왕가에 대한 이런 식의 은밀한 비난은 마가렛이 서포크를 "내 마음의 보배my soul's treasure"(*King Henry VI, Part 2* 3.2.381), "소중한 서포크sweet suffolk"(404)로 칭하며 "내 마음을 그대가 가지고 가세요take my heart with thee"(407)라며 포옹과 입맞춤을 하는 장면에서 극대화된다. 이 장면은 연인들의 이별장면을 방불케 한다. 셰익스피어는 이 장면을 통해 왕비와 신하를 연인으로 묘사하며 왕을 오쟁이진 남편cuckold으로 만든다. 이후에 휘트머Whitmore가 서포크를 죽이고 나서 정부인 왕비가 와서 묻어줄 때까지 그의 시체를 그대로 두자는 대목에서 서포크는 완전히 왕비의 정부로 묘사된다. 마가렛과 서포크의 내연 관계는 원전의 내용을 확장시킨 셰익스피어의 순수 창작이다.

이후 요크 공작이 헨리 6세의 왕위를 요구하자, 마가렛은 헨리에게 신변의 안전을 도모한 후에 방어할 것을 재촉한다. 하지만 헨리 6세는 요크와 그의 추종자들이 종용하는 대로 자신의 사후 왕위를 이양할 것을 약속한다. 마가렛은 나약한 남편으로 인해 아들의 왕위가 찬탈당한 분노를 표출한다.

이런 비참한 일을 당하고 누가 참을 수 있나요?
아! 가엾은 분, 차라리 처녀로 죽었다면,
당신을 만나지 않고, 아들도 낳지 않았더라면,
당신이 아버지답지 않게 행동하는 것을 보니.
아들이 타고난 권리를 그렇게 잃어야 하는지요?

Who can be patient in such extremes?
Ah! wretched man, would I had died a maid,
And never seen thee, never borne thee son,

Seeing thou hast prov'd so unnatural a father.

Hath he deserv'd to lose his birthright thus?

(*King Henry VI, Part 3* 1.1.222-226)

서포크와 내연 관계에 있는 마가렛이 아들의 승계 권리를 주장하는 장면은 모순적으로 다가온다. 그녀의 아들은 헨리의 아들이 아닐 수도 있으며, 그렇다면 왕위를 물려받을 권리도 없다. 하지만 마가렛은 아들의 왕위를 당당하게 주장하며 요크에 맞서 싸워 승리를 거둔다. 마가렛은 요크의 아들 럿랜드Rutland를 죽이고 그 피를 닦은 수건을 보여주며 "그의 죽음에 슬퍼 눈물 흘린다면, 이 수건을 줄 테니 볼을 닦아라*if thine eyes can water for his death, / I give thee this to dry thy cheeks withal*"(*King Henry VI, Part 3* 1.4.82-83)며 수건을 던진다. 그리고 마가렛은 "요크는 왕관을 쓰지 않으면 말을 할 수 없나보다*York cannot speak unless he wear a crown*"(*King Henry VI, Part 3* 1.4.93)라고 조롱하며 요크에게 종이 왕관을 씌운다. 이 장면에서 마가렛의 남성에 대한 지배는 최고조에 달한다.

요크 공작의 죽음
헨리 코트니 셀루스(Henry Courtney Selous)
의 1830년 작품

요크는 마가렛을 "프랑스의 암늑대 *She-wolf of France*"(*King Henry VI, Part 3* 1.4.111), "살무사의 이빨보다도 독한 혀 *Whose tongue more poisons than the adder's tooth*"(112)를 지닌 여인이라 비방한다.

"여인의 탈을 쓴 호랑이의 심장!*tiger's heart wrapp'd in a woman's hide!*"(*King Henry VI, Part 3* 1.4.137)을 지닌 마가렛은 남성보다 더 남성적인 여성으로 각인된다. 그녀는 권력을 휘두르며 남성들을 지배하는 모습을 보이지만 이러한 지배는 지속되지 않는다. "이 왕관을 가져가라. 왕관에 나의 저주도 함께. 네가 어려울 때 찾아올 위안은 지금 내가 너무도 잔인한 네 손에서 거둬들이는 것과 같다*take the crown, and with the crown my curse; / And in thy need such comfort come to thee / As now I reap at thy too cruel hand*"(*King Henry VI, Part 3* 1.4.164-166)는 요크의 대사는 마가렛의 불길한 미래를 예고한다.

조운의 경우와 마찬가지로 마가렛 또한 남성들에 의해 창녀나 매춘부로 취급받으며 위태로운 위치에 처한다. 요크의 장남 에드워드는 비극의 원인을 헨리 6세와 마가렛의 결혼으로 보며 남성들이 야기한 무질서와 내란을 여성의 탓으로 돌린다. 이제 마가렛은 비극적 상황의 원인 제공자로 간주된다. 또한 "시끄러운 여자*wrangling woman*"(*King Henry VI, Part 3* 2.2.176) 때문에 많은 이들이 해를 입는다는 에드워드의 대사는 마가렛을 언어적 힘을 지닌 마녀로 만든다. 앞에서 살펴본 조운의 경우와 마찬가지로 마가렛은 남성 가부장제에 위협을 가하는 존재인 마녀가 된다.

가부장제와 왕권이 상징하는 남성 중심 세계의 몰락은 『헨리 6세 제3부』 2막 5장의 전장에서 한 남성이 자신이 죽인 사람이 아들이라는 것을 깨닫는 장면에서 드러난다. 아버지가 자신도 모르게 아들을 죽인 상황은 남성들의 세계가 몰락했음을 암시한다. 헨리 6세는 이 장면에서 "비애 이상의 비애! 흔한 비탄보다 더 큰 비탄*Woe above woe! grief more than common grief!*"(*King Henry VI, Part 3* 2.5.94)이라고 말하며 가족 간의 비극을 슬퍼한다. 일반적인 역사극에서 남성들이 전장으로 간 후 전쟁의 불행을 한탄하는 것은 여성들의 몫이다. 그러나 셰익스피어는 헨리 6세에게 여성의 역할을 부여한다. "슬퍼하는 사람들, 근심으로 가득 차, 여기 너희들보다 더 슬퍼하는 왕이 있다*Sad-hearted men, much overgone with care, / Here sits a king more woeful than you are*"(*King Henry VI, Part 3* 2.5.123-124)는 헨리 6세의 대사는 그의 여성적인 면을 더욱 부각시킨다.

마가렛은 남편 헨리 6세를 구하고 아들 에드워드의 왕위를 되찾기 위해 워릭 백작의 딸과 에드워드의 결혼을 추진하고, 워릭도 복수를 위해 마가렛과 합세한다. 마가렛은 자신의 정치적 야욕을 남편과 정의를 위해서라고 교묘하게 위장한다. 그녀는 왕위가 찬탈당한 상황을 신하들에게 토로하며 자신들이 정의와 신의 이름으로 싸우고 있음을 표방한다. 마가렛의 행위는 그녀의 지위가 남편이나 아들이 왕이 되지 않고서는 확고해질 수 없는 여성이라는 사실에서 기인한다. 헨리 6세가 왕의 지위에 있어야만 그녀는 왕비라는 위치를 차지할 수 있고, 아들 에드워드가 왕위에 올라야 왕의 어머니로서의 지위가 확보된다. 마가렛이 헨리 6세를 앞서는 능력과 야망을 지닌 인물이지만, 가부장제 하에서는 그 한계가 드러날 수밖에 없는 것이다. 이는 아들의 죽음 이후 프랑스로 추방되는 마가렛의 모습에서 더욱 부각된다.

아들의 죽음을 목도한 마가렛은 아들을 죽인 이들에게 저주를 퍼부으며 슬퍼한다.

> 그러나 너희들이 앞으로 자식을 갖게 된다면,
> 그 아이가 어려서 잘려나가는 것을 보게 될 테니
> 살인자 너희가 이 귀여운 어린 왕자의 목숨을 앗은 것처럼!

But if you ever chance to have a child,

Look in his youth to have him so cut off

As, deathsmen, you have rid this sweet young prince!

(*King Henry VI, Part 3* 5.5.63-65)

　아들을 잃고 절규하는 마가렛의 모습은 요크의 아들을 죽였을 때와 상반된다. 이후 마가렛은 조운이 죽음과 함께 무대에서 사라졌던 것과 유사하게 프랑스로 추방되며 무대에서 퇴장한다.

　『헨리 6세 제3부』는 고난이 지나고 영원한 기쁨이 시작될 것이라는 에드워드 4세의 말과 함께 마감된다. 셰익스피어는『헨리 6세』시리즈의 1부와 3부의 결말을 각각 주요 여성 인물의 등장과 퇴장으로 마무리한다. 마가렛의 추방은 조운의 경우와 마찬가지로 남성의 세계를 전복시키려 했던 여성에 대한 징벌로 볼 수 있다. 삼부작을 통해 점차적으로 영역을 확고히 하던 마가렛의 쓸쓸한 퇴장은 극을 주도하던 여성의 역할이 축소되면서 남성적인 영역이 되돌아 올 것이라는 예고이다.

　이외에도『헨리 6세』시리즈에서 여성들은 남성들의 세계를 불안에 빠트리고 기존 사회 질서를 뒤흔드는 역할을 한다.『헨리 6세 제1부』에는 탤봇을 유혹해서 영국군을 함락시키려는 오베르뉴 백작부인이 등장한다. 오베르뉴 백작부인이 등장하는 장면은 극의 구조에 부합되지 않는 단편적인

에드워드 왕자의 죽음
토마스 스토타드(Thomas Stothard)의 작품

에피소드처럼 보인다. 이러한 장면은 역사에 여성의 서사를 개입시킴으로써 여성들을 반 역사주의적 인물로 만드는 역할을 한다(Walsh 130). 오베르뉴 백작부인은 탤봇의 명성을 흠모하는 척 꾸며 그를 자신의 집에 초대한다. 그녀는 영국군이 프랑스 국민들에게 행했던 잔행을 탤봇에게 그대로 돌려줄 것이라고 단언한다. 오베르뉴 백작부인의 초청에 탤봇은 세상 남자들을 지휘하는 위치지만 여인에게는 쉽게 넘어갈 수 있는 사람이라 말하며 초청을 흔쾌히 수락한다. 이 장면에서 용맹한 장군 탤봇은 여성의 전복성을 인식하지 못하는 모습을 보인다. 하지만 오베르뉴 백작부인의 초청을 수락할 때 탤봇은 "혼자서 가야지. 그 부인의 환대를 시험할 다른 방법이 없으니*alone, since there's no remedy, / I mean to prove this lady's courtesy*"(2.2.57-58)라고 말한다. 대장을 불러 "속삭인다*Whispers*"는 지문도 탤봇이 그녀의 의도를 잘 파악하고 있다는 사실을 보여 준다.

탤봇과 오베르뉴 백작부인의 대면 장면에서 오베르뉴 백작부인은 용맹한 장군 탤봇을 "어린애*child*"(*King Henry VI, Part 1* 2.3.21)와 "난쟁이*dwarf*"(21)로 치부한다. 오베르뉴 백작부인은 헤르쿨레스*Hercules*와 헥토르*Hector*에 비유되며 우는 아이들도 울음을 그친다는 그의 명성이 터무니없는 거짓말이라고 조롱한다. 그녀는 "이 약하고 쭈그러든 새우가 적들을 끔찍한 공포에 떨게 했을 리가 없지*It cannot be this weak and writhled shrimp / Should strike such terror to his enemies*"(2.3.22-23)라며 탤봇을 멸시한다. 탤봇은 오베르뉴 백작부인의 당당함에 조소를 보낸다. 둘은 무엇이 실체이고 그림자인지에 대해 애매한 대화를 주고받는다.

탤봇: 그대가 그렇게 좋아하는 것을 보니 웃음이 납니다

　　　나를 잡았다고 생각하니 단지 탤봇의 그림자에 불과한데

　　　당신이 혼내려고 하는 자는.

백작부인: 아니, 당신은 그가 아니라고?

탤봇: 　　　　　　　　　　　　　물론 내가 탤봇이지.

백작부인: 그럼 내가 실체를 잡은 거지.

탤봇: 아니, 아니, 나는 나의 그림자에 불과하지.

　　　당신은 속고 있지, 내 실체는 여기 있지 않아.

　　　당신이 보고 있는 건 아주 작은 면이며

　　　인간의 최소 부분에 불과하지.

　　　아시겠소, 부인, 전체가 여기에 있다면,

　　　찌를 듯 엄청나게 치솟아서

　　　당신 집의 지붕으로는 다 덮을 수가 없지.

Talbot: I laugh to see your ladyship so fond

　　　　To think that you have aught but Talbot's shadow

　　　　Whereon to practise your severity.

Countess: Why, are not thou the man?

Talbot: 　　　　　　　　　　　　I am indeed.

Countess: Then have I substance too.

Talbot: No, no, I am but shadow of myself:

　　　　You are deceiv'd, my substance is not here;

　　　　For what you see is but the smallest part

　　　　And least proportion of humanity:

I tell you, madam, were the whole frame here,

It is of such a spacious lofty pitch

Your roof were not sufficient to contain't.

(*King Henry VI, Part 1* 2.3.44-55)

　이 장면에 나오는 "그림자"라는 단어는 "플롯*plot*"(2.3.4)이나 "행동들*acts*"(2.2.35)과 마찬가지로 연극에 사용되는 용어들이다. 르네상스 시대에 "그림자"라는 단어는 배우와 동의어였다. 이 장면은 관객들의 마음속에 역사의 인물로 존재하는 탤봇과 배우에 의해 재현되는 탤봇의 차이를 제시해 주며(Walsh 131), 역사를 무대에서 재현하고 있다는 사실을 의도적으로 보여 준다. 또한 실체는 이곳에 있지 않고 자신은 그림자에 불과하다는 탤봇의 말은 여성의 전복적 시도가 남자의 실체가 아니라 그림자라는 허상을 잡을 뿐이라는 사실을 시사한다. 탤봇의 말을 이해하지 못하는 오베르뉴 백작부인은 북소리와 함께 등장하는 탤봇의 병사들에게 포획된다. 탤봇은 영국의 군사력이 바로 자신의 "근육, 팔, 힘*sinews, arms, and strength*"(*King Henry VI, Part 1* 2.3.62)이며, 이것이 프랑스에 대적해 싸우는 탤봇의 진정한 모습이라고 언급한다. 탤봇의 실체를 남성의 상징적인 힘으로 상정하고 있는 이 장면은 여성의 전복적인 힘은 사회를 지배하는 남성의 실체에 미치지 못한다는 것을 암시한다. 결국 오베르뉴 백작부인의 시도는 실패로 끝난다.

　한편 『헨리 6세 제2부』에 등장하는 엘리노어는 남편 글로스터를 왕좌에 앉히려는 야망을 지닌 여성이다. 그녀는 "손을 뻗어 그 찬란한 황금의 관을 잡으세요*Put forth thy hand, reach at the glorious gold*"(1.2.11)라며 남편을 선동한다. 이어서 그녀는 자신이 꾼 꿈을 설명한다.

장엄한 옥좌에 앉은 듯 했는데

웨스트민스터의 대성당에 있는,

역대 왕과 왕비가 대관식을 갖는 옥좌이죠.

그곳에 헨리 왕과 마가렛 왕비가 와서 무릎을 꿇고,

내 머리 위에 왕관을 씌워 주더군요.

Me thought I sat in seat of majesty

In the cathedral church of Westminster,

And in that chair where kings and queens are crown'd;

Where Henry and Dame Margaret kneel'd to me,

And on my head did set the diadem.

(*King Henry VI, Part 2* 1. 2. 36-40)

엘리노어의 꿈은 대관식 장면을 묘사하고 있다. 남편 글로스터는 엘리노어를 호되게 질책하며 역모로 인해 자신까지 욕되게 하지 말라고 경고한다. 글로스터의 역정에도 불구하고 엘리노어는 자신이 만약 남자로 태어났다면 방해꾼들을 모두 제거하고 남편을 왕으로 만들어 줄 수 있었을 것이라 한탄한다. 그녀는 여기에서 단념하지 않고 주술의 힘을 빌려 왕위를 모색한다. 이러한 엘리노어와 글로스터의 관계는 마가렛과 헨리 6세의 관계를 반향한다. 유약하고 무능한 헨리 6세의 곁에서 아들의 왕위를 지키기 위해 군사력의 동원도 마다하지 않는 마가렛은 남편에게 최고의 자리를 찾아 주려는 엘리노어와 유사하다. 두 인물은 언어적 측면에서도 유사성을 지닌다. 『리처드 3세』에는 모든 권력을 상실한 마가렛이 등장해 악담을 퍼부으며 극중 인물들의 불길한 미래를 예언한다. 마가렛의 예언자적 면모는 엘리노어에게도 찾아 볼 수 있다. 엘리노어는 헨리 6세에게 "저 여인은 폐하를 요람에 넣어 갓난아기 취급할 겁니다 *She'll hamper thee and dandle thee like a baby*"(*King Henry VI, Part 2* 1.3.146)라며 마가렛에 대해 경고한다. 엘리노어의 이 대사는 마가렛과 헨리 6세의 미래를 예고한다. 마가렛과 엘리노어는 다른 인물임에도 한명이 다른 한명에게서 반향된다. 극 전체의 흐름에서 중요한 인물인 마가렛으로 인해 유사한 인물인 엘리노어가 큰 비중을 차지하지 못하는 것은 당연하다. 엘리노어는 2부의 몇 장면에만 등장해 주술행위로 인해 투옥되는 것을 마지막으로 더 이상 등장하지 않는다. 이 사건으로 인해 글로스터는 역모의 누명을 쓰고 죽음을 맞는다. 극에서 글로스터는 시종일관 헨리 6세를 배반할 마음이 조금도 없는 충신으로 묘사된다. 그가 죽음을 맞이하는 원인은 모두 주술 행위로 미래를 읽으려고 했던 엘리노어의 탓으로 돌려진다. 엘리노어가 주술 행위를 하면서 역모를 꾀한다는 설정은 앞서 언급했던 당시의 마녀에 대한 부정적 시각과 유사하다. 이는 남성을 능가하는 정신적 능력을 지녔던 여성들에게 마녀라는 굴레를 씌워서 억누르려는 당대 남성들의 불안한 시선이다.

셰익스피어의 첫 역사극에 등장하는 강인한 여성들은 남성들의 세계를 약화시키며 남성들을 조종하고 그들의 우위에 있는 듯 보인다. 이들은 여성화된 위정자와 대비되어 극세계를 여성화한다. 하지만 남성의 세계를 장악하려던 여성들의 시도는 실패로 끝나고 이들은 남성들의 세계를 재구축하기 위한 희생양이 된다. 셰익스피어의 역사극에 등장하는 강한 여성들은 무능한 여성들과 마찬가지로 종국에는 역사와 남성들의 희생양으로 전락하며 무력화된다. 여성들의 부정적 재현과 그들의 파국으로 인해 셰익스피어는 여성에게 부정적 굴레를 씌웠다는 비난을 받을 수 있다. 하지만 역사극이 상연되던 당시의 여성의 지위를 감안한다면 셰익스피어가 창조한 역동적인 여성들은 긍정적인 측면에서 조명될 수 있을 것이다.

2장   역사극의 여성 역할

셰익스피어가 역사극을 발표했던 1590년대의 영국은 엘리자베스 1세의 통치기였기에 일반적으로 여성화된 사회로 평가되었다. 40년이 넘는 기간 동안 최고 권력자였던 엘리자베스 여왕의 이미지는 숭배의 대상으로 이상화된다. 엘리자베스 1세의 뛰어난 정치적 수완으로 인해 이 시기의 영국은 전반적으로 평화를 누리는 듯 보였다. 상대적으로 군사적 힘은 약화되고 국가 발전은 외교술에 더욱 의존하게 된다. 따라서 이 시기는 전장의 용감함보다 학문과 무역이 중시되었다. 당대의 지식인들은 이 시기를 "퇴보하는 여성화된 시기degenerate effeminate dayes"(Banks 171)로 평가한다. 당시에 전통 남성 영웅주의에 대한 향수를 지니고 있던 남성 지식인들은 엘리자베스의 궁정을 요정 세계와 같은 몽환적인 이미지로 그리거나, 관능적인 측면을 부각시킨다. 특히 극작가 내쉬Thomas Nashe는 엘리자베스 1세 주변의 궁정인들을 허세에 가득찬 외모 지향적 인물들로 규정하며, 그들을 여왕의 총애를 얻고자 하는 단순한 추종자로 단언한다(Banks 171). 내쉬와 같은 지식인들에게 여왕은 통치자가 아니라 성적 대상인 여성으로 인식되었던 것으로 보인다.

가부장제 사회에서 여성 국왕을 모시면서 남성들은 모순적인 감정에 사로잡혔다. 엘리자베스 1세 시대의 포먼Simon Forman이라는 인물이 여왕에 대해서 꾼 꿈의 기록을 살펴보면 남성들의 모순적인 감정을 감지할 수 있다. 포먼은 여왕으로 추정되는 나이가 어느 정도 든 여인과 함께 길을 걷는다. 그는 꿈에서 벌어지는 여러 상황에서 그녀를 시중들며 보호한다. 그는 더 나아가 여왕이 자신을 사랑하는 듯 느끼며 그녀가 자신에게 키스했다고 생각한다(Montrose 110). 이 꿈을 통해 최고 권력자로서 여왕을 경외하면서도 일반적인 남성으로서 여성을 지배하고자 하는 감정을 지녔던 남성들의 심리를 엿볼 수 있다.

엘리자베스 1세에 대한 남성들의 모순적인 감정은 당대 연극에 충실히 반영된다. 바버C. L. Barber는 엘리자베스 1세의 이상화가 당시 신교도protestantism의 성모 마리아 숭배 금지와 관련이 있다고 본다(Montrose 110 재인용). 이러한 관행으로 인해 인류의 보편적 어머니상을 상실한 영국은 그 대안으로 엘리자베스 여왕의 이미지를 빌려올 수밖에 없었을 수도 있다. 그러나 몬트로즈Louis Montrose는 포먼의 꿈을 토대로 당시의 시대상과 연극의 여성 문제를 설명하며, 단순히 성모 마리아 숭배 금지가 엘리자베스 여왕 숭배를 촉진했다는 바버의 견해는 르네상스 시대 여성들의 중요한 역할을 제대로 파악하지 못한 것이라 이의를 제기한다.

> 바버는 엘리자베스조 국가에서 여성들이 '아주 중심적이고 문제시되는 역할'을 지니고 있었다는 것과 엘리자베스에 대한 숭배를 조장하기 위해 억압된 마리아 숭배의 상징주의와 감정적인 힘을 도용하려는 노력이 행해졌다는 것을 인식하지 못하고 있다. 정신적 잔류 감정과 종교적 제의가 엘리자베스 정부의 정치적인 문제들을 다룰 때 가능성 있는 수단이었다. 아마도 이와 동시에, 여왕 숭배는 포먼과 다른 엘리자베스 시대인들에게 유년기 최초 어머니의 모습과 자신들의 관계에 대한 정신적 잔류 감정을 다루는 수단을 제공했을 수도 있다.

> What Barber fails to note is that a woman also had 'a very central and problematical role' in Elizabethan state and that a concerted

effort was made to appropriate the symbolism and affective power of the suppressed Marian cult in order to foster an Elizabethan cult. Both the internal residues and the religious rituals were potential resources for dealing with the political problems of the Elizabethan regime. Perhaps, at the same time, the royal cult may also have provided Forman and other Elizabethans with a resource for dealing with the internal residues of their relationships to the primary maternal figures of infancy. (110-111)

이는 여왕의 존재가 유아기 시절 어머니의 영향력을 상기시키며 남성들을 아이처럼 무력하게 만드는 역할을 했음을 암시한다. 여성의 존재와 역할이 가정 내에 한정되어 있었던 르네상스 시대에 엘리자베스 여왕은 남녀 양성의 혼합적인 성격을 지니고 영국을 통치하고 있었다. 당대 남성들은 엘리자베스 여왕에게 권력자의 모습과 여성 혹은 어머니의 모습을 동시에 보았을 것이다. 따라서 남성들은 최고 권력자인 여왕에게 복종하려는 심리와 여성인 엘리자베스에게 군림하려는 모순적인 감정을 지니게 된다. 여성들을 남성에 귀속된 존재로 인식했던 사회 관념 속에서 여성의 통치에 대해 남성들이 느꼈을 모순된 감정은 엘리자베스 1세 시대의 문학 작품에 고스란히 담긴다. 셰익스피어의 첫 역사극 사부작에도 이러한 시대적 분위기가 반영되어 있다.

『리처드 3세』에서 리처드는 여성의 통치를 경멸한다. 리처드는 자신의 계략으로 형 클라렌스가 체포될 때, 이것이 "남성이 여성에게 지배받을 때when men are rul'd by women"(1.1.62) 발생하는 일이라며 오히려 여성의 통치를 비난한다. 극에서 리처드가 비방하는 여성은 에드워드 4세의 왕비인 엘리자베스Elizabeth이다. 독자와 관객들은 리처드가 계략을 숨기며 근거 없이 엘리자베스 왕비를 비방한다는 사실을 알고 있다. 당대의 관객들은 이 대사에서 엘리자베스 1세를 떠올렸을 것이 분명하다. 리처드의 대사는 내쉬의 남성 영웅주의에 대한 향수처럼 리처드에게도 남성의 통치로 복귀하고자 하는 향수가 있다는 사실을 암시한다(Banks 172).

리처드는 『리처드 3세』를 여는 독백에서 자신의 가문으로 인해 불평의 겨울이 가고 화려한 여름이 왔다며 태평성대를 묘사한다. 그는 평화보다 전쟁을 선호하는 악인이기에 평화로운 시기는 리처드의 폭력적이고 공격적인 성향을 촉진시킨다.

머리 위엔 승리의 화환이 찬란하다,

우리의 상처 입은 갑옷은 기념비로 걸려 있고,

우리의 근엄한 호출은 흥겨운 모임으로 바뀌었고,

우리의 끔찍했던 행군은 가벼운 곡조로.

험상궂은 전쟁은 이제 그 찌푸린 얼굴을 폈지.

이제, 무장한 군마에 올라타는 것 대신

겁에 질린 적들을 놀래키려고,

이제는 여인의 방에서 뛰어노는구나,

음탕한 류우트 가락에 맞추어서.

Now are our brows bound with victorious wreaths,

Our bruised arms hung up for monuments,

Our stern alarums chang'd to merry meetings,

Our dreadful marches to delightful measures.

Grim-visag'd War hath smooth'd his wrinkled front:

And now, instead of mounting barbed steeds

To fright the souls of fearful adversaries,

He capers nimbly in lady's chamber,

To the lascivious pleasing of a lute.

(*King Richard III* 1.1.5-13)

이 대사에서 묘사되는 시대 상황은 엘리자베스 1세 치하의 여성화된 시기와 유사하다. 음탕한 류우트 가락에 맞추어 여인의 방에서 뛰어논 다는 대사는 내쉬가 언급했던 엘리자베스 1세의 궁정을 암시하며 남성들이 최고 권력자인 여성에게 아첨하며 호의를 얻으려고 하는 세태를 풍자한 것으로 보인다.

스위스의 여행객이었던 플래터Thomas Platter는 1590년대의 영국의 사회상을 다음과 같이 기록한다.

영국의 평민 여성들은 . . . 다른 어떤 나라에서보다 훨씬 더 많은 자유를 누리고 있으며, 그것을 제대로 사용하는 법을 알고 있다. 그들은 호화로운 옷을 입고 종종 산책을 하거나 마차로 드라이브를 가기도 한다. 남성들은 그런 방식을 참아야만 한다. . . . 게다가 주부들은 종종 자신들의 남편들을 때리기도 한다. . . . 그리고 영국은 여성의 낙원이 라는 속담이 알려져 있다.

the women-folk of England . . . have far more liberty than in other lands, and know just how to make good use of it, for they

often stroll out or drive by coach in very gorgeous clothes, and the
men must put up with such ways. . . . indeed the good wives often
beat their men. . . . And there is a proverb about England, which
runs, England is a woman's paradise. (Banks 173 재인용)

당대의 여성과 남성의 삶에 대한 이러한 기록은 엘리자베스 1세 치세
하의 영국이 상당히 여성 중심적인 사회였다는 사실을 시사한다. 그의
견해를 단순하게 수용해서는 안되겠지만 시대적 상황으로 인해 여성들
의 삶이 점차적으로 변화를 맞이하고 있었음을 유추할 수 있다.

엘리자베스 1세 시대의 역동적인 여성상은 고대 여성들의 삶에서 찾
아볼 수 있다. 고대의 여인들은 활쏘기, 창던지기, 달리기, 레슬링 등 아
마존과도 같이 남성적인 활동을 즐겨했다. 셰익스피어의 역사극에도 고
대 여성들과 유사한 활동적인 여성들이 등장한다. 그 대표적인 예가『존
왕King John』의 미망인 엘리노어Eleanor,『헨리 6세 제1부』의 조운, 첫 역
사극 사부작 전체에 등장하는 마가렛이다. 특히 첫 역사극 사부작에 재
현되는 조운과 마가렛의 모습은 르네상스 문학의
여성담 전통과 관련이 있다.

당시 여성 묘사에 가장 큰 영향력을 미쳤
던 것은 보카치오의『명망 높은 여인들De Claris
Mulieribus』(1361)로 보카치오는 이 책에서 아마존
은 물론 역사와 신화 속 유명한 여왕과 왕비를 다
수 포함시킨다. 남성의 공적인 영역에 참여했던
이러한 여성들은 행실에 있어 부정한 경우가 많았
다고 묘사된다. 이들은 언술의 과감성과 남성적

양주의 마가렛.
메달에 새겨진 초상화
피에로 다 밀라노(Piero da
Milano)의 작품(1463년)

기백을 지닌 여성들로 고된 임무를 맡아 완수한다(Williamson 43).

헤이우드는 보카치오의 여성 묘사에 착안해 여성 역사서『세상에서 가장 훌륭한 아홉 여성들의 모범적 삶과 주요 행적The Exemplary Lives and Memorable Acts of Nine of the Most Worthy Women of the World』(1640)을 저작한다. 이 책에서 헤이우드는 9명의 여성에 엘리자베스 여왕과 함께 앙주의 마가렛을 포함시킨다. 마가렛에 대한 이야기는 헤이우드의 다른 책『기나이케이온[12], 혹은 아홉 가지 다양한 역사서. 여성에 대해Gynaikeion, or Nine Books of Various History. Concerning women』(1624)의 3권에도 등장한다. 헤이우드는 이 책에서 혈통이나 결혼을 통해 정치권력을 획득한 여성들을 제시한다. 그는 마가렛의 용기와 결단력을 칭송하며, 조운의 생애를 마가렛과 비교한다. 8권은 마녀들에게 초점이 맞춰지고, 결론에서 여성의 다변loquacity은 징벌의 대상으로 규정된다. 이는 언어적 힘을 지닌 여성에 대해 르네상스 시대 남성들이 지녔던 불안감과 일맥상통한다.

헤이우드는 이 책에 등장하는 여성들이 특별한 언어 능력과 마녀의 힘을 지녔으며, 정치와 전쟁 영역에서 탁월한 능력을 행사한다고 분석한다(Williamson 44). 헤이우드에게 있어 호전적이고, 야심과 주술적 능력이 있는 여인들의 성sex은 정치적 야망을 달성하기 위한 수단이 된다. 헤이우드의 책은 정숙한 여인과 부정한 여성이 뒤섞여 모호한 관점을 취하고 있다.

여성의 언어적 능력을 마녀의 것으로 치부하고, 여성의 성을 정치와 연관짓는 당대의 시각은 셰익스피어의 첫 역사극 사부작에서 반향된다. 마녀 혹은 창녀로 규정되는 조운과 마가렛은 헤이우드가 제시한 여성 모

12_ 비잔틴(Byzantine) 제국의 황후들을 위한 방. 여성들만의 공간.

델과 유사하다. 조운과 마가렛은 남성의 영역으로 간주되는 전장에서 군대를 통솔한다. 엘리자베스 1세도 무적함대에 대적하는 군대의 전투 의식을 고취시키기 위해 틸버리Tilbury에서 군사 행동을 취한 바 있다. 르네상스 시대 영국은 여성의 정치와 군사적 역량의 시험기였다. 이 시기의 영국은 프로테스탄트들을 탄압했던 메리 여왕Bloody Mary Tudor과 제임스 1세의 어머니 스코틀랜드의 메리 1세Mary I 등 악명 높은 여성 통치자를 배출하기도 했으며, 이들은 엘리자베스 1세와 더불어 남성적인 영역으로 여겨지는 전쟁과 정치에 참여했던 여성들이었다. 이 중에서도 엘리자베스의 성공적 치세는 공적 영역에서 여성의 역량을 재고하는 기회를 주었을 것이다.

시대적 상황을 고려해 보았을 때 셰익스피어의 역사극은 여성의 권력에 완강하게 반대하지는 않는 듯 보인다. 오히려 남성과 여성에 대한 태도가 변하고 있는 사회에서 구시대의 군사 영웅주의를 재검토하려는 시도가 더 우세하다(Banks 173). 그렇지만 남성 영웅은 물론 호전적인 여성 주인공의 재현에 있어 여성화된 엘리자베스 1세 통치기에 대한 비난이 감지된다는 사실을 부인할 수는 없다. 그러나 이는 단순한 여성 혐오라기보다 옛 시절에 대한 향수와 새로운 시대에 대한 기대감이 혼합된 것이다.

역사극은 기본적으로 과거를 기념하며 선조들이 만든 이상화된 세계를 향수 어린 눈길로 재구성하려는 의도를 지닌다. 역사극이 남성들의 세계를 재현하기 때문에 여성들은 대체로 조연이나 부수적인 역할에 그친다. 하지만 셰익스피어의 첫 역사극 사부작은 남성적인 여성들이 등장해 극의 사건을 주도하며, 이들로 인해 남성 등장인물들은 극의 전면에 나서지 못한다. 남성들은 위기에 처한 국가를 구하는 것에 실패하고 국가를 구원

하는 것은 여성이며 어머니이다. 『헨리 6세』 삼부작에서 헨리 6세는 국내
외의 문제점을 제대로 해결할 능력이 없으며, 마가렛이 남편을 대신해 국
가의 중대사에 간섭한다. 마가렛의 남성적 면모는 남편이자 국왕 헨리 6
세의 남성성의 결여를 더욱 강조하며 극세계를 여성화한다. 그녀는 정치
권력을 행사하며 군대를 이끌고 전쟁터에 나서서 적과 대면하기도 한다.
엘리자베스 1세 시대 연극에 등장하는 여성의 용맹성은 남성들의 유약함
을 부각시키기 위한 장치이다. 셰익스피어의 극에서 군대를 통솔하는 여
성 등장인물로는 『리어왕』의 코딜리어Cordelia가 있다. 그녀는 아버지를
배신한 언니들에 대항해 군대를 지휘하며 무대 위를 누빈다. 또한『존 왕』
에서 왕의 미망인 엘리노어도 유사한 인물이다. 하지만, 전쟁과 정치에서
드러나는 마가렛의 역동적인 면모는 첫 역사극 사부작 이후에 저작된 연
극의 여성 등장인물들 중 가장 두드러진다.

　　마가렛은『헨리 6세 제1부』에 등장하는 조운과 유사한 인물이다. 남성
적인 프랑스 여성 조운은 남성 세계를 상징하는 인물인 탤봇과 대치하
면서 극의 사건을 주도한다. 조운은 남성의 영역인 전쟁터에서 남성 이
상의 역할을 수행하며 1부에서 중요한 등장인물로 자리매김한다. 조운
의 강인함은 등장인물 그 누구에도 뒤지지 않는 과감한 언변에 있다. 그
녀의 언어적 특징은 조운의 뒤를 이어 등장하는 마가렛에게도 공통적으
로 발견된다. 조운은 탤봇의 죽음으로 잠시 승리하는 듯 보이지만 그녀
가 죽음을 맞이하면서 여성의 지배에 위기가 온다. 하지만『헨리 6세 제
1부』는 마가렛이 영국의 왕비가 될 것이라는 예고로 마무리된다. 조운이
화형에 처해진 후 등장하는 남성적인 프랑스 여인이 마가렛이라는 점은
두 인물의 유사한 역할을 암시한다. 비슷한 성향의 조운과 마가렛의 역
할 배분을 통해 사부작 전체 여성 역할의 균형이 맞춰진다. 조운과 마가

렛은 별개의 등장인물이지만 마치 동일한 인물처럼, 강한 여성이자 프랑스라는 상징성을 내포한다. 두 여성 인물은 등장과 퇴장으로 긴밀하게 연결되어 있다. 둘은 동시에 등장하지 않고 조운이 퇴장한 후 마가렛이 등장한다. 라킨은 조운과 마가렛의 등장과 퇴장에 초점을 맞추어 두 인물의 유사성을 지적한다.

> 사악한 두 프랑스 여성은 역할과 캐릭터 설정에 있어서 연관되어 있을 뿐 아니라, 조운이 역사의 무대를 막 떠나려고 하는 그 순간에 마가렛이 등장하는 역사에서 실재하지는 않지만 상징적인 장면에 의해서도 관련된다.

> the two wicked French women are connected, not only by the similarity of their roles and characterisations but also by the unhistorical but emblematic scene in which Margaret is first introduced, which Shakespeare placed at the very moment when Joan is about to leave the stage of history. ("Women's Roles" 72)

라킨의 주장은 조운과 마가렛이라는 인물의 긴밀한 연관성을 시사한다. 조운은 퇴장과 동시에 마가렛에게 역할 넘기기를 하고 있다. 요크와 조운이 퇴장하자마자 서포크와 마가렛이 등장하는 다음의 지시문을 보면 두 여성의 자리바꾸기가 확연히 드러난다.

> 퇴장 [요크와 조운]
> 신호. 서포크와 그의 손을 잡고 마가렛이 등장

Exeunt [York and Joan]

Alarum. Enter Suffolk, with Margaret in his hand.

(*King Henry VI, Part 1* 5.3.44)

조운의 퇴장은 마가렛의 등장으로 이어진다. 무대 지시문은 두 여인을 교차해 등장시키며 조운의 역할을 마가렛에게 넘겨준다. 『헨리 6세 제1부』에서 조운의 죽음 이후 그녀의 역할이 즉시 마가렛에 의해 대체됨으로써 2부 이후에도 여성이 극의 사건을 주도하게 된다. 또한 셰익스피어는 『헨리 6세 제2부』를 마가렛이 영국 궁정에 도착하는 장면에서 시작한다. 이는 『헨리 6세』 시리즈에서 여성의 역할이 지속될 것이라는 예고이다. 마가렛은 첫 역사극 사부작에 모두 등장하는 중요한 인물이지만 남성 등장인물들에 가려져 평가 절하되어 온 것이 사실이다. 장미전쟁의 중심에 있는 마가렛은 헨리 6세를 능가할 정도의 존재력을 지닌다. 당대 셰익스피어의 관객들에게 마가렛은 다른 어떤 등장인물보다도 뛰어나고 중요한 인물이었다(Rackin, "Women's Roles" 71).

1592년에 그린Robert Greene은 셰익스피어를 벼락출세한 사람에 빗대어 배우의 탈을 쓴 호랑이의 심장Tygers hart wrapt in a players hyde이라 비난한다. 이 표현은 『헨리 6세 제3부』에서 요크가 마가렛에게 퍼붓던 "여인의 탈을 쓴 호랑이의 심장tiger's heart wrapp'd in a woman's hide"(1.4.137)에서 여인을 배우로 대체했을 뿐이다. 성공적인 상연으로 이 극은 당대 관객들에게 널리 알려져 있었을 것이며 그린 또한 예외는 아니었을 것이다. 또한 셰익스피어가 무대에서 직접 마가렛의 역할을 했을지도 모른다는 추정도 있다(Rackin, "Women's Roles" 71). 이러한 가정은 마가렛이 중요한 등장인물로 인식되었다는 사실을 반증한다.

마가렛의 중요성은 극에서 그녀가 차지하는 비중에서도 알 수 있다. 『헨리 6세 제1부』에서 마가렛은 마지막 장면에 잠시 등장하고 있지만 이후의 시리즈에서 영국 역사의 주요 사건을 형성하는 인물이다. 그녀의 등장은 튜더 왕조가 건립되는 역사적인 사건으로 가는 중요한 시작점이 된다.

　조운과 마가렛의 중요한 역할에도 불구하고 비평가들은 셰익스피어의 역사극을 여성들에게 가장 우호적이지 못한 장르로 간주한다. 이는 셰익스피어의 두 번째 역사극 사부작 중『리처드 2세』와『헨리 4세』연작의 여성들이 분량이나 중요성에서 미미한 역할에 그치고 있는 것과 연관된다. 역사극의 배경이 남성의 영역인 궁정이나 전쟁터이고, 역사의 주요 사건들이 전적으로 남성들에 의해서 발생된다는 사실을 감안해 보면 여성의 역할이 축소될 수밖에 없는 이유를 가늠할 수 있다.

　여성이 중요한 역할을 하고 있는『헨리 6세』시리즈에서조차 여성들의 군사권과 정치권력 장악에 대한 남성들의 불안이 감지된다.『헨리 6세』시리즈에서 남성을 위협하고 있는 여성은 대부분 프랑스 출신 여성이다. 1부에서 탤봇 장군에게 위협이 되는 세력인 오베르뉴 백작부인이나, 조운은 모두 프랑스 여성이다. 2부에서 헨리 6세의 왕비가 되는 프랑스 출신 마가렛도 헨리 6세의 왕좌와 영국의 평화에 악영향을 미치며 영국과 남성의 입지를 위협한다. 프랑스 여성들의 역할은 영국과 남성성이 프랑스 세력과 여성에 의해 위협받고 있는 상황을 상징적으로 보여준다. 조운과 마가렛의 경우는 영국의 영웅적 전통의 보존이라는 극 자체의 목적에도 적대적인 역할을 한다(Rackin, "Women's Roles" 73). 프랑스 여성들의 부정적인 역할은『헨리 6세 제1부』조운의 대사에서 부각된다. 조운은 헨리 5세의 서거로 영국의 영광스러운 시절이 모두 지나갔음을 이야기하며, 자신이 그러한 영광과 영웅적 행적을 차지할 것이라 단언한다. 프랑스 여성이 영국의 남성 영웅 전통을 해체시키고 있다는 사실은 『헨리 6세 제2부』의 글로스터의 대사에서 반향된다.

> 이 결혼은 파멸이오, 그대들의 명성을 지워버리고,
> 기억의 장부에서 그대들의 이름을 지워버리고,
> 그대들의 명성을 칭송하는 기록도 없애고,
> 프랑스 정복의 기념물을 손상시키며,
> 없었던 것처럼 모든 것을 파괴해 버리니!

> Fatal this marriage, cancelling your fame,
> Blotting your names from books of memory,
> Razing the characters of your renown,
> Defacing monuments of conquered France,
> Undoing all, as all had never been!
> (*King Henry VI, Part 2* 1. 1. 98-102)

영국의 입장에서 헨리와 마가렛의 결혼은 헨리 5세의 위업을 모두 파괴하고 파멸을 초래하는 사건이다. 그 중심에 마가렛이 있다는 글로스터의 외침을 통해 프랑스 여성의 파괴적인 역할을 짐작할 수 있다.

첫 역사극 사부작을 관람했던 당대의 관객들이 조운과 마가렛을 보면서 느꼈을 감정은 남녀가 상이했던 것으로 보인다. 셰익스피어의 연극을 관람했던 관객들은 남성보다 여성의 수가 조금 더 많았던 것으로 추정된다. 당시 글로브Globe 극장에 인접했던 템즈Thames강 남부의 서

더크Southwark의 가정 중 16퍼센트 정도가 여성 부양 가구였다(Rackin, "Women's Roles" 77). 독립적인 인생을 꾸려가는 여성 관객들에게 조운과 마가렛은 상당히 매력적으로 다가왔을 것이다. 반면 당시의 남성 관객들은 조운과 마가렛이 지닌 에너지를 적개심을 담은 불안한 시선으로 바라보았을 것이다. 특히 셰익스피어에 의해 독립적인 인물로 재탄생한 조운과 마가렛은 전통적 여성상에 반하는 등장인물들이었다. 요크는 전형적인 여성의 모습을 제시하며 마가렛을 비난한다.

> 그러고도 여자의 얼굴을 보이고 다니는가?
> 여자는 부드럽고, 상냥하고 인정 있고, 나긋나긋해야 해.
> 넌 완고하고, 무감각하고, 냉혹하며, 사납고, 잔인하지.

> And yet be seen to bear a woman's face?
> Women are soft, mild, pitiful, and flexible;
> Thou stern, indurate, flinty, rough, remorseless.
> (*King Henry VI, Part 3* 1.4.140-142)

요크가 이야기하는 여성의 이미지는 극의 강한 여성들의 모습에 부합되지 않는다. 따라서 당시의 남성 관객들에게 조운과 마가렛은 일반적인 여성과는 거리가 먼 위협적인 존재로 각인되었을 것이다. 하지만 모순적이게도 이 여성들은 남성의 지위를 확고하게 하기 위해 싸우는 존재들이다. 조운은 프랑스 황태자의 승리를 위해 영국과 전쟁을 벌이며, 마가렛은 자신의 남편과 아들의 왕위를 위해 전쟁도 마다하지 않는 여인이다. 이들은 주인공과 마찬가지로 극의 사건을 주도하며 중심적 위치에 있는 듯 보인다. 하지만 조운과 마가렛은 전쟁터와 궁정 등 남성의 역사적 영역에 침범했기 때문에 앞 장에서 살펴 본 것처럼 마녀나 창녀로 낙인찍히며 추방된다.

셰익스피어의 역사극에서 역동적인 역할을 하는 여성일수록 그들의 캐릭터는 더욱 더 심하게 거부당하게 된다(Rackin, "Women's Roles" 75). 결국 역사극의 여성들은 주인공이 아니라 주인공의 대척점에서 극 사회를 혼란시키는 적대자적 역할을 한다. 여성들을 위한 자리는 없으며, 여성들은 언젠가는 극의 주변부로 밀려나야만 한다. 그리고 아이러니하게도 조운과 마가렛의 여성답지 못한 성향은 사악한 여성적 성향과 결부된다. 특히 마가렛과 서포크의 내연 관계는 마가렛의 남성성을 매춘부의 성적인 문란함과 연결시킨다. 마찬가지로 조운은 프랑스의 황태자 샤를이 이끄는 군대의 지휘자이면서도 그의 "매춘부*trull*"(*King Henry VI, Part 1* 2.2.28)로 낙인찍히며, 남성적인 여성에서 비난받는 여성으로 되돌아온다. 마가렛과 조운의 운명은 르네상스 영국의 남성들이 여성들에게 가졌던 모순된 감정에서 비롯된다.

남성들의 모순된 모습이 가장 잘 드러나는 것은 리처드 3세를 통해서이다. 리처드는 여성의 사랑을 받고자 하는 욕망은 있으나, 사랑받지 못할 것을 알고 여성을 배척하며 지배하려고 한다. 그는 자신이 어머니의 뱃속에서 이미 사랑의 신에게 버려졌기에 여인들의 사랑을 받는 것이 자신과는 맞지 않는다며 혐오감을 비춘다.

> 그녀[사랑의 신]는 여린 자연을 뇌물로 매수해서,
> 나의 팔을 시든 관목처럼 오그라들게 했지.
> 몸에 짓궂게도 산더미 같은 혹이 나게 해서,

나의 몸이 조롱거리가 되게 불구로 만들었지.

내 두 다리를 절름발이로 만들고.

몸의 모든 곳을 엉망으로 해서,

· · · · · · · · · · · · · · · · ·

그러니 이런 내가 사랑받을 남자이겠는가?

오 그런 생각을 하는 것은 끔찍한 실수!

그러니, 이 세상은 어떤 즐거움도 주지 않는다

단지 명령하고, 억압하고, 통치하는 것을 제외하고는

나 자신보다 잘난 이들을.

She[Love] did corrupt frail Nature with some bribe,

To shrink mine arm up like a wither'd shrub;

To make an envious mountain on my back,

Where sits Deformity to mock my body;

To shape my legs of an unequal size;

To disproportion me in every part,

· · · · · · · · · · · · · · · · ·

And am I then a man to be belov'd?

O monstrous fault to harbour such a thought!

Then, since this earth affords no joy to me

But to command, to check, to o'er bear such

As are of better person than myself.

(*King Henry VI, Part 3* 3.2.155-167)

리처드는 끔찍한 모습으로 태어나 여성들에게 사랑받지 못할 것이 자명하기에 차라리 왕좌를 차지해서 사람들 위에 군림하는 것을 선택하겠다고 단언한다. 리처드의 여성 혐오에는 어머니라는 대상이 있다. 이 독백에서 리처드는 풍족하고 따뜻한 공간이어야 할 어머니의 자궁을 자신의 기형이 만들어진 끔찍한 장소로 상정한다. 여성과 어머니를 기형의 원인으로 간주하는 리처드는 여성에게서 따뜻함이나 사랑을 찾으려 하지 않는다. 그에게 어머니의 자궁은 기형이 생겨난 막힌 공간일 뿐이다.

리처드가 왕좌를 차지하기 위해 나아가는 과정도 막힌 자궁과 유사하게 묘사된다. 리처드는 왕좌를 향한 길목에는 훼방꾼들이 있고, "가시덤불 숲에서 길을 잃은 사람처럼, 가시를 찢어내다가 가시에 찔리고*like one lost in a thorny wood, / That rents the thorns and is rent with the thorns*"(*King Henry VI, Part 3* 3.2.174-175) 길을 헤맨다고 이야기한다. 대사 속에 등장하는 가시덤불 숲은 자궁을 상징한다. 왕좌를 향한 길에서 받는 고통으로 인해 그는 "피비린내 나는 도끼*bloody axe*"(*King Henry VI, Part 3* 3.2.181)로 길을 베어 나갈 수밖에 없다고 토로한다. 리처드에게 왕좌를 성취하는 과정은 자신을 다시 어머니의 자궁에 가두는 것이 된다. 아델만*Janet Adelman*은 가시덤불의 비유를 리처드가 다시 한 번 태아가 되어 자신을 기형으로 만들고 고통스럽게 한 자궁과도 같은 세상에서 헤쳐 나가려는 것으로 해석한다(3).

어머니의 배를 갈라 세상에 나아가듯 도끼로 가시덤불을 자르며 나아가는 리처드의 행위는 모성을 파괴하려는 의도로 볼 수 있다. 리처드에게 모성은 존재하지 않으며 따라서 다른 여성 또한 혐오의 대상일 수밖에 없다. 왕이 되는 과정에서 리처드는 가족을 해체하고 여성과 모성을 파괴한다. 어머니의 자궁을 헤치고 나온 괴물과도 같은 인물 리처드는 모든 사건의 원인을 여성들에게 돌리며 여성들을 극의 중심에서 주변으로 추방한다. 하지만 『리처드 3세』에서 부정적인 모성과 자궁의 이미지는 리처드를 통해서만 묘사되는 것은 아니다. 이러한 부정적 이미지는 리처드의 어머니 요크 공작부인의 대사에서 다시 등장한다.

아, 이 내 저주받은 자궁, 죽음의 침상.
괴물 코카트리스가 이 뱃속에서 나왔지
피할 수 없는 그 눈이 살인적인.

O my accursed womb, the bed of death!
A cockatrice hast thou hatch'd to the world
Whose unavoided eye is murderous.
(*King Richard III* 4.1.53-55)

공작부인은 괴물 리처드를 낳은 자신의 자궁이 저주 받았다고 단언한다. 리처드의 악행이 결국 그 어머니의 자궁에서 비롯되었다는 대사는 세상의 모든 악이 여성에게서 시작되었을지도 모른다는 암시이다. 이와 유사한 내용은 4막 4장에도 등장한다. 마가렛은 극의 모든 악행을 저지른 리처드가 나온 것이 바로 요크 공작부인의 자궁이라며 여성의 자궁을 모든 사건의 원흉으로 규정한다. 마가렛은 공작부인의 자궁을 "개집*kennel*" (*King Richard III* 4.4.47)이라 부르며, 그 속에서 "지옥의 사냥개*hell-hound*" (48)이며 "더할 나위 없는 지상 최대의 폭군*excellent grand tyrant of the earth*" (51) 리처드가 나왔다고 비난한다. "당신의 자궁이 내어 놓아 우리를 무덤으로 쫓고 있다*Thy womb let loose to chase us to our graves*"(*King Richard Ⅲ* 4.4.54)는 마가렛의 대사는 여성의 자궁을 비극적 상황의 원인으로 단정짓는다. 마가렛은 요크 공작부인의 자궁을 생명의 장소가 아닌 죽음의 장소로 정의한다. 그리고 리처드가 같은 배에서 나온 형제들을 죽이고 어머니를 슬픔에 잠기게 만들었다고 비난한다. 여성의 자궁에서 괴물과도 같은 리처드가 태어났기에, 자궁은 더 이상 비옥하고 생산적인 공간이 아니라 불모이며 혼돈의 장소가 된다. 이 같은 부정적인 시선은 여성을 대하는 르네상스 영국 남성들의 태도가 반영된 부분이다.

마가렛과 요크 공작부인의 대사는 여성들의 언어적인 힘을 부각시킨다. 당시의 연극은 남성 극단들이 운영하며 남성들이 무대에서 공연하는 철저히 남성 중심의 연극이었다. 따라서 소수의 여성 등장인물들은 필요에 의해서 등장하는 것이 일반적이었다. 하지만 여성적인 요소가 점차적으로 증가함으로써 여성 등장인물들에게도 화려한 연설과 언어적 기술을 부여하게 된다(Banks 175).

첫 역사극 사부작에서 가장 중요한 서사를 지닌 인물은 바로 조운과 마가렛이다. 이들의 언어는 남성을 압도하며 여성의 서사를 펼치고 있다. 이 여성들은 전쟁터에서 물리적인 힘을 보여줌과 동시에 전통적으로 여성의 무기라 할 수 있는 '혀'를 이용하는 강인한 여성들이다. 이와 유사한 인물로 『존 왕』에 등장하는 콘스탄스Constance가 있다. 그녀는 왕과 궁정인들은 물론 사회 체제에 대해서도 목소리를 내며 대담하게 비판한다. 콘스탄스는 오스트리아Austria의 그릇된 남성 영웅주의를 조롱하며 사자의 용감함을 지니기에 적합하지 않은 그를 비겁하다고 비난한다. 이어서 그녀는 주교들의 실패한 시스템에 대해서 목소리를 높인다. 콘스탄스는 자신의 혀가 "천둥의 입*thunder's mouth*"(*King John*

3.3.38)이었다면 비판의 소리가 세상을 뒤흔들 수 있었을 것이라고 한탄한다.

콘스탄스의 대사는 여성들이 공적 목소리를 표출하는 데 있어 소극적일 수밖에 없다는 사실과 동시에 여성들이 지닌 언어적 힘을 암시한다. 『존 왕』에서 콘스탄스의 언어적 행위는 『리처드 3세』에서 여성의 역할에서 반향된다. 이 극에서도 여성의 혀는 날카롭고 역동적이다. 『헨리 6세』 시리즈의 여성들이 언어적 힘은 물론 전장이나 궁정에서 남성적인 역할을 한다면 『리처드 3세』에는 여성의 언어적 힘이 두드러진다. 헨리 6세의 아들 에드워드의 부인 앤은 『리처드 3세』의 1막 2장에서 헨리 6세의 시신과 함께 등장해 원수 리처드에게 저주를 퍼붓는다.

> 오, 저주받으라, 이토록 무참한 상처를 입힌 그 손이여.
> 저주받으라, 이토록 잔학한 행위를 음모한 그 마음이여.
> 저주받으라. 이토록 피를 흘리게 한 잔혹한 그 피여.
> 저 가증스런 놈에게 더욱 끔찍한 일이 생기기를
> 그대의 죽음으로 우리를 비참하게 만든
> 살모사, 독거미, 두꺼비에게 보다,
> 아니 이 세상 기어 다니는 어떤 독벌레보다도 더하게.

> O, cursed be the hand that made these holes;
> Cursed the heart that had the heart to do it;
> Cursed the blood that let this blood from hence.
> More direful hap betide that hated wretch
> That makes us wretched by the death of thee

Than I can wish to adders, spiders, toads,

Or any creeping venom'd thing that lives.

(*King Richard Ⅲ* 1. 2. 14-20)

    헨리 6세가 에드워드 4세에게 왕위를 이양하지 않았다면 왕비가 되었을 수도 있었을 앤은 남편과 시아버지를 잃고 슬픔에 차 리처드를 저주한다. 이런 앤 앞에 리처드가 등장해 그녀를 향한 사랑을 거짓으로 꾸민다. 리처드는 의심에 차 있는 앤에게 칼을 내밀며 자신을 죽이라고 한다. 앤은 직접 리처드를 죽일 수 있는 기회를 가지지만 자신이 내뱉었던 저주와는 달리 원수인 리처드를 죽이지 못한다. 그녀는 조운과 마가렛과는 달리 군사력이나 물리적 힘을 가지지 못했기에 그녀에게 남은 것은 언어적인 힘뿐이다.

    앤은 리처드에게 "마귀*fiend*"(*King Richard Ⅲ* 1. 2. 34), "비열한 악마*Foul devil*"(50), "흉악한 불구 꼽추*lump of foul deformity*"(57), "고슴도치*hedgehog*"(104)라고 독설을 퍼붓는다. 하지만 앤의 언어는 리처드의 기만적 언어로 인해 가로막힌다. 리처드는 "칼을 다시 집어드시오. 아니면 나를 끌어안으시오*Take up the sword again, or take up me*"(1. 2. 187)라며, 앤이 자신을 죽일 수 없다면 자살을 명하라고 거짓으로 탄원한다. 리처드는 앤을 향한 사랑 때문에 다른 이들을 살해했다고 주장하며, 그녀를 자신의 "공범자*accessary*"(1. 2. 195)로 규정한다. 리처드는 헨리를 살해하고 왕자 에드워드를 죽인 것은 바로 자신이지만 그 원인은 바로 앤의 천사와도 같은 얼굴이라고 말한다.

    이는 남성의 세계에서 벌어지는 사건과 악행을 여성에게 돌리면서 여성들을 희생자로 만드는 행위이다. 이 장면에서 리처드는 앤의 아름다움에 초점을 맞추면서 여성의 단순한 정의에 앤을 국한시키고 있다

(Miner 48). 리처드의 거짓된 사랑 고백은 앤의 언어 능력을 무력화하며 시아버지의 장례식장에서 리처드의 청혼을 수락하는 아이러니한 결과를 도출한다. 이때 앤이 받아들이는 리처드의 반지는 그녀의 혀를 묶어 버리는 남성의 힘을 상징한다. "나의 반지가 당신 손가락을 감고 있지*my ring encompasseth thy finger*"(1.2.207)라는 리처드의 대사는 앤이 리처드에게 복종해야 하는 상황으로 전락했음을 암시한다. 이 장면은 『헨리 6세』 삼부작에서 남성적인 힘을 발휘하던 여성들의 세력 약화와 함께 여성의 언어적 힘마저 위기에 처한 상황을 보여 준다.

이어서 물리적인 힘은 상실했지만 언어적 힘을 지닌 마가렛의 등장으로 여성의 위치는 다시 한 번 전환점을 맞이한다. 1막 3장에서 재등장한 마가렛에게 리처드는 "사악한 주름투성이의 마녀*Foul wrinkled witch*"(*King Richard Ⅲ* 1.3.164)라고 조롱한다. 마가렛은 리처드에게 받을 빚이 남았다며 독설을 퍼붓는다. 무대 위 신하들에게는 충성심을, 왕비 엘리자베스에게는 왕국을 빚졌다고 말하며 마가렛은 그들 모두에게 독설과 저주를 퍼붓는다.

지금 왕비인 너는, 한 때 내가 왕비였듯이,

비참한 나처럼 너의 영광보다 오래 살아라.

오래 살아남아 너의 아들의 죽음을 슬퍼하고,

내가 지금 너를 보듯, 다른 이를 보아라,

너의 권위로 치장한, 네가 내 자리에 있듯이.

네가 죽기 훨씬 이전에 행복했던 세월은 사라지고,

슬픔의 긴 세월이 지난 이후에,

어머니도 아니고, 아내도 아니고, 영국의 왕비도 아닌 채 죽어라.

Thyself, a queen, for me that was a queen,

Outlive thy glory like my wretched self:

Long may'st thou live to wail thy children's death,

And see another, as I see thee now,

Deck'd in thy rights, as thou art stall'd in mine;

Long die thy happy days before thy death,

And after many lengthen'd hours of grief,

Die neither mother, wife, nor England's Queen.

(*King Richard Ⅲ* 1.3.202-209)

마가렛은 무대 위 인물들이 모두 제 명대로 살지 못할 것이며 갑작스러운 사고로 죽을 운명이라 저주한다. 리처드와 에드워드 4세의 왕비 엘리자베스, 신하들에게 퍼붓는 마가렛의 저주는 여성들의 강력한 무기인 언어적 힘을 보여 준다. 하지만 그녀의 독설은 리처드를 위시한 남성들은 물론 왕비 엘리자베스에게도 향하고 있다는 점에서 단순히 남성의 영역을 잠식하기 위한 것만은 아니다. 또한 마가렛의 독설은 등장인물들의 최후를 예고해 주는 복선의 역할을 한다. 마가렛의 저주는 4막 1장에서 엘리자베스가 "마가렛이 저주한 대로 나를 죽게 돼라. 어머니도 아내도 영국의 왕비도 아닌 채로make me die the thrall of Margaret's curse: / Nor mother, wife, nor England's counted Queen"(*King Richard Ⅲ* 4.1.45-46)라고 말하는 장면에서 그대로 실현된다. 마가렛은 자신의 말처럼 "예언자 prophetess"(1.3.301)가 된다. 그녀의 말은 슬픔으로 인해 "날카롭게 찌를 듯한sharp and pierce"(4.4.125) 칼날이 되어 플랜태저넷 왕가의 몰락을 야기한다.

리처드의 어머니 공작부인이 아들 리처드에게 독설을 퍼붓는 장면에서도 여성의 날카로운 언어적 힘이 작용한다. 공작부인은 리처드를 "두꺼비 놈thou toad"(King Richard III 4.4.145)이라 부르며 자궁 속에서 그를 죽였다면 수많은 학살과 악행이 없었을 것이라 한탄한다. 어머니의 비난에 리처드는 자신의 모든 성향이 바로 어머니인 공작부인에게서 물려받은 것이라고 응수한다. 공작부인은 리처드에게 마지막 저주의 말을 퍼붓는다. 그녀는 "나의 가장 비통한 저주를 함께 가져가라. 전투 날에 네가 입을 완벽한 갑옷보다 너를 더 지치게 할 것이니take with thee my most grievous curse, / Which in the day of battle tire thee more / Than all the complete armour that thou wear'st"(King Richard III 4.4.188-190)라며 자신의 기도가 적의 편에서 싸울 것이라 단언한다. 그리고 "참혹함이 너의 최후가 되리라 Bloody will be thy end"(4.4.195)는 공작부인의 대사는 마가렛의 저주와 마찬가지로 여성의 언어적 힘을 보여 준다. 어머니의 저주는 극의 후반부에 고스란히 실현된다. 하지만 공작부인과 마가렛의 퇴장으로 여성의 무기인 "혀는 묶인 채tongue-tied"(King Richard III 4.4.132) 역사 속에 묻힌다. 이와 함께 여성들의 서사도 사라진다.

『리처드 3세』는 셰익스피어의 극 중 유일하게 주요 등장인물의 독백으로 시작되고 있다. 리처드의 독백으로 시작되는 이 극에서 남성이 극을 장악하는 힘을 짐작하게 한다. 리처드는 여성을 심하게 혐오하면서도 여성을 이용하는 모습을 보인다. 여성에 대한 리처드의 감정은 여성이 최고 권력자였던 시기의 남성들이 지녔던 불안감이 반영된 것으로 볼 수 있다. 여성화된 세상을 불평하는 리처드의 독백으로 시작된『리처드 3세』는 남성들의 공간인 보스워스의 전쟁터에서 막을 내린다. 극의 시작은 물론 마지막 장면에도 여성은 등장하지 않으며, 여성들은 4막을 마지막으로 무대에서 퇴장한다. 마지막 등장에서 여성들이 국가적 불운을 예고하고 있다는 것은 시사하는 바가 크다. 마가렛의 독설이 영국에 불운을 야기했다는 정황은 모든 비극의 원인을 여성에게 지우며 여성에 대한 부정적 이미지를 심어 놓는다. 이로 인해 셰익스피어의 첫 역사극 사부작의 여성들은 부정적 역할로 전락하는 듯 보인다. 그러나 당대의 여성 관객들에게 이들은 가정이라는 울타리를 벗어나 남성의 영역에서 자신만의 영역을 구축한 독립적인 여성의 이미지로 각인될 수 있었을 것이다.[13]

13_ 르네상스 영국 여성들의 삶과 생활상은 다음의 자료를 참조.
Stone, Lawrence. *The family, sex and marriage in England 1500-1800.* Penguin books, 1984.

에필로그

셰익스피어의 역사극이 어느 정도는 튜더 왕조를
긍정적으로 바라보았다는 견해도 있지만,
셰익스피어의 작품은 그 모호성과 모순성으로
인해 다양한 해석의 여지를 남겨 놓는다.

셰익스피어의 역사극은
당대의 사회, 정치, 역사적인 면을 넘어
긴 세월이 지나도 바래지 않는
문학적 가치를 담고 있다.

그는 역사가 단지 국가의 역사가 아니라
여러 개인의 삶이
유기적으로 연결된 것이라는 사실을 제시하며
역사에 기록되지 않은
개인의 서사를 부각시킨다.

에필로그

셰익스피어는 튜더 왕조의 탄생으로 첫 역사극 사부작을 마무리하며 외견상으로는 희망찬 미래를 제시하는 듯 보인다. 하지만 당대 관객들은 튜더 왕조를 통해 이미 비극을 경험했기에 그 결말에 음영이 드리워지는 것이 사실이다. 첫 역사극 사부작에는 비극적 역사를 정치적이고 교훈적인 의도로 바라보았던 르네상스 영국의 역사관과 문학관은 물론 엘리자베스 1세 시대의 사회적 관점이 고스란히 담겨 있다.

르네상스 영국인들은 과거가 현재에 시사하는 바가 크다고 생각했기에 역사를 중요한 주제로 인식한다. 역사는 신학의 한 갈래로 간주되어 신의 섭리의 기록으로 여겨지는가 하면, 때로는 세속적인 중대사로 간주되며 인간의 동기와 행동의 기록으로 규정되기도 했다. 당대인들은 신의 섭리가 역사라는 반복되는 패턴으로 제시된다는 관념을 지니고 있었다. 16세기의 역사서나 이를 바탕으로 한 문학 작품에는 인간 역사에 드러나는 신의 섭리가 구현되어 있다. 정치, 문화, 종교 등 다양한 변화를 거듭하고 있던 르네상스 영국은 중세의 섭리주의 역사관과 휴머니스트들의 영향을 받은 근대적 역사관이 공존하면서 복합적인 양상을 보이고 있었다. 중세적 신념과 근대적 사상이 혼재되어 있던 이 시기 영국의 역사 기술은 고전 지식의 새로운 발견을 통한 휴머니즘의 부흥과 종교 개혁이라는 두 가지 큰 변화와 밀접하게 접목되어 있다. 이 두 가지 요인은 서로 다른 방식으로 역사 저술에 영향을 미친다. 이전의 신중심 역사관은 이탈리아의 휴머니스트들의 영향을 받아 인간을 역사의 주요 요인으로 인식한다.

하지만 르네상스 영국에서는 역사를 신의 섭리의 발현으로 보는 시각이 여전히 팽배해 있었다. 이러한 섭리적 역사관은 당대의 왕조를 신의 섭리의 결과라고 보는 보수적 정치 성향을 부추긴다. 장미전쟁이라는 긴 전쟁을 지나 신흥 국가로 도약하려던 영국의 입장에서는 튜더 왕조가 신의 섭리에 의한 것임을 부각시켜 주는 작업이 필요했다. 르네상스 시대 역사 관련 저술들은 다른 형태의 저작물보다 대중들에게 많은 영향을 주었고, 튜더 시대의 역사 저술 작업은 국민들에게 왕조의 정당성을 입증하는 방편으로 활용된다. 따라서 르네상스 영국의 역사 서술은 튜더 왕조의 정당성을 구현하며 당대의 정권에 편승하게 된다. 버질과 홀, 홀린셰드 등의 역사가들의 역사서는 대체적으로 튜더 왕조에 부합하는 정치적 목적을 지니고 있는 작품으로 여겨진다. 셰익스피어는 이 역사서들을 이용해서 엘리자베스 1세의 통치 말기인 1590년대에 첫 역사극 사부작을 발표한다. 이로 인해 셰익스피어의 역사극과 동시대 다른 역사극들이 튜더 왕조를 그리는 방식은 여러 비평가들의 관심의 대상이 되어 왔다. 셰익스피어의 역사극이 어느 정도는 튜더 왕조를 긍정적으로 바라보았다는 견해도 있지만, 셰익스피어의 작품은 그 모호성과 모순성으로 인해 다양한 해석의 여지를 남겨 놓는다. 셰익스피어의 역사극의 튜더 왕조 정당성 규명 여부를 떠나 그의 역사극이 당시의 정치와 사회상을 작품에 반영하는 것은 분명하다. 당대에 역사극은 일반적으로 정치적 성향을 지닌 것으로 인식되었기 때문이다.

르네상스 영국의 정치는 종교와 맞닿아 있었기에 올바른 정치의 의미에는 종교적 도덕성이 함께 포함된다. 이는 르네상스 시대에 유행했던 도덕적이고 교훈적인 문학관과 관련이 있다. 특히 문학과 접목되어 진실성 여부보다는 교훈성을 추구하던 당대의 역사 기술 양식은 역사극에도 영향을 미친다. 르네상스 영국에서 역사는 후세에게 제시되는 정치적이고 도덕적인 거울의 역할을 했으며, 영국인들은 역사를 통해 도덕적 삶을 교육하고자 했다. 역사의 도덕적, 정치적 철학은 역사적 사건으로 플롯이 구성되는 역사극에 고스란히 담긴다. 그리고 역사극의 정치, 종교, 도덕적 역할 이면에는 셰익스피어나 당대 작가들이 지녔던 애국심이 있다. 셰익스피어는 국내외적 혼란기에 국가와 국민의 통합만이 영국을 지속시킬 수 있다는 믿음을 지녔던 극작가였다. 그는 첫 역사극 사부작의 랭카스터가와 요크가가 왕좌를 두고 벌인 장미전쟁을 통해 국가의 내분이 국익에 지대한 영향을 미친다는 것을 단적으로 보여 준다. 이는 당시 엘리자베스 1세의 후계자 문제와 교묘하게 부합된다. 평화로웠지만 불안감이 내재했던 엘리자베스 1세 치하에 역사극은 극장에 현실감각을 불어 넣은 장르였다.

당대에 역사극은 확실히 구별되는 장르가 아니었으며, 로맨스 역사극, 전기 역사극, 가면극, 야외극 등 여러 장르가 복합적으로 섞인 장르였다. 르네상스 시대를 통틀어 유행했던 비극에도 역사극의 요소가 내재한다. 역사 속의 비극적 사건은 역사극뿐 아니라 비극에도 좋은 소재가 되었다. 상당 기간 유행이 지속되었던 비극 장르에 반해 역사극의 짧은 유행은 역사극이 다른 장르 발전의 촉매 역할을 했다는 것을 암시한다. 특히 다양한 장르가 혼합된 역사극은 엘리자베스 1세 통치 말기의 시국적 사안들과 맞물리면서 국민들을 동요시킬 수 있는 장르로 인식되었다. 엘리자베스 1세 치하에 튜더 왕조를 그리는 연극이 등장하지 않았다는 사실은 역사극이 정치적 장르로 간주되었다는 것을 반증한다.

셰익스피어의 첫 역사극 사부작은 과거의 장면을 무대에 재현하며 현실을 반영한다. 특히 이 작품들은 국왕의 통치가 국가의 안녕에 미치는 영향을 제시하며 관객들에게 올바른 통치 개념을 일깨워 주는 역할을 한다. 더불어 역사 속 왕들의 부흥과 몰락을 통해 위정자들의 역할과 진정한 왕에 대해 숙고할 수 있는 기회를 부여한다. 셰익스피어가 극작 활동을 하던 당시 국왕과 왕권의 문제는 국가적으로 중요한 사안이었다. 현실과 마찬가지로 역사극에서 왕은 중요한 등장인물로 여겨졌지만, 셰익스피어의 『헨리 6세』 삼부작에서 왕은 주인공이 아닌 비극적 시대를 방관하는 인물로 그려진다. 왕다운 면모를 지니지 못한 헨리 6세를 통해 셰익스피어는 왕의 문제보다는 통치에 초점을 맞추고 있다. 이러한 시도는 그가 참고했던 역사서들의 국왕 중심 서술 방식에 수정을 가한 것으로 볼 수 있다.

『헨리 6세 제1부』는 위대한 왕이었던 헨리 5세의 장례식 장면에서 시작된다. 셰익스피어는 죽음과 직결되는 장례식 장면과 생후 9개월에 왕위에 오른 헨리 6세를 둘러싼 권력 투쟁을 극에 담으며 헨리 6세의 시대가 죽음에 버금가는 혼란기가 될 것임을 예고한다. 첫 역사극 사부작에 재현되는 혼란은 진정한 왕의 부재에서 기인한다. 셰익스피어는 위대한 왕 헨리 5세의 서거로 남성 영웅의 가치가 몰락했다는 사실과 국가적 위기를 암시한다. 이는 엘리자베스 1세의 후계자 문제에 대한 불안감이 반영된 것이다. 평화로운 시기 이후 다시 왕좌를 둘러싼 투쟁이 일어날 것이라는 불안감은 르네상스 영국인들에게서 쉽게 찾아 볼 수 있다.

『헨리 6세 제1부』의 상황은 왕권을 둘러싼 국내의 내분과 프랑스와의 전쟁이라는 국외적 요소가 더해져 무정부 상태와 유사하다. 셰익스피어는 왕권으로 표상되는 남성성을 약화시키는 동시에 왕권을 탈신비화 한다. 첫 역사극 사부작은 최고 권력자였던 엘리자베스 1세와 직결되는 튜더 왕조의 건립 사건을 재현하며 당대의 왕조를 간접적으로 암시한다. 헨리 6세의 유약한 모습은 엘리자베스 1세 통치기의 여성화된 시기에 대한 반영이며, 왕의 부정적 재현을 통해 여성 통치자에 대한 남성들의 불안이 감지된다.

하지만 셰익스피어가 여성의 통치를 전적으로 부정했던 것은 아니다. 오히려 셰익스피어의 첫 역사극 사부작에는 남성이든 여성이든 국가적 분열을 야기하는 원인을 배제하려는 의도가 내재한다. 왕의 무능력도 문제지만 가장 큰 문제점으로 대두되는 것은 무능함의 원인을 인식하지 못하는 왕의 모습이다. 결단력 없는 주인공의 모습은 셰익스피어의 다른 극에도 등장한다. 셰익스피어는 유약한 인물들의 내면적 갈등과 고통을 무대에서 시각적으로 구현시켜 주며 관객들에게 시국적 사안을 숙고할 수 있는 기회를 부여한다.

셰익스피어의 첫 역사극 사부작에는 진정한 왕이 등장하지 않는다. 오히려 왕의 모습과는 가장 어울리지 않는 인물이라 할 수 있는 무능한 헨리 6세와 폭군 리처드 3세가 등장한다. 특히 가족과 혈육 간의 비극적 상황을 야기하며 국가를 혼란으로 몰고 가는 리처드 3세의 악행을 통해 당대의 위정자나 관객들은 진정한 군주의 모습을 생각해 볼 수 있었을 것이다. 셰익스피어는 역사의 올바른 거울을 제시해 주기보다는 리처드 3세의 예와 같은 역사의 그릇된 거울을 제시하며 그 거울을 깨뜨리고 나아가 역사의 새로운 거울을 만들기를 염원했던 듯하다. 하지만 리처드의 모습이 단지 역사 속의 폭군에 그치는 것은 아니다. 혐오감을 주는 외모로 인해 세상에서 조롱당하는 리처드는 정치적 욕망을 실현함으로써 다른 사람들 위에 군림하려고 한다. 그 과정에서 리처드는 양심의 가책 따위는 없이 행동하다가도 일순간 자신의 행동에 갈등하기도 하며 비극의 주인공이 된다.

셰익스피어는 첫 역사극 사부작에서 선인과 악인, 구세력과 신세력을 단순 대비시키지 않는다. 신의 섭리적 역사관에 손을 들어주며 튜더 왕조의 정당성을 증명하는 듯하면서도 한편으로 근대적인 국가관과 인간관을 재현하기도 한다. 궁극적으로 셰익스피어는 숙명론과 인간의 자유의지 두 요소의 대립이 아닌 화합을 표명한다. 헨리 6세와 리처드가 자신들의 운명을 받아들이고 개척하는 방식에는 그러한 셰익스피어의 의도가 숨어있다.

역사극은 남성들의 역사를 극화한 것이기에 철저하게 남성적인 장르라고 할 수 있다. 그러나 셰익스피어는 역사 속에 기록된 사실 이면의 다양한 서사를 역사극에 담는다. 셰익스피어의 첫 역사극에서 부각되는 것은 왕권의 탈신비화는 물론 여성 역할의 확대로 인해 야기되는 남성 세계의 해체이다. 남성들의 세계를 그리고 있는 역사극에서 여성들이 차지할 수 있는 자리는 미미하다. 하지만 셰익스피어는 조운과 마가렛 등의 강한 여성들을 등장시켜 국가의 중대사에 영향을 미치는 역할로 설정하며 이들이 왕권의 약화와 남성 세계의 몰락을 주도하도록 만든다. 남성 중심의 이데올로기를 해체시키면서 남성의 영역을 침범하고 있다는 점에서 이들은 전복적인 성향을 띤다.

셰익스피어는 첫 역사극 사부작에서 여성들을 역사의 중심으로 데려와 역동적으로 묘사한다. 셰익스피어는 1453년에 있었던 탤봇의 전사와 1431년에 있었던 조운의 처형 사건의 시간적 순서를 뒤바꾸는 등 극적 효과를 높이기 위해 의도적으로 역사적 사건들을 재배치한다. 탤봇의 죽음을 보며 조운이 조소하는 장면은 실제 역사상에서는 존재할 수 없다. 셰익스피어는 역사의 진실을 조정해 조운을 남성 세계를 상징하는 탤봇의 죽음을 지켜보는 인물로 설정한다. 역사의 변용을 통해 셰익스피어는 역사의 기록에서 벗어나 있던 여성들에게 중요한 극적 목소리를 부여한다. 조운은 1부의 플롯을 주도하며 남성들의 세계에서 영향력을 발휘한다. 셰익스피어는 그녀에게 마녀의 모습을 부여하며 남성 사회를 위협하는 전복적 힘을 지닌 여성을 마녀와 동일시했던 당대의 관행을 보여 준다. 또한 프랑스 황태자와의 내연 관계를 암시하며 조운을 매춘부로 규정한다.

조운과 유사한 인물인 마가렛은 처음 헨리 6세를 대면하는 장면에서 남성에 순응하는 모습을 보이지만 2부와 3부에서는 남성들을 압도하는 인물로 그려진다. 그녀는 남편과 아들의 왕위를 지키기 위해 어떤 행위도 마다하지 않는 마녀 같은 여인으로, 서포크 공작과의 내연 관계에서는 창녀로 전락한다. 조운과 마가렛의 재현을 통해 남성 가부장 이데올로기를 위협하는 여성들을 마녀나 매춘부로 묘사하며 사회에서 배제하려는 당대 남성들의 불안한 시선을 읽을 수 있다. 그리고 조운과 마가렛이 프랑스의 여성이라는 점을 감안한다면, 그들의 지배는 영국에 대한 프랑스의 침해라고도 볼 수 있다. 셰익스피어는 역사극의 여성들을 통해서 남성을 위협하는 전복적인 존재로서 어머니, 아내, 여성의 역할을 재정립한다.

첫 역사극 사부작을 통해 제시되고 있는 여성은 두 가지 여성상으로 정리된다. 셰익스피어는 여성의 역할을 남성들을 지배하는 여성들과 남성 가부장 이데올로기에 순종하는 여성들로 이분화한다. 『헨리 6세』 삼부작의 여성들은 공적 영역에서의 힘과 언어적인 힘을 모두 지니고 남성을 압도하지만, 『리처드 3세』의 여성들은 언어적 능력만을 가진 채 사회적 힘을 제거 당한다. 두 분류의 여성들은 다른 성향을 지니고 있음에도 불구하고 모두 남성 세계의 재구축을 위한 희생양이 된다. 극을 주도했던 여성들은 남성들의 세계에서 죽음이나 추방이라는 결말을 맞이한다.

사부작 전체에 흐르던 여성들의 서사는 『리처드 3세』에서 마가렛의 퇴장으로 역사 속으로 사라진다. 셰익스피어는 남성적 장르인 역사극에서 여성을 중심적인 위치에 자리매김하는 듯 보이지만 결말에서 그들을 주변부로 밀어낸다. 여성의 지배는 극에서 일시적인 현상에 불과하며 권력은 다시 남성들에게 돌아간다. 이는 엘리자베스 1세 시대의 문학 작품들에 공통적으로 담겨있는 여성 권력자에 대한 불안감과 남성 왕의 귀환을 기대하는 심리가 반영된 것이다. 철저한 가부장 사회였던 르네상스 영국의 최고 권력자는 여성이었고 남성들은 모순적인 감정에 사로잡혔을 것이 분명하다. 당대인들은 엘리자베스 여왕을 아버지나 어머니 혹은 연애 대상으로서의 여성이라는 다중적 관점으로 바라본다. 당대의 시국적 사안들과 긴밀하게 반응하며 만들어진 역사극에는 엘리자베스 1세 통치기 남성들의 복잡한 감정이 투영되어 있다.

셰익스피어의 역사극은 일종의 역사 서술로 간주될 수도 있지만, 그렇다고 해서 그의 역사극이 역사를 정확하게 재현하고 있는 것은 아니다. 셰익스피어는 대중적 기호에 맞게 작품을 제작했던 극작가였기에 극적 효과를 위해 실제 역사의 장면을 재구성해 역동적인 장면을 연출한다. 그러므로 셰익스피어의 역사극에서 역사 고증의 문제는 그리 중요한 사안이 아니다. 이런 의미에서 『하버드 가제트*Harvard University Gazette*』지와의 인터뷰에서 "저는 아주 미학적인 것에 가치를 둡니다. 나는 문학을 사랑하며, 역사적으로 흥미로운 어떤 점 때문에 아름다움을 희생시키고 싶지는 않습니다*My own values are deeply aesthetic. I love this literature, and I don't want to sacrifice beauty for something that is only historically interesting*"("Greenblatt Edits Norton Anthology")라는 그린블랏의 언급은 반향하는 바가 크다.

셰익스피어의 역사극은 당대의 사회, 정치, 역사적인 면을 넘어 긴 세월이 지나도 바래지 않는 문학적 가치를 담고 있다. 그의 작품이 당대에만 통하던 이데올로기를 담고 있었다면 현재에는 가치가 퇴색했을 수도 있다. 셰익스피어는 역사의 거울 속에서 관객들로 하여금 "예전의 나는 무엇이었고, 지금의 나는 무엇인지*What I have been, and what I am*"(*King Richard III* 1.3.133) 이해하도록 하며, 현재를 반추하고 미래와 소통하게 만든다. 그는 역사가 단지 국가의 역사가 아니라 여러 개인의 삶이 유기적으로 연결된 것이라는 사실을 제시하며 역사에 기록되지 않은 개인의 서사를 부각시킨다. 이를 통해 셰익스피어는 개인을 역사의 단순한 부속물이 아닌 주체로 자리매김하며 역사의 주체적 해석을 촉구하고 있다.

부록

참고문헌

윌리엄 셰익스피어 연보

찾아보기

참고문헌

한영림. 『셰익스피어 공연 무대사: 글로브극장에서 글로벌극장으로』. 도서출판 동인, 2007.

Adelman, Janet. *Suffocating Mothers: Fantasies of Maternal Origin in Shakespeare's Plays, Hamlet to the Tempest*. Routledge, 1992.

Allen, J. W. *A History of Political Thought in the Sixteenth Century*. University Paperbacks, 1928.

Anderson, M. K. "The Death of a Mind: a Study of Shakespeare's *Richard III*." *Journal of Analytical Psychology*, vol. 51, 2006, pp. 701-716.

Attwater, A. L. "Shakespeare's Sources." *A Companion to Shakespeare Studies*, edited by H. Granville-Barker and G. B. Harrison, Cambridge UP, 1966, pp. 219-241.

Bach, Ann Rebecca. "Manliness Before Individualism: Masculinity, Effeminacy, and Homoerotics in Shakespeare's History Plays." *A Companion to Shakespeare's Works: The Histories*, edited by Richard Dutton and Jean E. Howard, Blackwell Publishing, 2006, pp. 220-245.

Baetens, Jan. "Cultural Studies after the Cultural Studies Paradigm." *Cultural Studies*, vol. 19, no. 1, 2005, pp. 1-13.

Baldwin, T. W. *On the Literary Genetics of Shakespeare's Plays, 1592-1594*. U of Illinois P, 1959.

Banks, Carol. "Warlike Women: 'reproofe to these degenerate effeminate dayes'?" *Shakespeare's Histories and Counter-Histories*, edited by Dermot Cavanach, Stuart Hampton-Reeves and Stephen Longstaffe, Manchester UP, 2006, pp. 169-181.

Beatrice, Groves. *Texts and Traditions: Religion in Shakespeare, 1592-1604*. Clarendon P, 2007.

Bennett, Michael. "Edward III's Entail and the Succession to the Crown, 1376-1471." *HER*, vol. 113, no. 452, 1998, pp. 508-609.

Berg, J. Emmanuel. "*Gorboduc* as a Tragic Discovery of 'Feudalism'." *SEL*, vol, 40, no. 2, 2000, pp. 199-226.

Bergeron, David M. "Pageants, Masques, and History." *The Cambridge Companion to Shakespeare's History Plays*, edited by Michael Hattaway, Cambridge UP, 2002, pp. 41-56.

Besnault, Marie-Helene and Michel Bitot. "Historical Legacy and Fiction: the Poetical Reinvention of *King Richard III*." *The Cambridge Companion to Shakespeare's History Plays*, edited by Michael Hattaway, Cambridge UP, 2002, pp. 106-125.

Bevington, David. "*1 Henry VI*." *A Companion to Shakespeare's Works: The Histories*, edited by Richard Dutton and Jean E. Howard, Blackwell Publishing, 2006, pp. 308-324.

Bloom, Harold. *Shakespeare: The Invention of the Human.* Riverhead Books, 1998.

Bouwsma, William. *A Usable Past: Essays in European Cultural History.* U of California P, 1990.

Bradley, A. C. *Shakespearean Tragedy.* Macmillan, 1956.

Budra, Paul. "The Mirror for Magistrates and the Shape of *De Casibus* Tragedy." *English Studies*, vol. 4, 1988, pp. 303-312.

---. "*The Mirror for Magistrates* and the Politics of Readership." *SEL*, vol. 32, 1992, pp. 1-13.

Bullough, Geoffrey, editor. *Narrative and Dramatic Sources of Shakespeare.* Columbia UP, 1975.

Bush, Douglas. *The Renaissance and English Humanism.* U of Toronto P, 1972.

Cahill, Patricia A. "Nation Formation and the English History Plays." *A Companion to Shakespeare's Works: The Histories*, edited by Richard Dutton and Jean E. Howard, Blackwell Publishing, 2006, pp. 70-93.

Campbell, Lily B. *Shakespeare's Histories: Mirrors of Elizabethan Policy.* The Huntington Library, 1958.

---, editor. *A Mirror for Magistrates.* Barnes & Noble, 1938.

---. *Collected Papers of Lily B. Campbell: First Published in Various Learned Journals, 1907-1952.* Russell & Russell, 1968.

---. "English History in the Sixteenth Century." *Shakespeare: The Histories*, edited by Eugene M. Waith, Prentice-Hall, 1987, pp. 13-31.

---. "Tudor Conceptions of History and Tragedy in *A Mirror for Magistrates.*" *Collected Papers of Lily B. Campbell*, Russell & Russell, 1968, pp. 279-307.

Candido, Joseph. "Thomas More, The Tudor Chroniclers, and Shakespeare's Altered Richard." *English Studies*, vol. 68, no. 2, 1987, pp. 137-141.

Carey, John. *John Donne: Life, Mind, and Art.* Faber and Faber, 1990.

Carr, Edward Hallett. *What is History?* Vintage, 1961.

Carroll, William C. "Theories of Kingship in Shakespeare's England." *A Companion to Shakespeare's Works: The Histories*, edited by Richard Dutton and Jean E. Howard, Blackwell Publishing, 2006, pp. 125-145.

Chamberlain, John. *The Letters of John Chamberlain.* Edited by N. E. MacClure, The American Philosophical Society, 1939.

Chernaik, Warren. *The Cambridge Introduction to Shakespeare's History Plays.* Cambridge UP, 2007.

Clare, J. *Art Made Tongue-Tied by Authority: Elizabethan and Jacobean Dramatic Censorship.* The Revels Plays Companion Library, 1990.

Clegg, Cyndia S. "Censorship and the Problems with History in Shakespeare's England." *A Companion to Shakespeare's Works: The Histories*, edited by Richard Dutton and Jean E. Howard, Blackwell Publishing, 2006, pp. 48-69.

Clemen, Wolfgang. *English Tragedy before Shakespeare: The Development of Dramatic Speech.* Translated by T. S. Dorsch, Methuen, 1961.

---. *The Development of Shakespeare's Imagery.* Methuen, 1977.

Cunningham, Sean. "Henry VII and the Shaping of the Tudor State." *History Review*, vol. 51, 2005, pp. 28-33.

De Grazia, Margreta and Stanley Wells, editors. *The Cambridge Companion to Shakespeare.* Cambridge UP, 2001.

Dean, L. F. *Tudor Theories of History Writing: Contributions in Modern Philology.* U of Michigan P, 1947.

Dean, Paul. "Shakespeare's *Henry VI* Trilogy and Elizabethan 'Romance' Histories: The Origins of a Genre." *Shakespeare Quarterly*, vol. 33, no. 1, 1982, pp. 34-48.

Delany, Paul. "*King Lear* and Decline of Feudalism." *Material Shakespeare.* Verso, 1995. pp. 20-38.

Dipietro, Cary. *Shakespeare and Modernism.* Cambridge UP, 2006.

Dollimore, Jonathan. "Introduction: Shakespeare, Cultural Materialism and the New Historicism." *Political Shakespeare: New Essays in Cultural Materialism,* edited by Jonathan Dollimore and Alan Sinfield, Manchester UP, 1985, pp. 2-17.

---. *Radical Tragedy: Religion, Ideology and Power in the Drama of Shakespeare and His Contemporaries.* Macmillan, 1986.

--- and Alan Sinfield. "History and Ideology: The Instance of *Henry V.*" *Alternative Shakespeares,* edited by John Drakakis, 2nd ed., Routledge, 1985, pp. 210-231.

Doran, Madelaine. *Endeavors of Art: A Study of Form in Elizabethan Drama.* U of Wisconsin P, 1954.

Dusinberre, Juliet. *Shakespeare and the Nature of Women.* 3rd ed., Palgrave Macmillan, 2003.

Dutton, R. *Licensing, Censorship and Authorship in Early Modern England.* Palgrave, 2000.

Eagleton, Terry. *After Theory.* Basic Books, 2003.

Erasmus, Desiderius. *The Education of a Christian Prince.* Translated by Lester K. Born, [s. n.], 1936.

Estok, Simon C. "Pushing the Limits of Ecocriticism: Environment and Social Resistance in *2 Henry VI* and 2 Henry IV." *Shakespeare Review,* vol. 40, no. 3, 2003, pp. 631-658.

Felperin, Howard. *Shakespearean Representation: Mimesis and Modernity in Elizabethan Tragedy.* Princeton UP, 1977.

Ferguson, W. Margaret, Maureen Quilligan and Nacy J. Vickers, editors. *Rewriting the Renaissance: the Discourses of Sexual Difference in Early Modern Europe.* U of Chicago P, 1986.

Findlay, Alison. *Illegitimate Power: Bastards in Renaissance Drama.* Manchester UP, 1994.

Fitzpatrick, Joan. *Food in Shakespeare: Early Modern Dietaries and the Plays.* Ashgate Publishing Ltd, 2007.

Fleming, Juliet. "The Ladies' Shakespeare." *A Feminist Companion to Shakespeare,* edited by Dympna Callaghan, Blackwell Publishers, 2001, pp. 3-20.

Foakes, R. A. *Shakespeare and Violence.* Cambridge UP, 2003.

Fortier, Mark. *Theory/Theatre: An Introduction.* Routledge, 1997.

Frye, Northrop. *Anatomy of Criticism.* Princeton UP, 1971.

Fussner, F. Smith. *The Historical Revolution: English Historical Writing and Thought 1580-1640.* Routledge and Kegan Paul, 1962.

Garber, Marjorie B. "Dream and Plot." *William Shakespeare's Richard III.* Ed. Harold Bloom. Chelsea House Publishers, 1988, pp. 5-14.

Goodland, Katherine. "'Obsequious laments': Mourning and Communal Memory in Shakespeare's *Richard III.*" *Religion and the Arts,* vol. 7, no.1-2, 2003, pp. 31-64.

Goy-Blanquet, Dominique. "Elizabethan Historiography and Shakespeare's Sources." *The Cambridge Companion to Shakespeare's History Plays,* edited by Michael Hattaway, Cambridge UP, 2002, pp. 57-70.

Gransden, A. *Historical Writing in England, II: c. 1307 to the Early Sixteenth Century.* Routledge & Kegan Paul, 1982.

Greenblatt, Stephen J. "Greenblatt Edits Norton Anthology." Interview by Ken Gewertz. *Harvard University Gazette,* news.harvard.edu/gazette/story/2006/02/greenblatt-edits-norton-anthology. 2 Feb. 2006.

---. "Invisible Bullets." *Political Shakespeare: New Essays in Cultural Materialism,* edited by Jonathan Dollimore and Alan Sinfield, Manchester UP, 1985, pp. 18-47.

---. "Shakespeare and the Exorcists." *Contemporary Literary Criticism: Literary and Cultural Studies,* edited by Robert Con Davis and Ronald Schleifer, 2nd ed., Longman, 1989, pp. 428-447.

---. *Renaissance Self-Fashioning: From More to Shakespeare.* Chicago UP, 1980.

---. *Shakespearean Negotiations: The Circulation of Social Energy in Renaissance England.*

California UP, 1988.

Guicciardini, F. *Ricordi*. trans, N. H. Thomson. S. F. Vanni, 1949.

Hassel, Jr. R. Chris. "Last Words and Last Things St. John, Apocalypse, and Eschatology in *Richard III*." *Shakespeare Studies*, vol. 18, 1986, pp. 25-40.

Hattaway, Michael. "The Shakespearean History Play." *The Cambridge Companion to Shakespeare's History Plays*, edited by Michael Hattaway, Cambridge UP, 2002, pp. 3-24.

Heinemann, Margot. "Political Drama." *The Cambridge Companion to English Renaissance Drama*, edited by A. R. Braunmuller and Michael Hattaway, Cambridge UP, 1990, pp. 161-206.

Helgerson, Richard. "Shakespeare and Contemporary Dramatists of History." *A Companion to Shakespeare's Works: The Histories*, edited by Richard Dutton and Jean E. Howard, Blackwell Publishing, 2006, pp. 26-47.

Heywood, Thomas. *An Apology for Actors*. Scholars' Facsimiles & Reprints, 1941.

Hicks, Michael. "Bastard Feudalism, Overmighty Subjects and Idols of the Multitude during the Wars of the Roses." *History*, vol. 85, no. 279, 2000, pp. 386-403.

Hoenselaars, A. J. "Shakespeare and the Early Modern History Play." *The Cambridge Companion to Shakespeare's History Plays*, edited by Michael Hattaway, Cambridge UP, 2002, pp. 25-40.

Hoenselaars, Ton. "Shakespeare's English History Plays." *The New Cambridge Companion to Shakespeare*, edited by Magreta de Grazia and Stanley Wells, Cambridge UP, 2010, pp. 137-152.

Holderness, Graham. "From Summit to Tragedy: Sulayman Al-Bassam's *Richard III* and Political Theatre." *Critical Survey*, vol. 19, no. 3, 2007, pp. 123-143.

---. *Shakespeare Recycled: The Making of Historical Drama*. Harvester Wheatsheaf, 1992.

---, editor. *The Shakespeare Myth*. Manchester: Manchester UP, 1988.

Howard, Jean E. "The New Historicism in Renaissance Studies." *ELR*, vol. 16, 1986, pp. 13-43.

--- and Phyllis Rackin. *Engendering a Nation: A Feminist Account of Shakespeare's English Histories*. Routledge, 1997.

Hunt, Maurice. "Shakespeare's *King Richard III* and the Problematics of Tudor Bastardy." *PLL*, vol. 33, no. 2, 1997, pp. 115-141.

Johnson, Samuel. *Johnson on Shakespeare*. Edited by Bertrand H. Bronson and Jean M. O'Meara, Yale UP, 1986.

Jones, Edwin. *The English Nation: The Great Myth*. Sutton Publishing, 1998.

Jones, Emrys. *The Origins of Shakespeare*. Clarendon P, 1977.

Kahn, Coppelia. *Man's Estate: Masculine Identity in Shakespeare*. U of California P, 1981.

Kamps, Ivo. *Historiography and Ideology in Stuart Drama*. Cambridge UP, 1996.

---. "The Writing of History in Shakespeare's England." *A Companion to Shakespeare's Works: The Histories*, edited by Richard Dutton and Jean E. Howard, Blackwell Publishing, 2006, pp. 4-25.

Kantorowicz, E. H. *The King's Two Bodies: A Study in Medieval Political Theology*. Princeton UP, 1997.

Keetton, George W. *Shakespeare's Legal and Political Background*. Pitman, 1967.

Kenneth, Muir and S. Schoenbaum, editors. *A New Companion to Shakespeare Studies*. Cambridge UP, 1971.

Kenyon, John. *The History Men: The Historical Profession in England since the Renaissance*. Weidenfeld and Nicoloson, 1993.

Kewes, Paulina. "The Elizabethan History Play: A True Genre?" *A Companion to Shakespeare's Works: The Histories*, edited by Richard Dutton and Jean E. Howard, Blackwell Publishing, 2006, pp. 170-193.

Kingsley-Smith, Jane. *Shakespeare's Drama of Exile*. Palgrave Macmillan, 2003.

Kinney, Arthur and D. S. Collins, editors. *Renaissance Historicism: Selections from English Literary Renaissance.* U of Massachusetts P, 1987.

Kott, Jan. *Shakespeare Our Contemporary.* Methuen, 1970.

Kreps, Barbara. "Bad Memories of Margaret? Memorial Reconstruction versus Revision in *The First Part of the Contention* and *2 Henry VI.*" *Shakespeare Quarterly,* vol. 51, no. 2, 2000, pp. 154-180.

Laqueur, Thomas. "Orgasm, Generation and the Politics of Reproductive Biology." *Representation,* vol. 14, 1986, pp. 1-41.

Larner, Christina. *Witchcraft and Religion.* Blackwell, 1984.

Lopez, Jeremy. *Theatrical Convention and Audience Response in Early Modern Drama.* Cambridge UP, 2003.

Lull, Janis. "Plantagenets, Lancastrians, Yorkists, and Tudors: *1-3 Henry VI, Richard III, Edward II I.*" *The Cambridge Companion to Shakespeare's History Plays,* edited by Michael Hattaway, Cambridge UP, 2002, pp. 89-105.

MacCaffrey, W. T. *The Shaping of the Elizabethan Regime: Elizabethan Politics, 1558-1572.* Princeton UP, 1968.

MacFaul, Tom. *Male Friendship in Shakespeare and His Contemporaries.* Cambridge UP, 2007.

Machiavelli, Niccolo. *Florentine Histories.* Translated by Laura F. Banfield and Haravey C. Mansfield, Jr., Princeton UP, 1988.

---. *The Prince.* Edited by Quentin Skinner and Russell Price, Cambridge UP, 1988.

Maclean, Ian. *The Renaissance Notion of Women.* Cambridge UP, 1988.

Mallin, Eric S. *Godless Shakespeare.* Continuum, 2007.

Marcus, Leah S. "Elizabeth." *Shakespeare's Histories,* edited by Emma Smith, Blackwell, 2004, pp. 147-179.

McGrath, A. E. *A Life of John Calvin: a Study in the Shaping of Western Culture.* Blackwell, 1990.

Mcmillin, Scott and Sally-Beth MacLean. *The Queen's Men and Their Plays.* Cambridge UP, 1998.

Mendelson, Sara and Patricia Crawford. *Women in Early Modern England 1550-1720.* Clarendon P, 1998.

Miller, Arthur. *The Crucible in History and Other Essays.* Methuen, 1974.

Miner, Madonne M. ""Neither Mother, Wife, nor England's Queen": The Roles of Women in *Richard III.*" *William Shakespeare's Richard III,* edited by Harold Bloom, Chelsea House Publishers, 1988, pp. 45-60.

Mommsen, T. E. "Petrarch's Conception of the 'Dark Ages'." *Speculum,* vol. 18, 1942, pp. 226-242.

Montrose, Louise A. "*A Midsummer Night's Dream* and the Shaping Fantasies of Elizabethan Culture: Gender, Power, Form." *New Historicism and Renaissance Drama,* edited by Richard Wilson and Richard Dutton, Longman, 1992, pp. 109-130.

More, Thomas. *History of King Richard III: The Complete Works of St. Thomas More.* Edited by Richard S. Sylvester, Yale UP, 1963.

Moretti, Thomas J. "Misthinking The King: The Theatrics of Christian Rule in *Henry VI, Part 3.*" *REN,* vol. 60, no. 4, 2008, pp. 275-294.

Moulton, Ian Frederick. ""A Monster Great Deformed": The Unruly Masculinity of *Richard III.*" *Shakespeare Quarterly,* vol. 47, no. 3, 1996, pp. 251-268.

Neale, E. John. *Queen Elizabeth.* Jonathan Cape, 1966.

Neill, Michael. "Bastardy, Counterfeiting, and Misogyny in *The Revenger's Tragedy.*" *Studies in English Literature,* vol. 36, no. 2, 1996, pp. 397-416.

---. "Shakespeare's Halle of Mirrors: Play, Politics, and Psychology in *Richard III.*" *William Shakespeare's Richard III,* edited by Harold Bloom, Chelsea House Publishers, 1988, pp. 15-43.

Norbrook, David. *Poetry and Politics in the English Renaissance.* Routledge, 2002.

Norwich, J. Julius. *Shakespeare's Kings.* Simon & Schuster, 2001.

Oestreich-Hart, Donna J. ""Therefore, since I cannot prove a lover"." *SEL,* vol. 40, no. 2, 2000, pp. 241-260.

Patterson, Annabel. *Censorship and Interpretation: the Conditions of Writing and Reading in Early Modern England.* U of Wisconsin P, 1984.

---. *Shakespeare and the Popular Voice.* Basil Blackwell, 1989.

Porter, Roy. *A Social History of Madness: Stories of the Insane.* Weidenfeld and Nicolson, 1987.

Raab, Felix. *The English Face of Machiavelli: a Change Interpretation, 1500-1700.* U of Toronto P, 1964.

Rackin, Phyllis. "Engendering the Tragic Audience: The Case of *Richard Ⅲ.*" *Studies in the Literary,* vol. 26, no. 1, 1993, pp. 47-65.

---. *Stage of History: Shakespeare's English Chronicles.* Cornell UP, 1990.

---. "Women's Roles in the Elizabethan History Plays." *The Cambridge Companion to Shakespeare's History Plays,* edited by Michael Hattaway, Cambridge UP, 2002, pp. 71-85.

Reese, M. M. "Origins of the History Play." *Shakespeare: the Histories,* edited by Eugene M. Waith, Prentice-Hall, 1987, pp. 42-54.

Reynolds, P. M. "Mourning and Memory in *Richard Ⅲ.*" *ANQ: A Quarterly Journal of Short Articles, Notes and Reviews,* vol. 21, no. 2, 2008, pp. 19-25.

Ribner, Irving. *Patterns in Shakespearian Tragedy.* Methuen, 1979.

---. *The English History Play in the Age of Shakespeare.* 2nd ed., Methuen, 1965.

Rhodes, Philip. "Physical Deformity of Richard Ⅲ." *British Medical Journal,* vol. 2, 1977, pp. 1650-1652.

Richardson, William. *Essays on Shakespeare's Dramatic Characters of Richard the Third, King Lear and Timon of Athens.* AMS P, 1974.

Robson, Mark. "Shakespeare's Words of the Future: Promising *Richard Ⅲ.*" *Textual Practice,* vol. 19, no. 1, 2005, pp. 13-30.

Ross, David. *Aristotle.* Routledge, 1995

Rubin, Gayle. "The Traffic in Women: Notes on the "Political Economy" of Sex." *Toward an Anthropology of Women,* edited by Rayna R. Reiter, Monthly Review P, 157-210.

Saccio, Peter. *Shakespeare's English Kings.* Oxford UP, 2000.

Sackville, Thomas and Thomas Norton. *Gorboduc or Ferrex and Porrex.* Edited by Irby B. Cauthen, Jr., University of Nebraska, 1970.

Schwarz, Kathryn. "Vexed Relations: Family, State, and the Uses of Women in *3 Henry VI.*" *A Companion to Shakespeare's Works: The Histories,* edited by Richard Dutton and Jean E. Howard, Blackwell Publishing, 2006, pp. 344-360.

Scragg, Leah. *Shakespeare's Alternative Tales.* Longman, 1996.

Shakespeare, William. *The Arden Shakespeare Complete Works.* Edited by Richard Proudfoot, Ann Thompson and David Scott Kastan, Arden Shakespeare, 1998.

Skinner, Quentin. *Foundations of Modern Political Thought: The Renaissance.* Vol. 1. Cambridge UP, 1978.

Skura, Meredith. "*A Mirror for Magistrates* and the Beginnings of English Autobiography." *English Literary Renaissance,* vol. 36, no. 1, 2006, pp. 26-56.

Smith, Molly. "Mutant Scenes and "Minor" Conflicts in *Richard II.*" *A Feminist Companion to Shakespeare,* edited by Dympna Callaghan, Blackwell Publishers, 2001, pp. 263-275.

Spencer, Theodore. *Shakespeare and the Nature of Man.* Macmillan, 1961.

Stanton, Kay. ""Made to write 'whore' upon?": Male and Female Use of the Word "Whore" in Shakespeare's Cannon." *A Feminist Companion to Shakespeare,* edited by Dympna Callaghan, Blackwell Publishers, 2001, pp. 80-102.

Stone, Lawrence. *The Crisis of the Aristocracy.* 1558-1641. Oxford UP, 1967.

Stuart, James. "Speech to Parliament." *The English Renaissance: an Anthology of Sources and Documents*, edited by Kate Aughterson, Routledge, 1998, pp. 121-122.

Tennenhouse, Leonard. "Strategies of State and Political Plays: *A Midsummer Night's Dream, Henry IV, Henry V, Henry VIII*." *Political Shakespeare: New Essays in Cultural Materialism*, edited by Jonathan Dollimore and Alan Sinfield, Manchester UP, 1985, pp. 109-128.

Tillyard, E. M. W. *Shakespeare's History Plays*. Collier Books, 1944.

---. *The Elizabethan World Picture*. Vintage Books, 1944.

Trimble, W. R. "Early Tudor Historiography, 1485-1548." *Journal of the History of Ideas*, vol. 11, no. 1, 1950, pp. 30-41.

Underdown, David. "The Taming of the Scold: the Enforcement of Patriarchal Authority in Early Modern England." *Order and Disorder in Early Modern England*, edited by Anthony Fletcher and John Stevenson, Cambridge UP, 1985, pp. 116-136.

Vergil, Polydore. *Three Bookes of Polydore Vergil's English History, Comprising the Reign of Henry VI, Edward IV, and Richard III*. Edited by Henry Ellis, Camden Society, 1844.

Walsh, Brian. ""Unkind Division": The Double Absence of Performing History in *1 Henry VI*." *Shakespeare Quarterly*, vol. 55, no. 2, 2004, pp. 119-147.

Wells, Robin Headlam. *Shakespeare on Masculinity*. Cambridge UP, 2000.

Wells, Stanley. *Shakespeare: A Life in Drama*. Norton, 1997.

Williams, Penry. *The Tudor Regime*. Oxford UP, 1979.

Williams, Raymond. "After Word." *Political Shakespeare: New Essays in Cultural Materialism*, edited by Jonathan Dollimore and Alan Sinfield, Manchester UP, 1985, pp. 231-239.

Williamson, Marilyn L. ""When Men Are Rul'd by Women": Shakespeare's First Tetralogy." *Shakespeare Studies*, vol. 19, 1987, pp. 41-59.

Willis, Deborah. "Shakespeare and the English Witch-Hunts: Enclosing the Maternal Body." *Enclosure Acts: Sexuality, Property, and Culture in Early Modern England*, edited by Richard Burt and John Michael Archer, Cornell UP, 1994, pp. 95-120.

Wilson, John Dover. "Shakespeare's *Richard III* and *The True Tragedy of Richard the Third*, 1594." *Shakespeare Quarterly*, vol. 3, no. 4, 1952, pp. 299-306.

Wilson, Richard. "A Sea of Troubles: the Thought of the Outside in Shakespeare's Histories." *Shakespeare's Histories and Counter-Histories*, edited by D. Cavanach, S. Hampton-Reeves and S. Longstaffe, Manchester UP, 2006, pp. 101-134.

Winston, Jessica. "*A Mirror for Magistrates* and Public Political Discourse in Elizabethan England." *Studies in Philology*, vol. 101, no. 4, 2004, pp. 381-400.

---. "National History to Foreign Calamity: *A Mirror for Magistrates* and Early English Tragedy." *Shakespeare's Histories and Counter-Histories*, edited by D. Cavanagh, S. Hampton-Reeves and S. Longstaffe, Manchester UP, 2006, pp. 152-165.

Zunder, William. "Shakespeare and the End of Feudalism: *King Lear* as Fin-De-Siecle Text." *English Studies*, vol. 78, no. 6, 1997, pp. 513-521.

윌리엄 셰익스피어 연보

1564년 4월 23일	워릭셔Warwickshire의 스트랫포드 어폰 에이번Stratford-upon-Avon에서 존 셰익스피어John Shakespeare와 메리 아든Mary Arden의 장자로 출생. 출생일은 불확실하지만, 4월 26일 세례를 받았다는 기록으로 미루어 4월 23일 출생한 것으로 추정.
1582년	18세의 나이에 8세 연상의 앤 헤서웨이Anne Hathaway와 결혼.
1583년 5월	장녀 수잔나Susanna 출생.
1585년 2월	햄넷Hament과 쥬디스Judith 쌍둥이 남매 출생.
1590년~1592년	『베로나의 두 신사The Two Gentlemen of Verona』, 『말괄량이 길들이기The Taming of the Shrew』 저작.
1591년	『헨리 6세 제2부King Henry VI, Part 2』, 『헨리 6세 제3부King Henry VI, Part 3』 저작.
1592년	『헨리 6세 제1부King Henry VI, Part 1』 저작. "벼락출세한 까마귀upstart crow"라는 로버트 그린Robert Greene의 언급을 통해 런던 연극계에서 셰익스피어의 이름이 거론됨.
1592년~1593년	『타이터스 앤드로니커스Titus Andronicus』, 『리처드 3세King Richard III』 저작. 『비너스와 아도니스Venus and Adonis』 저작.

1593년~1594년	『루크리스의 치욕*The Rape of Lucrece*』 저작.
1594년	『실수 희곡*The Comedy of Errors*』 저작.
1594년~1595년	『사랑의 헛수고*Love's Labour's Lost*』 저작.
1595년	『리처드 2세*King Richard II*』 저작. 『로미오와 줄리엣*Romeo and Juuliet*』, 『한여름 밤의 꿈*A Midsummer Night's Dream*』 저작. 의전대신 극단Lord Chamberlain's Men(1594-1603)에 입단.
1596년	『존 왕*King John*』 저작. 아들 햄넷이 11세의 나이로 사망.
1596년~1597년	『베니스의 상인*The Merchant of Venice*』, 『헨리 4세 제1부*King Henry IV, Part 1*』 저작.
1597년	스트랫포드 어폰 에이번의 뉴 플레이스New Place 구입.
1597년~1598년	『윈저의 유쾌한 부인들*The Merry Wives of Windsor*』, 『헨리 4세 제2부*King Henry IV, Part 2*』 저작.
1598년	『헛소동*Much Ado About Nothing*』 저작.
1598~1599년	『헨리 5세*King Henry V*』 저작.
1599년	『줄리어스 시저*Julius Caesar*』 저작. 글로브 극장Globe Theatre이 템즈Thames강 남쪽 서더크Southwark의 뱅크사이드Bankside에 설립됨.
1599년~1600년	『당신 좋으실대로*As You Like It*』 저작.
1600년~1601년	『햄릿*Hamlet*』 저작.
1601년	아버지 존 셰익스피어 사망. 『십이야*Twelfth Night*』 저작.
1602년	『트로일러스와 크레시다*Troilus and Cressida*』 저작.
1603년	『자에는 자로*Measure for Measure*』 저작. 엘리자베스 1세 사망. 제임스 1세가 잉글랜드의 국왕으로 즉위. 의전대신 극단이 국왕 극단King's Men이 됨.

1603년~1604년	『토마스 모어 경Sir Thomas More』, 『오셀로Othello』 저작.
1604년~1605년	『끝이 좋으면 다 좋아All's Well That Ends Well』 저작.
1605년	『아테네의 타이먼Timon of Athens』 저작.
1605년~1606년	『리어왕King Lear』 저작.
1606년	『맥베스Macbeth』, 『앤토니와 클레오파트라Anthony and Cleopatra』 저작.
1607년	『페리클리즈Pericles』 저작. 장녀 수잔나가 존 홀John Hall과 결혼.
1608년	『코리올레이너스Coriolanus』 저작. 어머니 메리 아든 사망.
1609년	『겨울 이야기The Winter's Tale』 저작.
1610년	『심벌린Cymbeline』 저작.
1611년	『태풍The Tempest』 저작.
1613년	『헨리 8세King Henry Ⅷ』 저작.
1613년~1614년	『두 귀족 친척Two Noble Kinsmen』 저작.
1616년	차녀 쥬디스가 토마스 퀴니Thomas Quiney와 결혼. 윌리엄 셰익스피어 사망. 스트랫포드 어폰 에이번의 홀리 트리니티 교회Holy Trinity Church에 안장.

찾아보기